AF564317

ouvelle Collection illustrée L'ouvrage complet **95** centimes

JULES CLARETIE
DE L'ACADÉMIE FRANÇAISE

BRICHANTEAU
Comédien

Calmann-Lévy, éditeurs.

BRICHANTEAU COMÉDIEN

Paris. — Imprimerie L. Pochy, 52, rue du Château. — 416-13.

JULES CLARETIE

DE L'ACADÉMIE FRANÇAISE

Brichanteau

COMÉDIEN

ILLUSTRATIONS

DE

PAUL DESTEZ

PARIS

CALMANN-LÉVY, ÉDITEURS

3, RUE AUBER, 3

DÉDICACE

La vie de théâtre, c'est l'éternelle course à la Chimère.

Ce livre, où j'ai mis, avec tant de souvenirs pris sur le vif, bien des confidences de vaincus de l'art dramatique, je le dédie aux artistes de la Comédie-Française, à ces glorieux comédiens qui ont été mes collaborateurs pendant plus de dix années de ma vie.

Plus heureux que l'errant dont j'ai noté les joyeuses ou décevantes aventures, ils n'ont point vécu cette existence de hasard. Ils ne connaissent ces misères que pour les soulager. Ils ont, plus que personne, étant les privilégiés de l'art, la pitié pour ceux qui en sont les épaves.

Et j'espère qu'ils trouveront dans ces pages sincères quelque vérité qui leur rappellera peut-être des camarades laissés en chemin, dans le grand voyage vers la gloire — et, à coup sûr, l'expression de la sympathie d'un homme de lettres qui, administrateur ou auteur dramatique, a toujours aimé ceux qui ont combattu avec lui — ou pour lui.

JULES CLARETIE.

I

MODÈLE !

Devant cette statue de *Soldat romain humilié sous le joug gaulois*, Brichanteau demeurait planté, le feutre sur l'oreille et, les mains dans les poches, contemplait d'un air connaisseur, indulgent, presque attendri, ce plâtre où vaguement, en regardant tour à tour la statue et le comédien, je retrouvais une vague ressemblance avec Sébastien Brichanteau, premier grand premier rôle de divers théâtres de France et de l'étranger.

C'était dans un de ces angles ignorés du jardin de la sculpture, au Salon, près des cuisines de quelque buffet ou du débarras de quelque machine, un de ces coins où nul ne passe, laissant là les œuvres exposées dans une sorte d'abandon lugubre. Les statues souriantes y ont des airs mélancoliques, les plâtres attristés y prennent des attitudes plus lugubres encore. Le Romain vaincu, avec son numéro collé sur son socle « 3773 » et le joug des bœufs suspendu sur sa nuque, baissait le front plus amèrement dans cette solitude, où peut-être seuls, Brichanteau et moi, nous l'avions troublé, depuis le Vernissage. Mâle d'ailleurs, avec une douleur morne et un froncement de sourcils un peu théâtral mais poignant, la statue courbait avec colère ses épaules larges et les muscles des bras semblaient se durcir pour casser les cordes qui serraient rudement les poignets.

— Il vous ressemble, ce Romain, monsieur Brichanteau ! dis-je au comédien.

Le grand premier rôle salua, d'un beau geste respectueux et solennel, comme Ruy Blas apportant le billet du roi à la reine d'Espagne; puis, avec son emphase habituelle, tempérée, cette fois, par une émotion volontairement dissimulée :

— Rien d'étonnant à cela, monsieur ! Ce guerrier, ce vaincu, c'est moi qui l'ai posé !... Oui, moi !... Je suis quelquefois modèle à mes heures !... Je ne me reconnais pas le droit de ne pas faire servir à l'art les dons extérieurs que la nature m'a départis libéralement, je puis le dire ! L'art est un : mon intelligence est donc au service de l'interprétation des poètes ; mon physique, tout prêt à guider l'inspiration des peintres et des sculpteurs Je ferais faillite à Hugo si je ne lui donnais pas ma force cérébrale, à l'art plastique contemporain si j'étais avare de ma prestance... Ce sont des sentiments que vous comprenez !

» Je l'ai donc posé, ce Romain ! Ce Romain qui incarne la douleur d'une patrie, c'est moi, moi tout entier ! Monsieur, vous me croirez si vous voulez, mais j'avais la prétention de mettre, dans ma pose, l'âme de tout un peuple... Je disais à Montescure, c'est le nom du sculpteur, sa signature est là, sous mon pied gauche, je lui disais : « Montescure, regardez bien le rictus de ma lèvre. Est-ce qu'il n'y a pas en lui toute l'amertume de la défaite? Si elle n'y est pas toute, je l'y mettrai. » C'est vrai, monsieur, je suis patriote. C'est peut-être bête, mais, en « soixante-dix », j'ai fait de mon mieux pour échapper à l'étreinte de l'étranger... Il n'a tenu qu'au hasard, arbitre du sort des peuples, que je ne modifiasse l'histoire contemporaine, et j'ai gardé de cette époque des souvenirs que j'appellerai douloureusement glorieux ou glorieusement douloureux, comme vous voudrez. Bref, tout ça, monsieur, je voulais que cela tînt dans le rictus de ma lèvre ! Je répétais : « Ça y est-il ? » Montescure me répondait en toussant : « Ça y est, Brichanteau ! Ne vous fatiguez pas, cela tournerait à la grimace ! » Je n'avais pas beaucoup le temps de me fatiguer. Il y avait des interruptions dans la pose. Pauvre garçon ! Il était parfois pris de telles quintes de toux qu'il s'asseyait et se cassait en deux sur sa chaise. Alors je me levais, je lui apportais un verre d'eau ou je lui faisais de la tisane... et vous comprenez, le rictus, quand je le reprenais, il n'avait plus rien d'affecté, le rictus, rien du tout, et je pouvais retrouver sans beaucoup chercher l'amertume de la défaite...

» Il y tenait aussi, Montescure, à cette amertume. C'était l'idée de sa *figure*. Il n'admettait pas une statue sans idée. Je suis de la même école, moi... Il voulait exprimer toute la rage impuissante du vaincu, absolument comme moi quand je dis à Henri III : « Je vous brave encore, Sire, quoique vous me teniez désarmé et écumant sous votre talon de fer ! » C'était un noble garçon, ce Montescure. Un crâne cœur ! Et du talent ! Ah ! du talent !... Vous n'avez qu'à regarder. Je croyais qu'il était difficile de rendre toute l'éloquence muette de ma pose ; voyez, monsieur, il l'a rendue !

» Comment je l'avais connu, Montescure? Oh ! toute une histoire... Asseyons-nous là... Je vais vous la dire... Pauvre Montescure ! Ce banc où vous êtes, j'y ai vu, depuis l'Ouverture, bien des gens assis. Personne ne regarde le *Romain vaincu* de ce malheureux Montescure ! Le grand art n'a pas de chance aujourd'hui... Et Dieu sait pourtant les espoirs que Montescure bâtissait sur cette figure ! Une commande, une médaille, une place au Luxembourg, dans le Musée ou dans le jardin. Ah ! sa tête allait, allait, s'enflammait. Du reste, il avait constamment la fièvre. Je le regardais travailler et je ne pouvais m'empêcher de lui dire : « Cher jeune maître, prenez garde ! La lame use le fourreau comme le temps use la douleur ! » Il me répondait : « Ah ! bah ! Piochons toujours ! »

» C'était un enfant du Midi, mais non pas vigoureux et râblé comme les gens de son pays, non, un demi-Toulousain grêle comme un gamin de Paris, très courageux par exemple, et très pauvre. Il avait commencé par être musicien, au théâtre du Capitole ; puis il était venu à Paris, et, à l'atelier, il jouait du cor tout en pétrissant la glaise. Il m'a souvent conté ça ! Jouer du cor ! Une drôle de vocation, me direz-vous? Monsieur, toutes les vocations sont honorables quand elles ont l'art pour but... Il y a des gens passionnés pour le cor. Au Conservatoire, un professeur de cor a vieilli en n'ayant jamais fait de sa vie que cela : jouer du cor et enseigner à jouer du cor. On a élevé des statues à des gens moins héroïques. Eh bien, Montescure avait, avant d'entrer à l'atelier Chavanat, passé par la classe de ce héros-là, et il en était sorti avec un premier prix. Premier prix de cor ! Ce triomphe ne lui assurait pas grand'chose, du reste. Il pouvait mettre sur sa carte : *lauréat du Conservatoire* et se présenter pour jouer du cor dans les guinguettes ou dans les noces. Les artistes, monsieur, ont des souffrances que le vulgaire ne comprendra jamais.

» Du reste, pour Montescure, le cor n'était qu'un prétexte pour vivre ; son but, c'était la sculpture : laisser un nom gravé dans le marbre ou le bronze, ou même la terre cuite, monsieur, j'avoue que l'ambition est louable et digne d'un cœur fier. Montescure s'était dit que le cor, son cor, nourrirait son âme. Pardon du rapprochement de mots qui ressemble vaguement à un calembour, genre littéraire que je déteste, comme l'opérette et la farce, ennemies du grand art. Et Montescure, qui sculptait pendant le jour, faisait, le soir, partie de l'orchestre du théâtre de Montmartre, où la dureté des temps m'avait con-

JE LUI APPORTAIS UN VERRE D'EAU OU JE LUI FAISAIS DE LA TISANE...

traint moi-même à m'engager, oui, moi, Brichanteau !

» Engagement passager, du reste, et qui n'a pas été inutile à mon talent. J'ai pu, là, l'œil sur une foule toute particulière, et souvent clairsemée, tâter le pouls artistique du peuple de la banlieue parisienne. Monsieur, ce peuple aime encore le drame ! Quand je paraissais dans *Marceau*, un frisson patriotique courait, je le sentais bien, à travers ces stalles plébéiennes et enthousiastes. J'ai consenti, un dimanche, à la prière d'une jeune artiste de beaucoup d'avenir, dont la conviction me touchait plus que la beauté, cependant troublante, j'ai consenti à jouer *Ruy Blas* au pied levé... Monsieur, on a failli me porter en triomphe, et le directeur du théâtre de Nantes, venu tout exprès pour entendre mademoiselle Pascali, elle s'appelait Pascali, Léa Pascali, me dit, après la représentation : « J'étais venu écouter mademoiselle Léa, car j'ai besoin d'une jeune première de drame... Mais c'est vous qui m'avez frappé, vous seul ! Je regrette profondément que vous ne soyez pas une jeune première de drame. » Ce compliment me flatta, bien qu'original. Il déplut à Léa, je dois dire, et fut cause d'une rupture que j'eusse d'ailleurs, moi-même, provoquée, car je sentais que cette femme tenait en moi une place que l'art seul devait occuper. Mais passons.

C'EST VOUS QUI M'AVEZ FRAPPÉ...

» Je jouais donc au théâtre de Montmartre... Et, quand j'apparaissais, sur le trémolo de l'orchestre, j'avais souvent été frappé d'une sorte d'accent, à la fois plaintif et mâle, qui accompagnait mon entrée..., le son du cor, mélancolique et puissant...

> Oh ! que le son du cor est triste
> [au fond des bois !

au fond de l'orchestre aussi.

» Instinctivement, je regardais donc, quoique je déteste la musique, art de pures sensations, inférieur à la poésie qui vit de pensée. Je regardais le musicien qui jouait du cor et faisait sa partie dans l'orchestre. Un tout jeune homme, pâle, maigre, souffreteux, dont le visage émacié devenait pourpre quand il soufflait, de ses poumons malades, dans son cuivre ; souvent je l'entendais tousser, tousser, et un soir, pendant l'acte de *la Tour de Nesle*, quand je dis à Marguerite de Bourgogne : « Reine, où sont tes gardes?... Quand il n'y a, face à face, qu'un homme et une femme, que l'homme commande et que la femme tremble, c'est l'homme qui est le roi ! », à ce moment même, voilà que le musicien de l'orchestre est pris d'une quinte, mais d'une quinte... ah ! quelle quinte !... Tapage, cris, protestations. « A la porte !... Silence !... Du jujube ! On demande un pharmacien !... » Moi, je tenais toujours Marguerite de Bourgogne éperdue et frissonnante sous la mâle et double menace de mon geste et de mon regard, et, la quinte du pauvre garçon continuant d'une façon déplorable, un cri parti du haut des galeries supérieures vint, comme un fer pénétrant, frapper le malheureux en pleine poitrine : « Va-t'en donc de l'orchestre, sirop de cadavre. »

« Monsieur, l'hommage spontané d'une foule me touche aussi vivement que sa cruauté me torture. Il y eut, dans la salle, sur ce mot de ce Chamfort du paradis, si je puis m'exprimer ainsi, il y eut, dis-je, un tel éclat de rire que je m'en sentis pris de pitié jusqu'au fond de l'âme et irrité aussi, oui, d'autant plus irrité que madame Nathan, qui jouait Marguerite de Bourgogne, et qui, du reste, était de ces femmes qui voient beaucoup moins, dans le théâtre, un sacerdoce qu'un piédestal à leur beauté, madame Nathan éclata de rire, oui, parfaitement, elle, Marguerite, reine de France, qui devait rester comme foudroyée et pétrifiée sous mon regard.

» Pénible épisode, monsieur, d'une existence artistique déjà longue. Le malheureux musicien, c'était Montescure, se leva brusquement sous ce coup de fouet d'un lazzi populaire. Il traversa brusquement l'orchestre et, renversant à demi la contre-basse en donnant un coup de coude involontaire au premier et d'ailleurs unique violon, il disparut rapidement par la petite porte de sortie des musiciens, comme Mordaunt s'enfonce dans la muraille devant l'épée de d'Artagnan. Mais, quelque rapide qu'eût été sa fuite, mon œil habitué à sonder les profondeurs d'une salle, pleine ou vide, avait pu saisir sur le visage amaigri du jeune homme une de ces expressions désespérées que l'art renonce quelquefois à exprimer, et, au moment de disparaître, j'avais vu le musicien porter vivement son mouchoir à ses yeux, puis à ses lèvres, et le tissu avait été teint bientôt d'une tache rouge qui, faut-il vous le dire ? était du sang !

» Sirop de cadavre ! La plaisanterie me revenait cruellement aux oreilles pendant que j'achevais ma scène, et l'âme de Buridan fut, pendant quelques minutes, très éloignée de Marguerite de Bourgogne... Je pensais au musicien, et le prestige de l'art ne m'arrachait pas tout entier à cette sinistre réalité : un mouchoir taché de sang comme celui qu'André Roswein (un de mes bons rôles) présente à Dalila. Je la devinais, cette réalité, très triste, sombre. Mon acte fini, je remontais à ma loge, lorsque, sur l'escalier, et tenant encore son mouchoir rougi sur sa bouche, je rencontrai, je me heurtai presque au musicien qui m'attendait.

» Il avait l'air tremblant.

» — Ah ! monsieur Brichanteau, je suis désolé, désolé... Mon Dieu, que je suis désolé !

» — Et de quoi, mon jeune ami?

» — Mais de... cette toux..., du scandale..., ma sortie.

» Je compatissais intérieurement à cette timidité qui était comme un inconscient hommage.

» — Mon jeune ami, dis-je pour le consoler, rassurez-vous ; j'en ai vu bien d'autres ! J'ai parfois bravé les tempêtes populaires et la cabale m'a plus d'une fois bombardé de pommes crues, ces obus végétaux que bravent les soldats de l'art. Une interruption de plus ou de moins m'importe peu. D'autant plus que je n'en ai pas moins eu mon rappel après le tableau, vous l'avez vu. Ah ! non, vous ne l'avez pas vu, vous étiez sorti. Et très chaud, ce rappel, tout à fait chaud.

» Il se tenait collé contre la muraille, et pâle et lugubre... Je l'invitai à entrer dans ma loge. Et cela avec un empressement d'autant plus vif que nous étions dans un courant d'air et que ma voix très puissante, vous l'entendez, mais très sensible, craint les enrouements... Une fois entré, je le priai de prendre place sur un siège... et alors, là, roulant son chapeau de feutre entre ses doigts, il me conta son histoire, celle que je vous ai dite, son départ de Garigat-sur-Garonne, près Toulouse, sa double vocation de musicien et de statuaire, ou plutôt son désir de pouvoir nourrir son rêve d'art, la sculpture, par son métier, le cor (devenu pour l'orchestre le cornet à piston) ; et tout en parlant, il me regardait et si fixement, que je me tournai vers la glace, me demandant si je m'étais mal fait ma figure... Pas du tout... Grimé superbement ! C'était seulement parce que j'étais admirablement grimé qu'il me contemplait.

» — Vous trouvez que je tiens bien mon Buridan, n'est-ce pas? demandai-je. Je lui ressemble?

» J'entendais par là, monsieur, que je ressemblais au type idéal que la foule se forme de cet homme. L'idéal, vous entendez, je suis pour l'idéal !

» Il me répondit :

» — Je trouve, monsieur Brichanteau, que vous avez l'air d'un Romain !

» Buridan était Bourguignon, j'avais l'air d'un Romain ! Cela ne faisait rien. C'est vrai, j'ai l'air d'un Romain. Quand je jouais la tragédie à Montpellier, la préfète me dit, un soir : « Monsieur Brichanteau, vous ressemblez à une médaille ! » Montescure, le petit musicien, était de l'avis de la préfète. J'avais l'air d'un Romain, et, de plus, j'avais l'air d'un certain Romain qu'il cherchait comme nous cherchons nos types. Tous les arts sont frères.

» — Ah ! monsieur Brichanteau, me dit-il, si j'avais devant moi, pour me poser ma figure, un modèle comme vous !

» — Un modèle?

» Il avait touché là à une fibre sensible. J'étais bien jeune quand monsieur Ingres, feu monsieur Ingres, m'avait choisi pour lui servir de modèle dans un des personnages de son fameux *Saint Symphorien*. Lui aussi, feu monsieur Ingres, me trouvait l'air antique. Il m'appelait Talma jeune, Talma II ! C'est pourquoi, plus d'une fois, dans le courant de mon existence, j'avais consenti à faire servir mes dons physiques à la nourriture de mes dons intellectuels. J'ai connu monsieur Delaroche, monsieur Léon Cogniet. Mon profil est accroché, à trois exemplaires, au musée de Versailles : en croisé, en gentilhomme du temps de François Ier et en enrôlé volontaire. Vous me reconnaîtrez, avec ou sans moustache. Mais, depuis des années, je ne posais plus. Tout au théâtre, rien qu'au théâtre, avec tous ses hasards et ses traverses.

» Cependant, le pauvre Montescure me contait ses projets. Il avait trouvé un mouvement qu'il croyait bon. Il avait montré son esquisse à monsieur Falguière qui la trouvait bien. Il voulait, je vous l'ai dit, incarner dans un *Romain sous le joug* toute l'amertume de la défaite, ma pensée, ma propre pensée, encore une fois...

» Mais pas d'argent pour payer le modèle, pas le sou pour mener la statue jusqu'au bout.

» — Eh bien, dis-je à Montescure, je vous le poserai, moi, votre Romain ; je ferai deux parts de mon existence comme vous : l'une au drame, l'autre à la statuaire. Quand voulez-vous que j'aille à votre atelier?

» Ah ! il était joli, son atelier ! Pauvre diable ! Une sorte de cage à poulets, en planches, dans le fond d'un jardin, au revers de la butte. Une masure, où le malheureux, poitrinaire au dernier degré, avec des cavernes grosses comme cela dans les poumons, devait avoir l'onglée en travaillant. Le jour entrait du haut par un châssis où des vitres manquaient, remplacées par des morceaux de journaux collés là. Mais, dans ce taudis, il y avait des morceaux, des études, des maquettes qui étaient des chefs-d'œuvre. Des choses remarquables, si vous trouvez que le mot de chef-d'œuvre est trop fort ; des machines enlevées au pouce, mais d'un joli mouvement et originales. Et puis, surtout, il y avait ce Romain, le futur numéro 3773, ébauché mais bien campé, courbé comme un bœuf et la tête de côté, le front menaçant comme celui d'un taureau à la corrida.

» Ma foi ! quand je vis ce pauvre garçon, si grêle et si pâle, attelé à cette figure puissante, je m'épris de l'œuvre. Je me dis : « Il la finira, sa statue ; je serai son inspirateur, à ce musicien qui pétrit de la terre, je serai son collaborateur, je serai son modèle ! » Et je me tins parole ! Entre deux répétitions, j'allais à l'atelier, l'atelier, quelle ironie ! et, étant, la veille, Hernani ou Montéclain de *la Closerie des Genêts*, je devenais, le lendemain, le Romain de Montescure, le Romain courbé comme celui du peintre Gleyre, le Romain vaincu mais menaçant tel que je l'avais été en 1871, dans la prison de Versailles, lorsque je faillis enlever, oui, faire prisonnier le roi de Prusse... Je vous conterai cela... Pour Montescure, je fis des bassesses auprès du directeur de l'Odéon, ancien camarade à moi, afin d'obtenir une cuirasse et des parties de costume d'Horace. J'obtins ces accessoires, et moi, qui aurais pu et peut-être dû jouer la tragédie à la Comédie-Française, moi le Talma II de feu monsieur Ingres, je figurais un centurion vaincu dans l'atelier glacé d'un pauvre petit statuaire inconnu sur le revers de la butte Montmartre !... Symbolisme admirable d'ailleurs : les Fourches Caudines, image de ma vie, des Fourches Caudines qui ont pu m'attrister, non me réduire !

» Et le pauvre Montescure était fou de joie depuis qu'il *tenait* son modèle. Et il travaillait, travaillait, le pauvre petit !...

» — Ne vous tuez pas, Montescure, lui disais-je. Pas de fièvre ! Dominez votre œuvre. Le paradoxe de Diderot est faux ; l'artiste doit mettre tout son cœur, tout son être dans son jeu, mais jusqu'à un certain point. Il doit cracher son génie à la face de son siècle, mais non pas ses poumons. Ne vous tuez pas, Montescure !

» Ça m'était facile à dire. Mais lui, l'inspiré, il avait hâte d'achever son œuvre. Il sentait la vie lui échapper comme de la terre trop molle entre ses doigts maigres. Il me disait souvent :

» — Si je pouvais vivre jusqu'au Salon !

» — Êtes-vous fou? lui répondais-je. Vous m'enterrerez, Montescure, et pourtant j'ai des muscles. Et voulez-vous me faire plaisir? Vous ferez mon buste, qu'on placera sur ma tombe : *Sébastien Brichanteau, comédien français*.

» Il riait. Moi, j'ajoutais :

» — Je voudrais être immortalisé par un grand sculpteur, comme Talma par David d'Angers ! Je le serai par vous !

» Et il était heureux, si heureux, remonté comme une lampe, vaillant, presque solide, le pauvre Montescure. Je lui donnais, monsieur, la suggestion de la foi en lui-même.

» Ah ! tout cet hiver, ce long hiver, il n'a pas été gai pour l'auteur du *Romain passant sous le joug !*... Montescure bûchait, dans sa glacière, comme un porion belge dans sa mine, et la sueur parfois coulait sur ses membres grêles, sur son front, où, de chaque côté, j'aurais pu fourrer trois doigts en ses trous. Et puis il y avait ces soirées au théâtre qui l'époumonnaient, qui le tuaient ! Je m'ingéniais à chercher les moyens de l'empêcher d'aller à l'orchestre, de revenir la nuit, dans la neige, le brouillard. Sans compter les rôdeurs de la butte ! Je l'accompagnais souvent jusque chez lui, lui donnant le bras et revenant ensuite à mon logis en disant des vers. Ma robustesse avait pris cette faiblesse en affection.

» Je n'étais pas seulement son modèle (et souvent j'ai risqué le rhume et l'influenza dans ce diable d'atelier), j'étais aussi son conseiller. Ne s'était-il pas épris de notre ingénue, ce pauvre Montescure? Il la voyait telle qu'elle lui apparaissait au delà de la rampe, blonde, rose, douce, et il ne parlait rien moins que de l'épouser, si elle voulait.

» — Mon enfant, lui disais-je, il est perdu, l'artiste qui met son pied dans la pantoufle d'une comédienne. Je les connais, les femmes ! Ce sont de grandes séductrices, mais avez-vous bien regardé leurs sourires, étudié leur voix? Du théâtre! C'est du théâtre! Il faut à l'artiste une compagne dévouée et, laissez-moi vous le dire, une femme qui soit le pot-au-feu auquel vous mettrez des ailes !

» Il ne répondait pas, Montescure ; il soupirait et disait :

» — C'est égal, mademoiselle Martinet est bien jolie ! Je ferai d'elle une statuette : *Pâques fleuries*.

» — Oh ! des *Pâques fleuries*, cela, tant que vous voudrez ! Si elle vous inspire, tant mieux ! Mais l'épouser...

» Alors il hochait la tête, soupirait, se moquait de ses propres espoirs. *Pâques fleuries !* Avant de songer même à l'œuvre nouvelle, aurait-il seulement le temps d'achever le *Romain*, qui me donnait tant de torticolis? Car je n'ai pas besoin de vous le dire, je posais en conscience, comme je joue. Modèle ou comédien, le dévouement, chez moi, est le même.

» Et le *Romain* avançait lentement, très lentement ; la force manquait au pauvre petit. La sculpture est un art de lutteur. J'obtins de lui qu'il cessât de jouer à l'orchestre de Montmartre. Il pourrait se coucher plus tôt, ne pas se monter la tête en regardant, comme du bas d'un autel, les cheveux blonds de mademoiselle Martinet, l'ingénue, qui se moquait de lui dans la coulisse et disait qu'il jouait des airs où son cornet à piston *faisait de l'œil*. Je lui avais assuré que notre directeur lui garderait sa place et que nul gagiste ne lui succéderait. Il s'était laissé persuader.

« — Mais comment vivrai-je, Brichanteau?

» — Est-ce que vous ne vivez pas?

» — Comment vous payerai-je vos séances?

« — Êtes-vous insensé? Est-ce qu'il n'était pas convenu qu'il ne serait jamais parlé de ces choses entre nous?

» — Mais le poêle..., il mange du charbon, le poêle...

» — Eh bien, il en mangera ! Ça ne coûte pas cher, le charbon. On a trouvé des mines de houille... en masse... Le coke devient encombrant... On le donne, le coke.

» On ne le donnait pas, mais ce n'est pas ruineux. J'avais songé à ouvrir une souscription dans le théâtre, à mettre en loterie une maquette quelconque de Montescure : *Tombola au bénéfice d'un artiste très intéressant* ; mais c'était une âme d'élite, Montescure : une sensitive. Il eût pu se sentir blessé. Je renonçai à ce moyen, que nous employons souvent entre nous, et qui a servi à soulager bien des misères. Il y avait aussi la représentation extraordinaire : *Matinée au bénéfice d'un anonyme*.

» J'aurais volontiers rejoué Tyrrel des *Enfants d'Édouard*, pour la circonstance. Tyrrel, un de mes triomphes ! Mais la saison était mauvaise. Si nous n'avions pas fait nos frais ! Tout est possible. Et puis, il eût été peut-être convenable de consulter Montescure, et Montescure eût refusé, même sur cette restriction, l'anonymat.

» Ma foi, tant pis, je pris tout sur moi, c'est-à-dire que j'apportai moi-même, dans un panier ou dans mes poches, le coke qui servait à chauffer le misérable petit atelier. J'arrivais souvent aussi avec des nourritures variées, que je venais, disais-je, de recevoir du Midi, dons anonymes, l'anonymat toujours, d'admirateurs inconnus. Je ne disais pas d'admiratrices, pour ne point évoquer l'image de mademoiselle Martinet. J'avais, ces jours-là, déjeuné d'avance, je mangeais peu avec Montescure, et je laissais ce qui restait, en disant :

» — Voilà ! Je n'ai plus faim !

» C'était une manière comme une autre de lui garnir son garde-manger. Et pour cela, je faisais des cachets d'extra, je donnais des leçons à un jeune prince moldave bègue à hurler, qui se destinait au Conservatoire, et qui trouvait que je comprenais mieux le répertoire qu'au faubourg Poissonnière. En quoi il avait raison.

» Bref, j'ai été, pendant cet hiver, pour le sculpteur ce que fut, comment? ce nègre, je ne sais plus son nom, pour le poète portugais... Moi aussi, je vous assure, j'aurais mendié pour cet autre Camoens, le Camoens de la sculpture. D'autant plus que les mendiants ont souvent de l'allure. Voyez Callot ! Si j'avais, sous les haillons de don César de Bazan, demandé l'aumône pour Montescure mon escarcelle se fût emplie de carolus d'or!

» Je n'avais pas de carolus d'or. Mais mes quelques sous suffisaient à faire vivre le petit Toulousain, dont la toux me faisait mal. Et les jours passaient, la statue avançait. Il vivait, le *Romain*, il devenait farouche, superbe. Je continuais à exprimer, et Montescure s'acharnait à rendre toute l'amertume de la défaite. Oh ! elle y est ! Regardez bien, elle y est, l'amertume ! Et les bourgeons se montraient aux arbres. Il faisait moins froid sur la butte. *C'était mars, c'était avril...*

» — Allons, allons, disait Montescure, je sens maintenant que je vivrai jusqu'au Vernissage !

» Et il était gai, heureux. Il ne toussait presque plus.

» La terre achevée, il fallait de l'argent pour le plâtre, les praticiens ; je crois bien que je vendis quelques hardes, puis encore un ou deux bouquins : *Polyeucte*, avec une dédicace de monsieur Samson : *Au jeune et déjà grand élève de M. Beauvallet ;* mais je ne regrette rien. Le plâtre, quand il apparut tel que vous l'apercevez, me paya de toutes mes peines.

JE DONNAIS DES LEÇONS A UN JEUNE PRINCE...

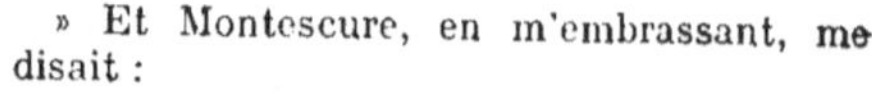

» Et Montescure, en m'embrassant, me disait :

» — Ah ! Brichanteau, si pourtant j'ai un succès, c'est à vous, cher ami dévoué, à vous que je le devrai !

» Il était à bout de forces, littéralement à bout, et, le jour même où le *Romain passant sous le joug* quitta le pauvre atelier de la butte pour aller aux Champs-Élysées, devant le jury, il s'alita. Oh ! il tomba, écrasé sous ses efforts, n'en pouvant plus. Je le vois encore suivant des yeux la figure de plâtre qu'il avait embrassée, comme s'il se disait : « Si je ne la revoyais plus cependant !... » Je regardais son blême visage creux, ses yeux enfoncés comme dans des trous, ses longs cheveux, sa barbe rousse et rare. Il me faisait l'effet d'un saint émacié..., un spectre de moine... Avec cela, il avait la fièvre : rongé d'inquiétude, il me disait, la voix rauque, entre deux quintes de toux :

» — Pourvu qu'elle soit reçue, ma figure ! Oui, si elle allait être refusée, Brichanteau !

» — Comment voulez-vous? Un chef-d'œuvre.

» — Vous croyez, vraiment? C'est bien, vous trouvez que c'est bien ?

» — C'est plus que bien, c'est saisissant, c'est poignant. C'est beau comme du père Rude. Le Romain n'aurait pas été fait d'après moi que je le trouverais admirable !

« Alors cela le rassurait, et il était un peu plus tranquille dans son lit, car il restait couché, abattu. Il payait là les efforts de l'hiver. Et, dans ses malheureux tiroirs de pauvre, pas un sou pour les sirops, le médecin. Oh ! le médecin ne coûtait pas cher. C'était un habitué du théâtre, un interne, qui faisait aussi de la littérature.

» Il m'avait soigné, un soir que, dans *le Bossu*, cet animal de Dorbigny, qui est maladroit, m'avait blessé d'un coup de rapière, et nous étions restés unis. L'histoire de Montescure, que je lui avais contée, l'avait intére sé et il venait apporter au chevet du malade les secours de la science, comme moi, ceux de l'art. Car je lisais et récitais des poètes à Montescure, pour le calmer et même, je l'avoue sans honte, pour l'endormir.

» Bon médecin, mais n'ayant pas confiance dans la guérison de Montescure, mon ami l'interne !

» — C'est un homme usé, fini... Un mal de misère et *ph*, *th*, comme disaient nos anciens, avant la nouvelle orthographe.

» Ce qu'il y a de plus triste, monsieur, c'est que le pauvre garçon allait mourir avant de savoir que son Romain, notre Romain aurait du succès, avant de savoir même que sa figure serait reçue... Il passa entre mes bras, un matin, faible comme un enfant, et sa pauvre tête maigre s'abattit là, sur mon épaule. Il répétait : « Merci, merci. » Ses mains essayaient de serrer mes doigts robustes... Je l'entendais aussi qui répétait un mot qui est notre grand mirage à nous tous : la gloire !...

» Ah ! oui, la gloire ! Les malins en ont la monnaie, qui s'appelle le bruit ; les naïfs en ont les épines...

» Nous étions six derrière le convoi de Montescure : l'interne, deux musiciens de l'orchestre, Barigel, notre régisseur, et la portière de la petite cage à poulets où le sculpteur était mort.

» J'avais essayé de décider mademoiselle Martinet à venir... Elle avait autre chose à faire. Et puis, comme elle disait : « Est-ce que je le connais, votre musicien ? » Ça lui aurait pourtant fait plaisir, là-bas, au pauvre garçon. *Pâques fleuries !* Un de ses rêves. Pas de parents. C'était, le petit Toulousain, dans Paris, un caillou tombé dans la mer ! Comme je revenais chez lui, après l'avoir laissé sous la terre, par le plus beau temps d'avril, un avril qui se moquait de nous, vraiment, la portière trouva un pli officiel à l'adresse de Montescure. C'était l'annonce de la réception du *Romain vaincu !* On l'a placé là, ce Romain, assez mal, et le jour du Vernissage, on ne l'a pas vu... Mais, dorénavant...

En ce moment, Brichanteau s'interrompit et me dit :

— Pardon !

Une grande couronne de fleurs artificielles, des violettes, une couronne où s'enroulait un ruban tricolore voilé d'un large crêpe, arrivait, portée par un commissionnaire que guidait un gardien.

Et Sébastien Brichanteau, relevant sa tête solide, aux longs cheveux en crinière, fit avec un grand geste triomphant :

— Voilà qui arrêtera, du moins, les pas et les regards de la foule vulgaire et lui dira : « Il y a ici un chef-d'œuvre et un deuil. Regarde ! »

C'était lui, Brichanteau, qui, n'hésitant plus, avait fait une quête au théâtre pour l'achat de la couronne et la faisait déposer là, pieusement, sur le socle du nº 3773.

Des curieux venaient, pendant que Brichanteau arrangeait les rubans et le crêpe. Des indifférents accouraient.

— Pauvre Montescure ! disait le comédien en hochant la tête ; il fait recette !

UNE GRANDE COURONNE ARRIVAIT.

Puis, s'éloignant un peu, pour juger de l'effet de la couronne, comme un régisseur le jour de l'anniversaire et du couronnement d'un buste de poète :

— Il manque là une palme, dit Brichanteau. Elle y sera demain !

Alors, s'approchant de moi, doucement à l'oreille :

— Mieux que cela, fit-il. Il paraît qu'on s'est ému aux Beaux-Arts de la mort de Montescure. L'État devra acheter sa statue et la faire couler en bronze. C'est absolu. Il le faut. On l'enverra, ce Romain, en province, et il apparaîtra, debout et frémissant, dans la verdure de quelque square. Pauvre Montescure ! Il n'aura pas fait mon buste, non ; mais il aura incarné toutes les douleurs et toutes les protestations dans ma personne ; c'est moi, ce sont mes traits qu'il aura transmis à la postérité, et si, ce que je n'espère pas, la vie me donne une revanche et me permet d'affirmer par quelque création inattendue ma personnalité artistique, ce n'est pas aux vitrines des photographes à la mode qu'il faudra chercher ma passagère image, Dieu merci, non ; j'ai maintenant le plus souverain mépris pour ce Panthéon de la rue où les danseuses de bals publics font vis-à-vis aux gloires moins contestables de la patrie ; c'est en plein vent, en plein air, parmi les arbres et sous le soleil qu'on retrouvera, patiné par le temps et sous les traits fiers d'un soldat romain, Sébastien Brichanteau, ce soldat de l'art qui a eu l'honneur de partager son pain avec Claude-André Montescure, né à Garigat, près Toulouse (Haute-Garonne), élève de l'École des Beaux-Arts de Toulouse, « nº 3773 », voyez le livret. Et qui sait ?... D'avoir servi de modèle à ce pauvre garçon, c'est ce qui restera peut-être mon meilleur rôle !... Elle fait bien, cette couronne ! Comme toutes les dernières couronnes !

Puis Brichanteau me quitta un moment.

Il avait aperçu, près d'une statue voisine, un homme à l'aspect robuste, le visage rougeaud, la barbe d'un gris crasseux, un binocle sur son nez court, et qui regardait les statues comme les myopes la peinture, de très près, à lui faire dire ainsi que Rembrandt, lorsqu'on approchait trop de ses toiles : « Reculez-vous donc, cela sent mauvais ! »

— L'adjoint au maire de Garigat-sur-Garonne, me dit Brichanteau, vivement. Je suis à vous, monsieur, dans un moment !

Il avait noblement porté sa main, fine et belle, faite pour manier le pinceau ou la rapière, à son grand feutre brun qui lui donnait l'allure d'un mousquetaire et, en trois pas, il fut tout près de l'homme à barbe grise qu'il aborda d'un air aimable, mais très digne. Une façon de se présenter, élégante et fière, tel d'Artagnan s'inclinant en rapportant les ferrets de la reine.

Et je contemplais, tandis qu'il parlait, très droit, très animé, le geste ample et sûr, ce brave comédien d'autrefois, qui incarnait pour moi, avec leurs fièvres, leurs espoirs, leurs dévouements, leurs illusions, plus d'une génération d'artistes, ce Sébastien Brichanteau, pauvre épave de l'art rejetée par tous les flots comme une carcasse de barque de cabotage après les orages, ce brave garçon qui avait, à vingt ans, rêvé la gloire et la fortune, les deux pôles du pays de Chimère, et qui, à soixante, avec une bonté naïve et un dévouement de frère aîné, ôtait de sa bouche, pour les donner à un compagnon de détresse moins bien trempé que lui, les miettes du pain amer et plein de gravier que lui laissait à peine la destinée.

Il m'avait intéressé avec son histoire de Montescure. Je devinais en lui tout un monde de souvenirs. Il en avait tant vu, le pauvre cabotin, tant et tant, dans ses dures traverses ! Et la vie l'avait laissé bon comme elle le laissait beau. Grand, la tête haute et le torse large, il avait plutôt l'air d'un Gaulois bravant la chute du ciel que d'un Romain passant sous le joug, ce sexagénaire dont l'âge avait respecté la longue chevelure noire et les moustaches drues et tombantes, où quelques fils blanchis apparaissaient à peine. On lui eût, avec son bel œil bleu, un peu triste, songeur, plein d'éclairs aussi parfois, facilement rallumés sous ses sourcils en broussailles, et en dépit des joues un peu grasses et des légers fanons de son cou, qu'il dressait comme pour le porter sur l'échafaud, donné à peine cinquante ans, quarante-cinq *au besoin*, comme on dit dans les emplois de théâtre. Il semblait taillé en plein cœur du bois de chêne.

« Je ressemble à Flaubert », devait-il me dire souvent dans nos conversations futures. Il avait raison. C'était un bon géant de cette trempe. Montescure, en le faisant si beau, l'avait fait vrai, tout simplement.

Il revint au banc où j'étais demeuré assis, après trois minutes de conversation avec son méridional, qu'il avait quitté en lui serrant la main noblement : il m'aborda tout rayonnant, un feu de joie dans les yeux :

— Je vous demande pardon ! Mais c'est encore pour Montescure que je viens de travailler. Oui, ce monsieur Cazenave, l'adjoint de Garigat-sur-Garonne, je l'ai connu à Toulouse ! C'est même un poète, Cazenave, un poète du cru, et j'ai récité de ses vers. Des à-propos patriotiques. Service pour service. En le voyant, une idée a traversé mon cerveau comme l'eût fait un éclair. Quand je vous disais que Montescure était de Toulouse, la vérité est qu'il est né tout près de là, à deux pas, à Garigat-sur-Garonne. Eh bien, voilà mon idée. Elle est sublime. Il faut que, si l'État fait la grimace ou n'a pas le sou, le conseil municipal de Garigat-sur-Garonne achète le *Romain passant sous le joug !* Oui, oui, je m'attelle à ça !... Je viens de semer le grain. Il germera. Cazenave n'a pas dit non. Les âmes des poètes et des comédiens sont sœurs. Il m'aidera, Cazenave, et je jure Dieu, oui, sur ma vie, je le jure, que réparation sera faite au pauvre diable dont on a si mal placé le chef-d'œuvre.

Alors s'adressant à la statue du *Romain*

vaincu, magnifique, avec son geste impétueux, Sébastien Brichanteau, dans une apostrophe qui eût ameuté la foule dans toute autre partie du jardin que dans ce coin déserté, fit, comme sur les mânes du sculpteur vaincu, le serment d'arriver à ce que la statue de Montescure fût placée au musée de Garigat-sur-Garonne, et, comme sa ville natale n'avait pas de musée, dans le plein soleil du Forum, sous l'œil des passants, la curiosité des voyageurs et l'admiration des foules.

— Oui, Montescure, on signalera ton œuvre dans les Guides Joanne, c'est ton vieil ami Brichanteau qui te le promet... Je te revois, dans les repos de ton modèle, et pour employer ton temps, pauvre garçon, prenant ton cornet et soufflant à t'époumoner, répétant les airs que tu devais jouer le soir, au théâtre !... Que de fois t'ai-je arraché ton instrument de mort ! Jouer des *trémolos*, toi qui étais fait pour peupler de tes visions de marbre le Luxembourg et le Louvre !... Montescure, je tiendrai mon serment et réparation te sera faite ! Montescure, tu seras vengé !

Et se retournant vers moi :

— Oui, monsieur, moi qui n'ai jamais su me remuer pour moi-même, je me remuerai ! Moi qui n'intrigue pas, j'intriguerai ! Je donnerai des représentations dans les cafés-concerts, s'il le faut. Je ferai signer des pétitions, je promènerai des listes de souscription dans les foyers de théâtres... Ils sont féroces, mes camarades, mais ils ont bon cœur ! Même les femmes qui n'ont pas de cœur savent en trouver un quand on les émeut ! Et il me semblera, lorsque Montescure sera illustre, que Sébastien Brichanteau, le Talma d'autrefois, a sa revanche. Cette revanche, j'y ai droit. *Ah ! ohimé ! ahi ! ahi ! povero Calpigi !* Monsieur, si vous connaissiez ma vie !...

Il ne demandait qu'à la conter, égrener le chapelet aux grains noirs de son existence, le vaincu de l'art, le Romain tirant le collier de misère. Il avait son cœur à dégonfler, lui qui avait un cœur, et ses souvenirs à défaut d'espérances.

Je l'avais écouté, par hasard, ce jour-là ; je voulus désormais l'entendre, et, saisissant au passage, notant une à une les confidences de l'artiste indompté, toujours croyant et toujours fier, c'est lui, avec la saveur même de ses propos, des images, son style bourré de réminiscences de théâtre, de lambeaux de rôles, de loques de tirades, de paillons et de rayons, picaresque et pittoresque, c'est Sébastien Brichanteau, comédien français, pensionnaire de tous les théâtres de France qui va laisser, battant encore de leurs ailes cassées, envoler, bons ou mauvais, ses souvenirs.

II

LE LASSO

Je me rappelle encore avec tristesse la saison que je passai à Perpignan. J'y étais engagé en qualité de premier rôle et, là-bas, dans ce chef-lieu perdu, loin des regards du public parisien, mon vrai public, je mettais à jouer mes rôles autant de soin, autant d'âme que si j'eusse créé un drame d'Hugo devant les grands critiques de Paris. Aussi bien ne vous étonnerai-je pas en disant que j'étais devenu l'idole du public des Pyrénées-Orientales. Je repassais avec succès tout mon répertoire et je me consolais avec les triomphes de l'art de mon exil près de la frontière espagnole.

Car c'était un exil, Perpignan, le bout du monde, pour moi qui ambitionnais la Porte-Saint-Martin, la Comédie-Française au pis aller, l'Ambigu ! Mais, quand on joue où l'on peut, l'important est de jouer comme on doit le faire. « Vous n'avez pas d'église à décorer, disait Eugène Delacroix (je l'ai connu et je lui ai posé un cavalier turc), peignez une fresque dans le premier carrefour venu ! » Je me disais qu'après tout, à Perpignan, il y a des amateurs d'art comme partout, et c'est pour ceux-là que je jouais. Ils me comprenaient, ils m'applaudissaient. J'en étais consolé et raffermi.

D'ailleurs, je devenais populaire et l'on me saluait quand je passais dans la rue. Je me rappelle qu'un jour, en sortant du tribunal, le premier président m'aborda, devant la statue de François Arago, pour me féliciter de la façon dont j'avais joué *Lazare le Pâtre*, et un dimanche, après une représentation de *Ruy-Blas*, le préfet me fit dire officiellement que la pièce n'avait jamais été mieux interprétée à Paris. Cela console.

La presse aussi m'était favorable. Elle est peu nombreuse, mais je l'avais toute pour moi. Elle comprenait mes efforts, elle les encourageait. J'en étais touché. Je me soucie peu des jugements de la presse, et cependant je n'ai jamais pu m'empêcher de lire les journaux pour voir si les jugements de la critique étaient bien d'accord avec ma conscience. Presque toujours, ils l'ont été.

Cependant, un soir, pendant un entr'acte des *Beaux Messieurs de Bois-Doré*, mon camarade Paturel, un bon garçon, me dit d'un air qui m'étonna :

— As-tu lu l'*Argus*?

L'*Argus*, c'était un petit journal, politique et littéraire, viticole aussi, qui défendait les intérêts des cultivateurs de Perpignan, et possédait un critique artistique spécial, venu de Rivesaltes, et qu'on appelait avec respect le *Jules Janin de Rivesaltes*. En province, Janin, le prince de la critique, n'est pas encore oublié, vous voyez. J'ai toujours rencontré, dans mes campagnes en province, un critique autorisé, qu'on appelait, selon l'époque, tantôt le Janin, tantôt le Sarcey de la ville. On me disait en arrivant : « Il faut déposer votre carte chez Richardin, ou chez Verdinet : c'est le Sarcey de la ville. » Il y a un Sarcey à Lyon, un Sarcey à Bordeaux, un Sarcey à Lille. Autrefois, c'était un Janin.

— AS-TU LU L'*Argus*?

Je connaissais le Jules Janin de Rivesaltes pour l'avoir vu, au café, à Perpignan. C'était un bon garçon, carré des épaules et rond de l'estomac, très roux et très pâle, qui dressait fièrement sa tête hérissée et provocante, chauve déjà et retroussait volontiers ses moustaches à la russe. Un grand gaillard qui était entré dans le journalisme comme il eût placé des vins, et qui *faisait l'article* avec le bagou et l'importance d'un commis voyageur. Il paraît qu'il avait été d'abord aimable pour moi dans l'*Argus* ; puis, comme il avait trouvé que je ne lui témoignais pas assez de remerciements et que je méconnaissais ainsi sa puissance, ses épithètes avaient changé de nuances, et le numéro de l'*Argus*, dont me parlait mon camarade Paturel, contenait un article parfaitement désagréable. Un article où les mots *comédien forain* étaient imprimés à propos de moi, de moi, Brichanteau, élève et rival de Beauvallet.

— Qu'est-ce que tu as donc fait à Baculard? me demanda Paturel.

— Moi ? Rien. Je ne lui ai jamais parlé.

— Voilà donc le *hic* ! fit mon camarade. Baculard aime assez qu'on lui rende hommage. Tu ne l'as pas fait ; tu l'auras blessé dans son amour-propre !

— Mon cher Paturel, j'ai un principe. La critique est libre de me juger, et ce n'est pas à l'artiste de solliciter sa bienveillance ou de la remercier de ses arrêts. Le Jules Janin de Rivesaltes écrit ce qu'il pense : il fait son devoir et je fais le mien.

— Mais non, mais non, répétait Paturel. Il y a un malentendu. Une poignée de main à Baculard arrangerait bien des choses !

— Après son article? Impossible. L'artiste peut oublier ; l'homme, jamais !

Il faut vous dire que cet article de l'*Argus* était terriblement insolent. J'avais eu, en le lisant, des démangeaisons dans les doigts. Mais quoi ! ce pataud était bien libre, après tout, de trouver le comédien exécrable, et, tant qu'il ne s'attaquait point à ma vie privée, je pouvais être ulcéré, mais je n'avais rien à dire.

Cependant, toujours devant la statue d'Arago, rencontrant, le lendemain, ce gros homme insolent, qui fumait son cigare en causant avec une marchande de journaux, j'affectai de passer devant lui en cherchant son regard et sans ôter mon feutre. Il m'avait vu venir et se campait sur mon passage, la tête redressée, sa face narquoise et satisfaite esquissant déjà un sourire, et je devinai bien qu'il attendait mon coup de chapeau et ma main tendue pour me dire, gouailleusement :

— Hé ! hé ! Brichanteau, nous y venons donc tout de même !

Je le devinai si bien que je pris la pose de don César dévisageant don Salluste, et que je passai fièrement devant le Janin de Rivesaltes assez stupéfait.

Et j'étais content. J'avais vu rougir un peu cette face bouffie, un éclair de colère avait traversé ces yeux mauvais. Le *comédien forain* s'était vengé.

Petite vengeance à coup sûr, mais il y a plaisir à regarder en face ceux qui vous insultent et à leur jeter dans un coup d'œil toute une hottée de mépris. Ce Baculard, qui, comme moi, rêvait la gloire parisienne, s'exerçait là-bas au métier de terroriste littéraire que professent volontiers ceux qui n'ont ni imagination, ni charme, ni ressources de style, ni, la plupart du temps, de talent, mais qui tiennent à se faire remarquer et à se faire craindre et qui y réussissent. L'humanité est lâche, monsieur.

Quand on ne sait pas causer, on crie. Baculard hurlait. Il se faisait l'apôtre du grand art en songeant surtout aux petites femmes. Paladin de l'idéal, il émettait des théories sublimes tout en soupant avec les actrices qui le redoutaient et, au dessert, entre deux verres de chartreuse, il proclamait les idées auxquelles il avait voué sa vie et dont la première était de jouir.

Jouir de tout, de sa réputation qu'il entendait établir sur une terreur bleue ; de l'argent qu'il voulait gagner largement, de l'amour ou de ce qui s'appelle de l'amour, en un mot des femmes dont sa sensualité avait soif, de l'honorabilité même ou de ce qui en tient lieu, de tout enfin, de tout ce que donne une plume hardie qui se plonge en un encrier bourbeux. Nécessairement, il rêvait de Paris, d'exercer à Paris ses talents de boxeur, car Paris seul donne largement la renommée, l'argent et les

JE PASSAI FIÈREMENT DEVANT LE JANIN DE RIVESALTES.

femmes. Je ne sais ce qui le retenait dans les Pyrénées-Orientales, ce bon Baculard. Peut-être disait-il vrai quand il répétait en riant de son gros rire :

— Je me fais la main à Perpignan et à Rivesaltes, c'est ma salle d'armes. Mais le terrain, c'est Paris. Quand je serai maître de mes *dégagés*, j'irai !

Et son plan était bien simple pour débuter à Paris. Ah ! il ne s'en cachait pas. Il le faisait connaître, dans les causeries de café, à qui voulait l'entendre.

— J'arrive là-bas. Je guigne un incident, je le fais naître au besoin. Je vise une personnalité bien en vue, très éclatante, bien dans le train. Je l'attaque. Oh ! à fond ! Tout en fumera ! Alors, scandale. Il y a procès ou il y a rencontre. Je suis condamné ou blessé, peu m'importe, si je tue mon homme, tant mieux, et je suis en selle. Connu, redouté, choyé, après ce beau tapage. En un mot, arrivé ! Voyons, qui pourrais-je bien éreinter d'abord ?

Et il cherchait.

— Bah ! cela dépendra des réputations qui seront à l'ordre du jour lorsque je descendrai de wagon. Celui-ci ou celui-là, je m'en moque! Quelqu'un qui soit quelqu'un, voilà tout ce qu'il me faut ! Au choix !

En attendant, les troupes de comédie ou d'opéra qui arrivaient à Perpignan tremblaient devant lui. Baculard ! diable ! Quand on avait parlé de Baculard, il semblait qu'on eût nommé le tsar de toutes les Russies. La prima donna devenait pâle, l'ingénue avait des frissons, on voyait des larmes d'effroi dans les yeux de la jeune première. Moi, je vous l'ai dit, je m'en souciais comme un requin d'une pomme. Et en passant devant la statue d'Arago sans saluer Baculard, je m'étais décidément fait un ennemi, un ennemi *sterling*, comme je disais dans *Giboyer* du Jules Janin de Rivesaltes.

Paturel me répétait :

— Tu sais, Baculard? Il écume. Prends garde à sa bave. Il a des mots cruels. Le mot cruel, c'est même sa spécialité. Il a la dent dure, et, comme de plus elle est cariée, tu imagines si ça nous caresse quand il mord ! Un de ces matins, tu vas te réveiller avec quelque énorme abatage dans l'*Argus* !

— Eh bien, je répondais, ce n'est pas ce réveil-là qui m'empêchera de dormir la nuit suivante !

Et, de fait, l'abatage parut. Oh ! énorme, en effet, comme me l'avait prédit Paturel. Jette ton venin, Baculard ! Il l'avait jeté. C'était une appréciation de mon talent dans un des rôles que je jouais le mieux, rôle subalterne que je rendais, de l'avis de tous et de mon propre sentiment, presque littéraire à force d'art et de tact : Andrès des *Pirates de la Savane*.

L'*Argus* m'accusait de le jouer en pitre, en saltimbanque indigne de la foire de Saint-Cloud, en cabotin de village, etc., etc., etc. Trois colonnes d'aménités de ce genre. Éreintement dans les grands prix. Des mots cruels à la douzaine. Et, pour finir, cette appréciation que je me rappelle encore :

« M. Sébastien Brichanteau n'est pas un acteur. Avec ses poses d'écarteur landais ou de torero castillan, torero de quatorzième catégorie, il semble plus fait pour le métier de chulo que pour celui d'artiste dramatique et nous nous imaginons beaucoup mieux ce bouffon engagé comme vaquero dans un cirque et lançant le lasso dans quelque pantomime mexicaine que débitant de la prose, quelle qu'elle soit, sur les planches d'un théâtre. C'est un écuyer de cirque, ce n'est pas et ce ne sera jamais un comédien ! Vite à sa baraque, M. Brichanteau, avec son chapeau de feutre et son lasso ! »

Je dois le dire, ma première pensée, après la lecture de l'entrefilet, fut d'aller calotter Baculard et lui dire mon sentiment bien en face. Comme Saint-Vallier au roi de Marignan. Mais, après tout, même impertinent, il exerçait là son droit de critique. L'artiste appartient au public, à la presse, à qui le juge, à qui le siffle. Je rengainai ma colère et j'allai, soldat du devoir, répéter, obéissant à mon bulletin, comme si de rien n'était. J'arrivai même au théâtre faisant contre fortune bon visage et devinant, entrevoyant, flairant les numéros de l'*Argus* qui se dissimulaient dans les poches de mes camarades, tous ravis.

Il y avait, ce jour-là, un *raccord* pour *le Courrier de Lyon*. Je jouais Dubosc, Dubosc et Lesurques, rôle à tiroirs. Et, pendant la répétition, j'entendais vaguement Tholozet, le jeune premier, qui fredonnait, évidemment pour m'agacer et me rappeler le « torero castillan » de Baculard :

Toréador, prends garde !
Toréador, toréador !...

J'avais des envies de lui faire rentrer l'air de *Carmen* dans le gosier à ce criquet de Tholozet, et j'allais peut-être le faire quand, derrière un portant, la petite Jeanne Horly, qui jouait ma fille, me dit d'une voix triste, basse et peureuse :

— Monsieur Brichanteau, entre nous, il est bien méchant, n'est-ce pas, monsieur Baculard?

Je regardai la pauvre enfant. Elle se tenait adossée au décor et cherchait mes yeux anxieusement. Blonde, frêle, gentille, mais maigre, avec des années de misère à rattraper, de petites mains où il y avait encore des trous d'aiguilles, une petite Parisienne nourrie de rien, de charcuterie et de café au lait dans la mansarde de sa mère, mais qui avait le feu sacré dans les prunelles et un grand charme douloureux en toute sa personne de souffre-douleur. Encore une qui n'était pas faite pour la galère des planches !

— Pourquoi me dis-tu qu'il est méchant, ma fille? demandai-je à Jeanne.

Elle hésitait.

— Tu peux parler, va !

— Eh bien, monsieur Brichanteau, c'est que tout à l'heure on a lu tout haut un article..., cet article..., enfin l'article...

— Mon article à moi? L'article où il me traite de bouffon? Et après?

— Après, monsieur Brichanteau, après? Il y a que monsieur Baculard me fait la cour et qu'il me déplaît et que je sens bien que si je l'envoie promener...

— Il t'éreintera?

— Voilà, monsieur Brichanteau. Et monsieur Carbonier, c'était le directeur, monsieur Carbonier m'a dit comme ça : « Que Baculard éreinte Brichanteau, passe ; Brichanteau a des épaules pour supporter ça, Brichanteau a le public pour lui ; mais arrangez-vous pour que Baculard ne vous éreinte pas, car je ne pourrais pas imposer toute ma troupe malgré l'*Argus*, si l'*Argus* s'en mêlait... C'est bien compris? »

— Il a dit cela, Carbonier ?

— Oui, monsieur Brichanteau.

— Il a peur de Baculard, Carbonier?

— Oui, monsieur Brichanteau.

Et la petite d'ajouter :

— Et moi aussi, monsieur Brichanteau, moi aussi, j'en ai peur ! Pensez donc ! Si monsieur Carbonier résiliait mon engagement, qu'est-ce que je deviendrais, avec les mois de nourrice de mon petit et maman qui fait des ménages, à Paris?

Je la regardais, la petite Jeanne, Jeanne Horly, une enfant, une gamine... Si mince ! Grosse comme le poing ! Et ça payait les mois de nourrice d'un autre être là-bas, près de Nevers. Un garçon né des amours de cette fillette et d'un camarade du Conservatoire qui avait déserté pour ne pas faire son service militaire et qui chantait les Paulus dans les brasseries de Belgique ou les *musicos* de Londres. Médiocrement payée à Perpignan, la malheureuse économisait sur son mois pour envoyer par la poste ce que demandait âprement la nourrice nivernaise et ce dont la mère, à Paris, avait besoin pour sa chaufferette et son tabac. Ah ! misère !

Et cette chétive et jolie, très jolie créature, n'avait qu'une terreur, c'est que le directeur, effrayé par les attaques du Janin de Rivesaltes, ne lui signifiât son congé ! Était-ce possible?

— N'ayez donc pas peur de ces épouvantails à effrayer les moineaux, lui dis-je, et renvoyez donc l'*Argus* à Rivesaltes !

— Ah ! monsieur Brichanteau. Ça vous est facile à dire ! Si j'avais votre talent, votre position !

Et elle soupirait, admirative.

Pauvre fille ! Ma position ! Mon talent ! Ils me servaient à grand'chose, parlons-en ! Il fallait avoir le feu sacré, une âme d'artiste chevillée dans le thorax, pour supporter ce que je supportais et me résigner à jouer *les Pirates* ou Lesurques en province, quand il y avait, à Paris, des sociétaires... Enfin, n'en parlons pas. Je prodiguai mon éloquence à la petite Jeanne Horly, l'engageant à se moquer des galanteries de Baculard autant que de ses attaques et lui promettant de voir à ce sujet M. Carbonier lui-même et de lui donner mon sentiment sur sa pusillanimité.

— Si Baculard vous attaque, ne craignez rien, moi, je vous ferai applaudir !

Et je laissai, car mon entrée en scène approchait, la petite Jeanne, toute ragaillardie, près du portant où nous avions causé. Mais que les femmes sont faibles ! *Fragilité, ton nom est femme*, a dit le cygne de Stafford-sur-Avon. Quelques jours après cet entretien entre deux raccords, je regagnais, à la sortie du spectacle, mon logement, près des remparts, c'était en hiver et il avait neigé terriblement ce jour-là, lorsque, à quelques pas de moi, j'aperçus, pataugeant dans la neige boueuse, un groupe mélancoliquement ironique : le gros Baculard, étalant sa carrure large, portant beau, redressant fièrement sa tête blême et tenant, traînant à ses côtés la petite Jeanne Horly, suspendue au bras du colosse comme quelque petite Poucette emportée par un ogre affamé de chair fraîche. Ils allaient, elle et lui, vers quelque hôtel garni, les gros souliers de l'un et les minces petites bottines de l'autre s'enfonçant dans la neige délayée et fangeuse. Et il y avait un tel triomphe bestial dans l'attitude farouche du conquérant à la moustache rousse et une telle tristesse résignée, frileuse et peureuse dans le dos rond et la tête courbée de la petite, que je ne sais pas encore maintenant si je fus plus révolté que navré de ce groupe lamentable. Vive Dieu, messeigneurs, c'était à faire pleurer !

Je me demandai, un moment, si j'allais dépasser Baculard et me montrer à lui, spectre inattendu, comme le témoin narquois de son bonheur. Mais je me dis que je ferais trop de peine à la pauvre fille. A quoi bon? Elle avait faibli. Elle avait eu peur, le petit ayant faim et le père nourricier, le paysan nivernais, ayant soif. Et devant la menace de l'*Argus*, la terreur de M. Carbonier, elle s'était donnée. Elle était la proie de cet homme qui voulait de la considération, de l'argent et de la joie. Le chantage ! Ça ne se solde pas seulement en chèques au porteur. Il y a le chantage au plaisir, et la femme qui tremble paye comme le banquier qui a peur.

Je rentrai chez moi, ce soir-là, plus triste qu'en mes jours de pire tristesse. Je répétais : « Pauvre petite ! pauvre petite ! » Et je

J'APERÇUS JEANNE HOELY AU BRAS DU COLOSSE.

revoyais ce groupe sinistre : la fillette frêle traînée et accrochée au bras du vainqueur. J'étais plus irrité contre Baculard de ce marché proposé à la malheureuse que des éreintements qu'il m'avait consacrés. Ma parole, il y a du don Quichotte en moi, oui, du don Quichotte de la Manche, je m'en vante.

A ce moment, l'époque de ma représentation à bénéfice approchait. C'était l'heure de la couronne.

Oui, la couronne !... Le vert laurier ! C'est pourtant cela toujours que j'ai rêvé, adoré, poursuivi dans ma longue route artistique. Couronne d'épines, parfois ! Je la voulais, la couronne du triomphe. Et souvent, très souvent, oui, monsieur, elle a rafraîchi mon front.

J'étais, du reste, tellement amoureux de la gloire que j'avais, je l'avoue aujourd'hui sans cependant m'en repentir, l'habitude, lorsque je courais les provinces, ou quand il s'agissait d'une représentation à mon bénéfice, d'assurer cette preuve finale de la sympathie publique, ce point d'orgue, cette apothéose de la représentation, cette matérialisation du succès. Je n'en rougis pas. Le public pouvait être distrait, oublier... Il faut savoir penser pour lui... Et ce fut cette précaution qui détermina entre Baculard et moi le choc définitif, comment dirais-je ? inéluctable. Oui, inéluctable. Et voici comment. La date était venue, je vous l'ai dit, de ma représentation à bénéfice. Je pouvais choisir mon spectacle, composer mon affiche à ma guise. J'avais donc accepté de monter, tout exprès pour cette solennité, un drame inédit d'un jeune auteur des Pyrénées-Orientales, qui m'avait lu son œuvre au café Arago. Ce jeune homme m'intéressait. Les auteurs, à vrai dire, sont moins intéressants que les acteurs. Nous n'avons, nous, que de la gloire en viager ; ils ont, eux, l'immortalité de la bibliothèque.

Après vingt-cinq ou trente ans de labeur, que reste-t-il de nous? Des rides. Il leur reste, à eux, leurs livres, même ceux qui ne restent pas. Je dois dire que, sans nous, leurs œuvres dramatiques sont des œuvres parfaitement mortes. Le comédien seul anime le drame ; un drame inédit, c'est une rampe de théâtre non allumée. C'est pourquoi on dit avec juste raison que nous *créons* des rôles. Créer, c'est le mot.

Je m'étais donc promis de *créer* l'œuvre de J.-J. Puget, dans *le Gaucho*, où j'avais, du reste, un rôle taillé sur mesure, un Mélingue des beaux jours : don Esteban le Gaucho mexicain. Il me semblait que la première d'une œuvre d'un enfant du pays, d'un produit du cru, attirerait le public bien plus qu'un drame déjà connu et j'avais demandé à mon directeur les costumes des *Pirates*, les fameux *Pirates de la Savane*, où Baculard m'avait insulté, pour monter *le Gaucho*.

— Tout ce que vous voudrez, Brichanteau, me disait M. Carbonier.

Bon, très bien, tout ce que je voudrais. Il était entendu que, bénéficiaire, je payerais le gaz, les ouvreuses, les employés du contrôle. Le jeune Puget m'abandonnait ses droits d'auteur. M. Carbonier me permettait d'annoncer *le Gaucho* bien à l'avance, quitte à nuire à la location pour les pièces courantes.

Il était assez large en affaires, M. Carbonier, un ancien huissier pourtant, qui s'était fait directeur de théâtre par amour pour une chanteuse ; il était même assez généreux, quoi que son attitude avec la petite Jeanne Horly puisse faire penser ; cependant il eut un haut-le-corps, sur le fauteuil de son cabinet directorial, lorsque je lui dis :

— Bien, monsieur Carbonier. Mais il y a la couronne !

— La couronne?... Quelle couronne?

— Mais la couronne qu'on a l'habitude, dans mes tournées, de m'offrir, au nom du personnel du théâtre, à la fin de la représentation. C'est la jeune première, généralement, qui me l'apporte à la fin du *cinq*, et je la reçois de ses mains, devant la salle le plus souvent secouée d'une émotion violente, profonde !

M. Carbonier me regardait, fronçant les lèvres et hochant la tête :

— Une couronne ! une couronne ! mais cela coûte cher, une couronne ; ce n'est pas la direction qui peut en faire les frais, et quant au personnel, comme vous dites, vous savez bien, mon cher Brichanteau, que vos camarades ne roulent pas précisément sur l'or... Et prélever sur leurs appointements le prix de...

J'interrompis brusquement M. Carbonier et je m'écriai, très digne :

— Oh ! mon cher directeur, à quoi pensez-vous? Et pouvez-vous bien vous imaginer que je ferais payer à des camarades pauvres, au petit personnel, le prix d'une manifestation qui m'honore? Moi, mon cher directeur !... Jamais de la vie... Cette couronne, oui, cette couronne à laquelle j'aspire, je l'ai !

— Vous l'avez?

— Je la possède. Elle fait partie de ma

M. CARBONIER.

garde-robe. La faire payer à mes collègues, par exemple !... Je l'emporte avec moi, dans ma malle, je la conserve, et, quand j'en ai besoin, je l'époussète, je la sors et je la sers !

— Ah ! bon !... très bien, fit M. Carbonier rassuré.

— Maintenant, mon cher directeur, vous n'aurez pas besoin de vous inquiéter de la mise en scène de cette petite cérémonie, très simple. Mademoiselle Jeanne Horly la répétera une fois avec moi et tout sera dit. Je ne vous demande pas même la scène, je ne vous prendrai pas un jour de répétition. Nous ferons un raccord après *le Gaucho*, que nous collationnons et établissons le matin, l'après-midi restant à notre répertoire.

M. Carbonier était enchanté. Du moment

que cette couronne ne lui coûtait rien, il devenait partisan de la couronne. Il me fit cependant observer que, Jeanne Horly étant maintenant protégée par le Jules Janin de Rivesaltes, j'avais l'air, en sollicitant le concours de ma camarade, de rechercher la neutralité du critique.

— Vous lui proposez le désarmement, me disait-il.

— Moi? Pas du tout, mon cher directeur... Je prends parmi les artistes la jeune première, comme d'habitude. C'est la jeune première qui me salue partout et qui m'a toujours apporté la couronne. Je ne choisis pas la femme, je choisis *l'emploi*. Si ce monsieur y voit une complaisance ou une avance, il aura grand tort. J'obéis à la tradition. Voilà.

M. Carbonier ne dit plus rien. Après tout, que lui importait que Baculard fût ou non aimable pour moi? Mon engagement finissait. Je quitterais Perpignan. La direction n'était pas en cause avec ma représentation à bénéfice. Il se lavait les mains de l'aventure.

Nous collationnâmes, répétâmes, apprîmes, jouâmes *le Gaucho* de J.-J. Puget en neuf jours. Plus d'un tableau par jour. Et j'avais des tirades de cent quatorze lignes ! Tous les amateurs de la ville avaient pris des billets. Les dames de Perpignan, et j'en étais flatté, tenaient visiblement à voir le bénéficiaire. Je fus, je dois le dire, et la vanité n'est pas ma faiblesse, je fus remarquable dans Esteban, Esteban le Gaucho. Il y avait une scène où je tenais, pantelant sous mon talon de fer, l'homme qui m'avait insulté au prologue, don Pablo Zamoral, et où j'atteignais, je peux l'avouer, le comble du pathétique. Le *Tout-Perpignan* frémissait.

Je me sentais en verve. D'autant plus que j'avais là, devant moi, aux fauteuils d'orchestre, la tête pâle, le regard, le rictus de Baculard, et qu'il me semblait que c'était au rédacteur de l'*Argus* que j'adressais les épithètes dont j'accablais Pablo Zamoral : « *Ah ! vous m'avez insulté, señor, eh bien, le Gaucho se venge, et la pointe de ma navaja saura bien trouver, don Pablo, la place de ton cœur, s'il t'en reste, et par la blessure ouverte faire envoler chez Satan ton âme, si tu en as une !...* » Il avait du style, ce jeune J.-J. Puget. Les contributions indirectes l'ont gardé, absorbé, annihilé. C'est dommage.

Le Gaucho fut un triomphe. On demanda l'auteur. Tout le monde applaudissait. Seul, dans son fauteuil, Baculard demeurait impassible. Le préfet vint me féliciter. Le maire me serra la main, en accompagnant ce geste officiel de paroles intimement flatteuses. L'heure arrivait de la cérémonie de la couronne.

On releva la toile. Tous mes camarades étaient groupés sur la scène, les uns en costume mexicain, les autres en toilette de ville. Entouré de leurs sympathies, j'avais, en face, l'enthousiasme du public et je me sentais comme enfermé dans un cercle de cordialité, d'indulgence ou, pour mieux dire, d'équité. Monsieur, j'en avais chaud au cœur.

Je regardais la couronne, ma couronne, celle que j'avais, tour à tour, reçue des mains de la jeune première, à Moulins, à Tours, à Nantes, à Nancy, à Étampes même. Elle était toujours fraîche, bien époussetée, très verte, avec son ruban que je faisais remettre de temps à autre, le ruban aux lettres dorées : *A Brichanteau, ses admirateurs, ses amis !* Et la petite Jeanne Horly, en costume de Mexicaine, elle jouait Lola la Cigarière dans *le Gaucho*, tenait entre ses mains cette couronne dont j'épelais avec émotion les lettres d'or : » Ses admirateurs ! ses amis ! « C'étaient bien les deux titres que j'avais le droit de donner aux spectateurs dont la justice et, si vous voulez, la bienveillance m'acclamaient.

Alors, dans un grand silence de toute la salle, Jeanne Horly, la petite Jeanne Horly, dont j'oubliais en ce moment l'apparition navrante dans la neige et la boue, Jeanne Horly qui n'était plus pour moi la pauvresse pendue au bras de Baculard, mais ma Muse, la Muse de mes espoirs et de l'art dramatique, la Postérité vivante, Jeanne Horly, s'avança vers moi, et de sa voix très douce, très émue :

— Acceptez, me dit-elle, ô maître (je lui avais dicté le compliment et je lui en avais indiqué les intonations), acceptez cette couronne, digne prix de vos efforts esthétiques ! Ces couronnes-là ne sont jamais, comme celles des conquérants, teintes du sang des foules ; elles sont, ce qui vaut mieux, humides des bonnes larmes que l'art immortel fait couler !

Et elle le dit très bien, avec sentiment, ce morceau discret, la petite Jeanne Horly ; elle le dit si bien, que je me sentis troublé, les yeux humectés de ces larmes dont il était question, et que je pleurai ! Je pleurai des pleurs qui me faisaient du bien ! Cette cérémonie, toujours identique, était cependant pour moi toujours nouvelle, et je n'ai jamais pu, en y prenant part, ne point me sentir les paupières humides. Même répétée, elle était pour moi la plus douce et la plus chère des surprises. Me comprenez-vous? Tout comédien me comprendra.

Au reste, l'effet de mes larmes fut, sur la salle, foudroyant, littéralement foudroyant. On se levait à l'orchestre, on agitait des mouchoirs dans les loges, on m'acclamait. « Vive Brichanteau ! Ne partez pas ! Restez-nous ! Brichanteau ! Brichanteau ! » De telles émotions, fussent-elles ressenties sur la frontière d'Espagne, consolent de bien des déceptions. Tout le monde ne les a pas savou-

JE PLEURAI DES PLEURS QUI ME FAISAIENT DU BIEN !

rées. Et quand, l'un après l'autre, lorsque j'eus pris des mains de Jeanne Horly la couronne, ma couronne, mes camarades m'embrassèrent, ce fut, parmi les spectateurs, un véritable délire. On m'envoyait des baisers que je rendais en saluts, on parlait de me porter en triomphe. Je me dérobai à l'ovation, emportant chez moi, comme un égoïste, l'inoubliable souvenir de la soirée du *Gaucho* et ma couronne, ma chère couronne, qui pouvait et devait encore me donner bien des émotions pareilles.

Quel beau souvenir ! Mais il y avait, ainsi que dans tout triomphe, romain ou pyrénéen, il y avait dans mon ombre l'insulteur patenté, l'aigre joueur de flûte. Baculard était là, Baculard à qui, moi, bénéficiaire, j'avais envoyé un fauteuil de service, sans ma carte. Il ne devait pas être long à me faire payer ma joie, Baculard ! Le lendemain, *l'Argus* contenait, en première colonne, un article intitulé *les Larmes du Gaucho*, et je ne vous dis que ça ! Votre pauvre Brichanteau y était traité comme le dernier des pitres de la foire. J'avais joué devant le public une comédie indigne, j'avais larmoyé, à heure fixe, devant une couronne banale, promenée de par les provinces comme un accessoire obligé ; j'avais *répété* et pioché mes larmes, fait un raccord pour mon émotion ; c'était moi qui, d'un style gélatineux, avais composé le compliment dont j'avais eu l'audace de renifler publiquement la fade odeur. J'étais le cabotin le plus audacieux qu'on pût rencontrer sur les chemins où s'embourbe le char du *Roman comique*. Il ne comprenait pas, ce Baculard, que, mettant notre âme à tout ce que nous faisions, nous pouvons pleurer devant une couronne que nous connaissons et reconnaissons, tout comme Pygmalion peut s'éprendre de la statue qu'il a créée ! Eh bien, oui, cette couronne, c'était, à un autre point de vue, ma Galathée, à moi !

Et le trait de la fin dans cet article de Baculard, *les Larmes du Gaucho*, c'était celui-ci : « Qu'on renvoie, nous le redemandons encore, Esteban-Andrès Brichanteau à la piste sablée du cirque et qu'il y fasse, entre deux pirouettes de clown, ces tours de lasso qu'il connaît si bien. Le lasso, c'est sa fonction, et, pour tout dire, c'est son seul talent. Au cirque forain je lui promets un bénéfice plus considérable que celui qu'il a récolté, quêteur de gros sous, comme pseudo-comédien. » Ah ! pour cette fois, je n'y tins plus. Cet homme m'insultait, non pas seulement comme comédien, mais comme bénéficiaire, c'est-à-dire comme homme. Je résolus de riposter, de me venger, et une idée germa dans ma tête, idée d'artiste, monsieur, idée géniale ! J'allai le lendemain au café Arago où le Jules Janin de Rivesaltes se tenait d'habitude, étonnant les bourgeois par ses paradoxes et faisant, plus cabotin que moi, la parade de son esprit. Il était là, entouré de braves gens qu'il amusait et prenant un bitter tout en fumant son cigare. Je me dirigeai sur lui lentement, et, me campant à deux pas de la table devant laquelle il était assis :

— Monsieur, lui dis-je, nous avons un compte à régler depuis longtemps. Vous plaît-il que ce soit bientôt ?

Il parut d'abord étonné, me regarda d'un air gouailleur en relevant sa tête hardie, laissa tomber, excellemment d'ailleurs, un :

— Quand vous voudrez !

— Soit ! Le plus tôt possible. Il y a trop longtemps que ça dure. Je respecte la presse, je lui dois la meilleure part de mes joies et la plus grande partie de mes beaux ressouvenirs. Mais je n'admets pas les insultes. Vous allez déclarer que vos articles sont stupides où vous m'en rendrez raison !

Il s'était levé, me jetant un regard de colère, et le maître du café, les consommateurs, les habitués accouraient vers nous.

— Mes articles ? balbutiait le grand gaillard. Vous osez, vous osez...

— Parfaitement, j'ose. On a trop peur de vous. Moi, je m'en moque ! Et, si vous n'effacez pas ce que vous avez dit, nous nous battrons !

— Oh ! tant qu'il vous plaira ! fit-il, joyeux de montrer à la galerie qu'il était brave.

— Nous nous battrons, repris-je froidement, car j'étais maître de moi comme de l'univers, et, comme je suis l'offensé, j'ai le choix des armes ! Et je prends les miennes ! Mes armes de cabotin, monsieur Baculard ! Mes armes de cirque forain, mes armes de Gaucho ! Nous nous battrons au lasso !

J'avais articulé (l'articulation, c'est la grande force) chaque mot avec une lenteur voulue, méprisante et aiguisée. Quand ce mot de lasso lui tomba sur la tête, il secoua le front comme sous une douche. Il ne répondit pas tout d'abord, regardant autour de lui, essayant de rire, cherchant dans les yeux de ceux qui nous entouraient une réprobation contre moi, l'affirmation du parfait ridicule de ma proposition saugrenue.

— Au lasso !... Vous êtes fou !... Au lasso !

— Je ne suis pas fou. Vous m'avez insulté, appelé torero, chulo, picador, écarteur, que sais-je ? Je me bats avec l'arme que vous avez ridiculisée ! Mon arme à moi, monsieur ! Si je jouais les Arlequins, je vous dirais que je me bats avec une batte ! Je joue Esteban le Gaucho ! Je me bats avec l'arme du Gaucho !

Il haussait les épaules.

— Vous êtes bouffon !

Et, se tournant vers les spectateurs du café :

— Un lasso ! Voyez-vous ce cabot !... Je vous donnerai une leçon...

— Avec votre plume, peut-être. Moi, je tiens à vous la donner avec mon lasso ! Le lasso, vous entendez, le lasso ! Et, si vous faites le malin, je vous cueille dans votre fauteuil avec mon lasso un soir de première et je vous tire sur la scène avec l'arme des Gauchos, des pitres et des clowns ! *Hasta la vista, señor !*

Et, le laissant stupéfait, étouffant, sa face pâle d'ordinaire, soudain bouffie par un afflux de sang, j'enfonçai comme un sombrero mon chapeau de feutre sur ma tête et je traversai le café comme à ma sortie de *Don César de Bazan*, chacun s'écartant devant moi jusqu'au seuil, d'où, me retournant encore, je lançai sur le ton d'un *A cheval, messieurs*, un magnifique : « Au lasso ! » qui retentit comme un tonnerre !

Paris est une grande ville de province, mais Perpignan en est une petite. On sut bientôt dans la cité l'incident du café Arago. *L'Indépendant des Pyrénées-Orientales* en parla le jour même à mots couverts. Au foyer des artistes, le soir, les plus braves de mes camarades me firent une ovation, les plus prudents m'évitèrent. Ils redoutaient Baculard. La petite Jeanne Horly pleurait. Il paraît que Baculard avait dit qu'il « aurait ma peau » et que je quitterais Perpignan sous les pommes cuites. Je jouais, le soir, *Latude*. Mon succès fut grand. Mais je continuai à avoir une idée géniale en demandant à M. Carbonier d'afficher *le Gaucho* pour le dimanche suivant. J'envoyai J.-J. Puget pour appuyer ma requête. J.-J. Puget était un peu cousin du beau-frère du maire et M. Carbonier n'était pas fâché de montrer sa bonne volonté à un allié de la municipalité.

— Cependant, m'objectait le directeur, si Baculard vient vous siffler?

— Avant dimanche, la question pendante entre Baculard et moi sera réglée ! Nous nous serons battus au lasso ou il aura battu en retraite.

— Va donc pour *le Gaucho* ! fit M. Carbonier.

Et il l'afficha.

Il ne comprenait pas très bien la gravité de ce que je lui faisais faire en lui demandant de remettre *le Gaucho*. Il n'avait pas présent à la pensée le texte même de J.-J. Puget. A un moment donné le Gaucho Esteban ne disait-il pas à don Pablo Zamoral : « *Je me servirai contre toi de l'arme des péons et des Gauchos, misérable, et je te rapporterai à mon hacienda pendu derrière ma selle comme un jaguar étranglé !* » C'était cette phrase, d'ailleurs d'une écriture sonore, comme on dirait aujourd'hui, que je voulais lancer de ma voix joyeusement gutturale. M. Carbonier l'oubliait, la phrase. Sans cela il l'eût coupée ou il eût demandé un béquet à J.-J. Puget. Et Puget eût obéi pour être joué.

Nous étions au vendredi. On ne parlait un peu partout que de l'affaire du café Arago et de la provocation que j'avais adressée à Baculard. Se battrait-on? Ne se battrait-on pas? Avais-je tort? Avais-je raison? Les avis étaient partagés. Les uns tenaient pour mon lasso, les autres contre. Il y avait à Perpignan les *lassistes* et les *antilassistes*. La ville était aussi divisée qu'un jour d'élections municipales. Les *antilassistes*, je dois le dire sans intérêt personnel, étaient en minorité. Généralement on trouvait crâne l'attitude de cet artiste insulté jusque dans ses larmes, les *larmes du Gaucho*, et originale l'idée de ce comédien qui voulait se battre à la mexicaine, transporter dans la vie la fantaisie du drame et de la littérature. Dans la rue, les coups de chapeau qui m'accueillaient étaient, non pas plus fréquents, mais plus cordiaux. Ils me disaient : « Bravo ! » ces saluts...

J'avais, du reste, envoyé deux amis à Baculard : le vieux Touraille, qui jouait les pères nobles et qui était un ancien tambour de la garde nationale, et un douanier de mes amis qui n'avait pas froid aux yeux. Baculard leur avait répondu que cette proposition de duel au lasso était parfaitement absurde et que je m'exposais à me faire siffler dans la rue comme au théâtre. Va ! mon bonhomme ! J'attendais le prochain numéro de l'*Argus*. Il parut. Sous ce titre : *Fantoches à la ville*, il contenait ces simples lignes : « Un mince comédien, de passage à Perpignan, a donné, avant de nous quitter, ce qu'il aurait dû faire depuis longtemps, la représentation d'un médiocre et bas vaudeville dans un café que nous ne désignerons pas. Nous croyions que ces intermèdes vulgaires étaient réservés jusqu'ici aux seuls prestidigitateurs qui ne trouvent point de salle de spectacle où exercer leurs talents. Le mince comédien n'a eu, comme de coutume, aucun succès. »

C'était menu pour une riposte. On trouva, en effet, la chose mince, mince, pour répéter son mot. Touraille me dit : « Il n'est pas friand du *lasso* ! » Et les coups de chapeau devinrent plus sympathiques encore dans la rue.

Cependant le dimanche arrivait, et Jeanne Horly me disait, tremblante :

— Ainsi, vous allez jouer, monsieur Brichanteau?

— Oui, mon enfant.

— Vous allez jouer *le Gaucho?*

— Oui, chère petite.

— Vous allez parler du lasso?

— Nécessairement.

— Ah ! quel malheur !

Elle était blême.

— Pourquoi : quel malheur?

— S'*il* faisait ce qu'*il* a dit, monsieur Brichanteau !...

— Et qu'a-t-il dit, mon enfant?

— Qu'il vous sifflerait d'abord, puis qu'il monterait vous gifler sur la scène !

— Soit. C'est alors que le lasso entrera en ligne. Tu peux le lui affirmer de ma part, mon enfant.

Je dois le dire, et je ne veux pas me faire plus téméraire que je ne suis, je redoutais le coup de sifflet, et je n'étais pas très rassuré sur la gifle. Je pouvais étrangler mon homme après l'avoir reçue, mais je pouvais préalablement la recevoir. On a beau laver un affront, il est désagréable de le subir. Je faisais mon plan de campagne : s'il siffle, je riposte par telle ou telle phrase, celle-ci par exemple : « *Le sifflement de la vipère ne vaut pas le sifflement du lasso d'un honnête homme.* » S'il arrive vers moi, sur la scène, je lui empoigne la main droite ou je le prends au cou, et alors... Mais, quoi qu'il arrivât, j'étais bien décidé à jouer *le Gaucho* et à aller jusqu'au bout dans ma résolution, dans mon idée de duel au lasso, dans ce que Baculard appelait un bas vaudeville...

Ma résolution s'était faite statue !

— AINSI, VOUS ALLEZ JOUER, MONSIEUR BRICHANTEAU ?

Ce qu'un homme veut, il le peut.

Le dimanche arrive. Salle comble. Le petit théâtre de Perpignan craquait, trop étroit pour le public. J'entre en scène. Esteban ne paraît que dans le *deux* et le *un* avait été écouté froidement ou plutôt impatiemment. J'entre en scène, dis-je, et des bravos m'accueillent, non pas les bravos de la claque, les bravos du public. On ne s'y trompe guère, ils n'ont point le même son. Les bravos de la claque semblent s'arrêter court, mathématiquement, tandis que ceux de la salle continuent à crépiter, libres et sans règles. Je joue ma scène, la première, celle où Esteban raconte sa vie à Cora, c'était Jeanne Horly, Cora, et, tout en jouant, je cherchais si Bacular n'était pas dans la salle. Je voulais savoir de quel côté partirait le coup de sifflet en supposant... Mais Baculard n'était pas là. Le *deux* s'achève donc, on me rappelle, je dis au régisseur :

— Non, ne relevez pas le rideau, je ne reparaîtrai point !

— Pourquoi? On vous demande !

— Je ne veux pas avoir l'air de pousser à la popularité ! Après le *trois*, s'il y a rappel, oui ; mais après le *deux*, non, c'est trop tôt !

Et malgré les bravos, les cannes, les battements de pieds, le rideau demeura baissé.

Il y a un assez long entr'acte avant le *trois*. J.-J. Puget en profita pour venir m'embrasser. Il me dit que j'avais été sublime. Exagération d'auteur. Mais il m'apprit que Baculard venait d'arriver, le chapeau en bataille et le rictus provocant.

— Gare à l'acte prochain ! fit le pauvre Puget. Si vous coupiez la phrase sur le lasso, mon cher Brichanteau, qu'en dites-vous?

— Ce que j'en dis?

Je pris un temps pour donner plus de valeur à la réponse :

— Je dis que j'aimerais mieux me couper le poignet que couper la phrase. Je ne suis ici que pour la jeter à la face de cet homme !

— A la grâce de Dieu ! murmura J.-J. Puget. Mais, si l'*Argus* déchiquette ma pièce, vous l'aurez bien voulu !

— Je prends tout sur moi ! répondis-je.

Ah ! ce troisième acte ! Une des émotions et un des succès de ma vie... Dès mon entrée en scène, j'avais aperçu Baculard se carrant au balcon, en braquant sur moi une énorme lorgnette, avec une affectation voulue. J'avais alors feint habilement de ne pas l'apercevoir, et je jouai toute la première partie du *trois* comme si le Janin de Rivesaltes n'eût pas été là. Brave Jules Janin ! Bon homme et galant homme, le comparer à ce monsieur-là !... Les spectateurs visiblement étaient intéressés au double jeu du *Gaucho*, au drame lui-même et à l'espèce de duel qui se livrait entre l'acteur sur la scène et le pamphlétaire dans la salle. On attendait on ne savait quoi, mais il y avait dans l'atmosphère une odeur de soufre comme à l'approche d'un orage. Étalé dans son fauteuil, les épaules bien appuyées au dossier, Baculard jetait sur moi (je l'apercevais du coin de l'œil) les regards pleins de pitié ironique qu'on pourrait avoir pour un pitre. Et je sentais, oui, magnétiquement je sentais qu'une partie de la salle trouvait que son attitude méprisante était réussie. Mais j'attendais mon moment.

Il allait venir, il vint, mon moment.

J'avais devant moi don Pablo Zamoral et je devais lui jeter au front la fameuse phrase... C'est alors que, me détournant un peu de Cambouscasse qui jouait Zamoral, je m'avançai droit devant la rampe, oh ! presque à frôler les quinquets ! et regardant Baculard, le regardant délibérément, la tête et la voix hautes, je lançai, comme un coup de clairon, la phrase vengeresse qui grondait depuis deux jours dans ma poitrine :

— *Je me servirai contre toi de l'arme des péons et des Gauchos, misérable, et je te rapporterai à mon hacienda pendu derrière ma selle comme un jaguar étranglé !*

Ah ! quel effet ! quel coup de tonnerre ! D'abord, de la stupeur ! Tous les regards tournés vers celui que cherchait et atteignait mon regard. Un silence effrayant. Lui, blême et effaré : moi, le geste étendu comme Mirabeau parlant à... à... Dreux... Dreux... enfin à l'envoyé du roi ! Puis, tout à coup, une clameur, une acclamation, une trombe de bravos, une tempête de cris, un cyclone d'enthousiasmes.

— Vive Brichanteau !

— Bravo, bravo, bravo, Brichanteau !

— *Bis ! bis ! bis ! bis !*

J'ai eu bien des ovations dans ma vie, je peux dire que j'en ai eu d'innombrables, malgré ma destinée finale, je n'en ai jamais eu peut-être de comparable à celle-là. La foule, en politique comme en art, en art comme en politique, la foule aime les audacieux, les courageux, les situations franches. Tout l'art du théâtre est là comme tout l'art du gouvernement. Ce n'était pas compliqué, ce que je faisais là ; je ramassais une pierre comme j'eusse ramassé un caillou, et je la jetais à ce Goliath de pacotille avec mon articulation pour fronde. L'homme de l'*Argus*, livide, essaya de se lever, étendit vers moi son bras, me jeta je ne sais quelle riposte que je n'entendis pas, que personne ne put entendre : mais, sous les bravos qui littéralement faisaient crouler la salle, qui ne cessaient pas, qui reprenaient, renaissaient, tournaient à la manifestation, il se rassit ou plutôt s'écroula, écrasé sous les acclamations qui me saluaient, moi, le justicier.

L'acte finissait sur la scène entre Esteban et Zamoral. Heureusement, car il n'aurait pu continuer. La toile tombée, on me redemanda une fois, deux fois, trois fois, quatre fois. Les rappels n'en finissaient pas. Et je revenais ! Vainement cherchais-je Baculard à la place qu'il occupait quelques minutes auparavant. Il n'était plus là. Il avait filé, enragé de l'aventure.

Je m'attendais à le voir surgir dans les coulisses et j'avais, à tout hasard, mon lasso à la main. Naturellement très adroit, j'avais appris à m'en servir, et de vrais Gauchos m'avaient donné des leçons, lors de mes tournées dans l'Amérique du Sud. Bacülard eût été bien reçu, je vous le jure, mais Baculard ne vint pas. Et la représentation finit comme le troisième acte sous d'enthousiastes bravos. Le pauvre J.-J. Puget en était, de bonheur, rouge comme une tomate.

On me reconduisit chez moi, faut-il dire triomphalement? Eh bien, oui, triomphalement. Et cette manifestation, j'en avais la conscience, s'adressait à la fois à l'artiste et à l'homme de cœur.

Le lendemain, je recevais deux témoins de la part de Baculard. Ils venaient me demander réparation ou rétractation pour le scandale de la veille.

LE CLOWN FUT BAPTISÉ BACULARD.

— Rétractation, jamais ; réparation, tant qu'on voudra, répondis-je. Mais monsieur Baculard connaît mon arme...

— Le lasso?

— Le lasso.

— C'est une plaisanterie !

— Pas le moins du monde, je me bats avec mes armes d'acrobate. Je me bats au lasso. Et, l'ayant déclaré publiquement devant toute une salle dont les bravos ont solennellement approuvé ma conduite, comme dans un plébiscite, je ne me battrai qu'au lasso. J'ai dit.

Elle amusa bien Perpignan, cette histoire du lasso, et Baculard ne fut pas le bon marchand de l'aventure. Vainement, ses témoins, dans leur procès-verbal, publié par l'*Argus*, déclarèrent-ils que j'avais refusé la réparation demandée, toute la ville fut d'accord pour reconnaître que je ne refusais rien du tout, puisque je voulais me battre au lasso mexicain, et quelques officiers, qui déclaraient tout d'abord mon invention purement grotesque, finirent, après avoir lu les articles de Baculard, par déclarer qu'après tout, mon moyen était spirituel et, qu'insulté dans ma profession, je me défendais à ma guise et me défendais bien...

Les propos désagréables pour Baculard firent boule de neige et toutes les hostilités peureuses se réunirent alors contre le terrible homme maintenant qu'il était atteint. Il avait parlé de me donner une correction lorsqu'il me rencontrerait ; mais, sachant qu'avec un entêtement très spécial, je portais toujours mon lasso sur moi, il ne prit point la peine de me rencontrer. Et peu à peu, lui si redouté, il devint ridicule. On le chansonna, on lui envoya, pour le narguer, de petits lassos sous enveloppe. Les gamins lui criaient de loin : « Et ton lasso, Baculard? » Un cirque de passage, ce fut le coup de grâce, annonça l'*Exercice du lasso* et fit des recettes formidables. On y voyait un clown enfariné, traîné par un écuyer autour de la piste avec le lasso au col, et ce clown, qui s'appelait John Lee, fut baptisé Baculard.

Baculard en ressentit à la fin une telle colère, se sentit tellement diminué, vidé et déraciné à Perpignan que, ma foi, il prit un grand parti : il avança son voyage, il prit le train de Paris!... On ne m'en applaudit que plus vivement le lendemain, lorsque je reparus dans *Gaspardo le Pêcheur*. Tout le monde était satisfait, comme mon honneur.

— Ouf ! me disait M. Carbonier, je n'aurai plus à m'inquiéter des coups de dents et des mots cruels de l'*Argus* !

Je ne voulais pas lui dire : « Ne craignez rien, il en viendra d'autres. »

La petite Horly, seule, avait les yeux rouges.

— Il m'avait assuré, disait-elle, qu'il me ferait mon avenir !...

A elle aussi, j'avais envie de répondre : « Ne crains rien, va, il en viendra d'autres ! »

Je me serais trompé, la pauvre fille n'eut pas d'avenir. Peut-être a-t-elle cru aux promesses de trop de Baculards successifs. Je l'ai retrouvée cet hiver. Elle est ouvreuse au théâtre Déjazet. Pas très vieille, non, mais vieillie, oh ! vieillie ! Et destinant son enfant, devenu presque un homme, au Conservatoire. Ah ! dame, lorsqu'on a le théâtre dans le sang ! Je le plains, le petit Horly, et je l'admire !

Quant à Baculard, il continue à s'étaler, à cruelliser, à pontifier, à éreinter, et il a fait fortune à la Bourse ou au jeu, je ne sais pas. Il est élégant, il est correct. Il vit bien, il mourra gras. Et je me dis, moi qui ne suis plus rien, quand je songe à lui qui est quelque chose, quoique pas grand'chose :

— Tout de même, sans le lasso, il serait peut-être resté là-bas, à Perpignan, le Jules Janin de Rivesaltes !... C'est moi, moi, Brichanteau, moi, qui en ai doté Paris !

III

LE PORTRAIT-CARTE

Vous devez voir, par mes confidences, que je ne farde pas la vérité. Je viens de vous conter un de mes beaux traits ; je vous dirais, avec la même franchise, toutes mes faiblesses. Mon aventure avec lady Maud Hartson me montre, par exemple, sous un jour moins héroïque. Je ne la tairai point, cependant. Que voulez-vous? Je suis un sincère. Et, chose étrange, *les Pirates de la Savane* se trouvent encore mêlés à cette page de ma destinée. Mélodrame, que me veux-tu?

Si j'avais, en amour, à dicter une recommandation pratique, je répéterais aux femmes le conseil banal : « N'écrivez jamais ! » et je dirais aux hommes : « Ne donnez jamais votre portrait-carte ! » Les photographes m'ont tant persécuté pour obtenir de moi quelques heures de poses ! J'ai vu ma tête figurer si souvent à leurs vitrines, en province, et dans tous les formats : carte-album, portrait-carte, grandeur nature, photographie pour stéréoscope ! Je peux dire que, si j'avais autant d'écus que de portraits, je serais millionnaire, tout simplement. Je savais varier les attitudes, je n'avais pas besoin du légendaire : « Ne bougeons plus ! » pour ne pas bouger. J'étais, pour les objectifs comme pour Montescure, le modèle idéal !

Idéal, non seulement par mon immobilité, je ne battais même pas les paupières, ayant l'habitude de regarder en face, l'œil fixe, le soleil de l'Art ! mais j'étais idéal encore pour les types variés que je pouvais fournir. J'arrangeais et dérangeais mes cheveux à volonté : en coup de vent comme un poète, sur le front comme un conjuré, aplatis sur les tempes comme un étudiant du Moyen âge, hérissés, quand il le fallait, comme la crinière d'un lion. Et les jeux de physionomie s'accordaient avec les modifications de la coiffure. J'ai le masque si mobile, monsieur, tour à tour tragique et comique, qu'un savant médecin, auteur d'un *Traité de la physionomie humaine*, grand in-8° couronné par l'Académie des sciences, m'a demandé de poser pour les expressions diverses qu'il décrivait dans son livre : la Colère, l'Envie, l'Avarice, la Luxure. Parfaitement. Si vous trouvez le *Traité de la physionomie humaine* du docteur Fargeas, et si vous en regardez les figures gravées, dans ces bonshommes divers, exaspérés ou extasiés que vous y verrez, c'est moi, c'est Brichanteau. Mon portrait est là, répété cent seize fois dans des attitudes différentes. Il ne manquait à ma gloire que de figurer ainsi dans un livre de médecine.

Des portraits de moi, j'en ai donc eu beaucoup dans ma vie et j'en ai donné des quantités innombrables, tantôt à des femmes, tantôt à des cités. J'avais pour cela des formules : « *A ma chère Anna, à toujours et à jamais !* » Ou : « *A la noble ville de Saint-Gaudens, souvenir d'une inoubliable soirée. Son hôte qui voudrait être son fils.* » Ou encore : « *Au Conseil municipal de Pontarlier. Un enfant d'adoption !* » Ces dédicaces municipales me coûtaient peu, me faisaient plaisir à rédiger, d'un style à la fois simple et, j'ose le dire, lapidaire, et, si elles ne m'ont pas assuré la reconnaissance des villes que j'ai traversées, jamais un Conseil municipal ne m'a accusé réception de mon envoi, du moins elles ne m'ont causé aucun ennui dans ma carrière. Aucun.

Il n'en est point de même des portraits à dédicaces que j'appellerai féminines. Sans compter que j'ai eu le regret de rencontrer sur les quais, dans les boîtes à un sou, comme les plus vieux des vieux bouquins, des portraits de moi augmentés de quatrains qui m'avaient souvent coûté une veille, j'ai éprouvé le désagrément de recevoir, sous pli recommandé, plus d'un de ces souvenirs photographiés que me retournait avec une lettre peu courtoise quelque mari furieux ou quelque amant supplanté. Comment mes imprudences dédicatoires ne m'ont-elles pas plus souvent amené sur le pré? Peut-être parce que la façon dont je ferraillais dans *le Bossu* ou dans *la Dame de Monsoreau* en imposait à ces mécontents, dont la prudence égalait la déception. Eh bien, entre nous, je peux vous l'assurer, puisque j'ai dépassé la soixantaine, je n'étais, je ne suis qu'un tireur médiocre. Mon cœur, en cas de duel, est au bout de mon épée ; mais je n'ai ni l'adresse de Bussy d'Amboise, ni, à mon service, la botte de Lagardère. Je faisais illusion. A force d'art et de virtuosité, j'avais l'air terrifiant d'un bretteur. Optique de théâtre. N'en médisons pas, puisqu'elle m'a servi.

Donc, parmi tant d'autres visages mélancoliques ou gracieux qui s'estompent pour moi dans la brume du souvenir, ma pensée s'arrête avec une complaisance marquée sur une adorable Anglaise que j'eus la bonne fortune de rencontrer à Pau. Elle y passait l'hiver, pour sa santé, et j'y donnais des représentations avec la troupe Lestaffier. Lady Maud fut même cause d'une rupture violente entre ma directrice et moi. Je n'étais pas insensible à la séduction de ma directrice, femme supérieure et charmante, administratrice de premier ordre et très gaie à ses moments perdus. Jalouse seulement. C'était son moindre défaut. Très jalouse. Mais la jalousie, c'est le piment de l'amour. *Othella*, je l'appelais *Othella*, ma directrice !

Lady Maud Hartson appartenait à la catégorie des Anglaises brunes, que je trouve plus délicieuses que les blondes, parce qu'avec leur peau ambrée, leurs yeux de caresses, elles ont la douceur la plus exquise, les blondes gardant sous leur tendresse apparente je ne sais quoi de fauve. Une brune avec des douceurs de blonde, c'est le rêve ! Vingt-six ans, un peu grande, trop grande, longue, longue, mais je comparais cette longueur flexible à la tige d'un lis, d'un beau lis élégant. J'avais remarqué pour la première fois lady Maud, dans une avant-scène, un soir que je jouais *les Pirates de la Savane*. Ce soir-là même, je me rappelle combien j'avais été désolé par la nécessité où je me trouvais d'accélérer mon jeu. Le drame n'attirant pas suffisamment la foule, ma directrice avait eu l'idée, excellente au point de vue pratique, navrante au point de vue de l'art, d'y adjoindre une opérette. Je hais l'opérette. Disciple de l'art des sommets, il ne m'est pas permis de m'égayer à des parodies. Mais enfin, il fallait bien s'incliner devant un fait. Sans une opérette en fin de spectacle, *les Pirates* faisaient six cents francs : avec une opérette ils en faisaient dix-neuf cents. Je me résignais donc à servir de lever de rideau à l'opérette. Seulement madame Lestaffier m'avait dit :

— Brichanteau, nous finissons trop tard, on nous réclame un supplément de gaz. Jouez plus vite.

— Plus vite ! Plus vite ! Et le mouvement? Un mélodrame vit de mouvement, tout comme une tragédie ! Si je cours la poste, tout est fini ! Plus d'effets, plus de terreur, plus de mouchoirs, plus rien !

— Que voulez-vous, Brichanteau? Le gaz l'exige. Il faut finir à minuit. Coupez, si vous voulez, mais allez plus vite !

Je ne pouvais me résigner à couper. Un rôle est un tout. Une phrase amène l'autre. Et jusque dans un mélo comme *les Pirates*, dans un rôle illittéraire comme Andrès, il me plaît de respecter l'âme de l'auteur. Hélas ! nécessité est loi ! Je me dis : « Soit, je jouerai plus vite ! » Et je me rappelle qu'au *trois*, j'en arrivai à faire, non plus de la dramaturgie, si je puis dire, mais de la gymnastique. Une véritable gymnastique. Mais qui dit *acteur* ne dit pas seulement *diseur*. L'acteur complet va, vient, court, agit, en un mot. L'âme de Talma dans le corps d'un clown. Oui, monsieur ! Une intelligence variée servie par des organes souples. Voilà !

Ah ! la grande scène du *trois* !

Vous n'avez pas vu *les Pirates de la Savane ?* Non? C'est étonnant et c'est dommage. Il y a à ce *trois* un décor qui est un *clou*, un vrai *clou*, et une scène où, je peux le dire, j'étais renversant. Je risque le mot parce qu'il est vrai. Je n'ai jamais, dans aucune ville, manqué un effet à cette scène-là.

Au *trois*, donc, on est sur un plateau, coupé à pic du côté *jardin* et séparé d'une roche placée côté *cour*, *cour*, c'est la droite du spectateur, *jardin*, c'est sa gauche, par un torrent qui rugit ou est censé rugir entre les deux rives escarpées. Pour arriver au plateau, il faut gravir un escalier très étroit taillé dans le roc. Au loin, des lacs, des forêts, des savanes. Vous voyez cela d'ici.

C'est par ce plateau et au-dessus de ce torrent que je sauvais Éva. Une enfant de six ans, Éva, que moi, Andrès, grand premier rôle, j'arrachais, avec l'aide de Jonathan, premier comique et de Pivoine, deuxième comique, à la haine de Ribeiro, grand troisième rôle. La situation est saisissante. D'abord Andrès, garrotté, va être tué par Ramon, rôle de convenance, lorsque Éva, au moment où le pirate s'approche de moi, me délie les mains, ce qui fait que, renversant Ramon, je saisis une hache et frappe, ce qui ne l'empêche pas de s'élancer à travers les rochers et de prévenir ses compagnons.

Ses compagnons, ce sont les pirates de la savane. Ramon les ramène. On les entend gravir les rochers. Et comment fuir? Sur le torrent il n'y a pas de pont. Il n'y en a pas. C'est alors que je m'écrie :

— Je vais en faire un !

Et j'attaque un cèdre à grands coups de hache, tandis que du haut du plateau Pivoine fait rouler des pierres. Jonathan m'aide. Lui aussi attaque le cèdre. L'arbre penche. Encore un effort. Nous le poussons de nos épaules et sa cime brisée va s'abattre avec fracas d'une rive à l'autre. Bien. Voilà le pont souhaité. Je prends alors Éva dans mes bras et, lentement, je passe sur le pont. Pivoine et Jonathan me suivent. Cependant je m'écrie, en entendant venir les pirates :

— Enfoncez-vous dans la forêt pour éviter les balles ! Marchez toujours vers le sud et ne vous arrêtez qu'à la savane... Moi, je vais fermer la route aux pirates ! je m'élance dans le torrent. Ramon, mourant, dit à ses hommes :

— Feu sur lui !

Je nage au milieu des balles. On me voit disparaître, puis reparaître, entraîné dans la chute d'eau, à travers la nappe transparente qui, dit la brochure, se précipite dans l'abîme. Oh ! ce n'est pas du marivaudage, non, mais c'est du drame, du bon drame.

Si, après ce jeu de scène, je ne mettais pas le feu à la salle, c'est que je n'aurais plus été Brichanteau. Seulement il me fallait d'habitude le temps de doser la pitié, l'effroi, l'impression d'héroïsme, les sentiments divers qui composent cette scène VII du *trois*. Il y a des nécessités psychologiques. On ne doit pas *brûler* un dénouement.

Et ma directrice me disait, dans la coulisse :

— Le gaz, Brichanteau ! Le gaz ! Pas de supplément ! Il y a encore deux actes et *Geneviève de Brabant* après cela !

Alors, quoi ! il le fallait bien : je redoublais d'énergie et de promptitude. Je gagnais du temps et pour gagner du temps je me déshabillais en scène, oui, en scène, devant le public, afin d'éviter l'entr'acte, tandis qu'on préparait derrière le rideau du fond la scène suivante, l'*hacienda* de Moralès.

Je faisais tout à la fois. Je me dévêtais et j'abattais le cèdre. Un coup de hache. Un

JE PRENDS ÉVA DANS MES BRAS ET JE PASSE SUR LE PONT.

C'est le grand moment. Andrès ressaisit la hache ou plutôt, moi, Andrès, je frappe de nouveau le tronc du cèdre. Il s'agit de le couper en deux avant l'arrivée des pirates. Et lorsqu'ils arrivent, effet colossal, l'arbre s'engloutit.

Ramon se précipite sur moi.

— C'est lui ! Nous le tenons di!t-il.

Je réponds :

— Pas encore !

Et je le poignarde.

Puis en criant : « Que Dieu me protège ! »

bouton. Je frappais d'une main, je me dégrafais de l'autre. Ça n'en donnait que plus de pittoresque à mon costume. Un coup de hache. Un bouton. Un coup de poignard. Un bouton. J'enlevais encore un bouton en me précipitant dans le torrent.

— *Dieu* (un bouton) *me protège !*

Et je disparaissais enfin. Jamais je n'ai vu le public plus entraîné, allumé, empoigné. Il me rappelait, me rappelait.

— Pas de rideau ! m'écriai-je. Ne relevez pas le rideau !

Je ne voulais pas perdre le temps à madame Lestaffier. Je sacrifiais les triomphes de mon amour-propre d'artiste à la question, la misérable question du gaz. Mais pouvais-je refuser quoi que ce fût à ma directrice?

Pourtant, après le *cinq*, toute la salle réclamant Andrès, criant : *Brichanteau ! Brichanteau !* Il fallut bien revenir saluer et saluer dans le décor du premier acte de *Geneviève de Brabant*, que les machinistes posaient déjà. Je m'inclinai, mais rapidement. Pas assez cependant pour n'avoir pas remarqué l'attitude vraiment flatteuse et patricienne à la fois dont une grande belle personne brune, placée dans l'avant-scène de gauche, m'applaudissait, debout, le corps à demi-penché, ses mains gantées de blanc frappant l'une contre l'autre comme de jolis petits battoirs.

Une grande dame évidemment ! J'avais, même en jouant rapidement, en forçant le mouvement, remarqué ses fréquents coups de lorgnette pendant la représentation, et, flatté de ces bravos qui tranchaient sur ceux de la salle et qui, passez-moi l'expression, en étaient comme la fleur, je m'inclinai plus particulièrement, avec un respect gardant sa dignité, devant la belle inconnue.

Elle en fut touchée et ses mains patriciennes battirent plus fort.

Au moment où je rentrais dans la coulisse, madame Lestaffier me dit d'un air piqué :

— Eh bien, c'est un bon public, votre Anglaise !

Et, comme je la regardais, étonné :

— Oh ! un excellent public ! Elle ne vous a pas quitté des yeux pendant toute la représentation. Si ses prunelles avaient des dents, vous seriez avalé !

Ma directrice était charmante, tout à fait charmante, mais elle était jalouse. Et sa jalousie lui avait fait apercevoir des manèges et deviner une pensée que, dans ma ferveur d'artiste et dans la précipitation apportée à enlever mes boutons, je n'aurais pas cru soupçonnables. Lady Maud, c'était lady Maud, venait d'avoir tout simplement, en regardant Andrès, le coup de foudre. Ces phénomènes de physique amoureuse sont assez fréquents, l'acteur ou l'actrice incarnant pour le public l'idéal. Idéal de bravoure, de candeur ou d'honneur.

> Mon Dieu, c'est à cela qu'une femme se prend.

comme dit la reine amoureuse du premier ministre qui n'est qu'un laquais, fait improbable...

Je me promenais, le lendemain, sur la terrasse, admirant le magnifique panorama des arbres aux feuilles cuivrées par l'hiver, toutes les nuances du cuivre, depuis la teinte rouge jusqu'au jaune d'or fin, et les Pyrénées, dans le fond, comme un gigantesque collier neigeux, dont chaque montagne eût été une grosse perle lorsque, près de moi, regardant le même paysage et rêvant le même rêve, j'aperçus la délicieuse Anglaise qui avait battu des mains, la veille, aux exploits, aux coups de hache et aux boutons d'Andrès. Je la reconnus tout de suite, elle me reconnut de même, et nous causâmes. Elle avait un livre de vers à la main, et elle m'expliqua qu'elle venait le lire, là, devant les Pyrénées, pour avoir un état d'âme adéquat à ce beau site.

Adéquat me surprit un peu. Mais je vis tout de suite que j'étais en présence d'une personne très littéraire et, comme on dit en Angleterre, esthète. Elle lisait Rosetti, Dante, Gabriel Rosetti dont on m'a dit beaucoup de bien, quoiqu'il n'ait pas fait de théâtre.

— Je suis heureuse de vous rencontrer, monsieur, me dit-elle, car hier, dans ce mélodrame, vous m'avez fait grand, grand plaisir. Je me demande seulement comment vous pouvez exprimer des sentiments simples et humains à travers tant de péripéties improbables. Vous seriez si bien dans Shakspeare ! Oh ! combien !...

On eût dit que cette idéale créature, car je la regardais et la détaillais, elle était idéale, avait deviné tout ce qu'il y avait en moi de rêves comprimés, inassouvis. Shakspeare ! Jouer Shakspeare ! Parbleu, je n'avais pas d'autre ambition et je ne pensais qu'à traduire Hamlet, Macbeth, Othello ! Ces fils du génie étaient forgés à ma taille ! Mais jouez donc du Shakspeare en province ! Du Shakspeare, lorsque madame Lestaffier avait besoin de la musique d'Offenbach pour faire passer le mélodrame !

— Je vois, madame, répondis-je, que vous êtes une âme !

Elle s'occupait de littérature. Elle me dit qu'à ses moments perdus elle écrivait même des pièces de comédie.

— Vraiment, madame?

— Oui, j'ai composé une *Dalila* (elle prononçait *Délilé*) et j'ai même dessiné les costumes de ma pièce... Je rêve des costumes singuliers... à la Botticelli... Mais plus originaux encore... Je voudrais, par exemple, que ma Dalila eût une coiffure étrange, très, très..., tout à fait suggestive... Je lui voudrais des cheveux... des cheveux... bleus !

— Bleus?

— Bleus, oui ! Pas de banal. Oh ! le banal ! Vous n'aimez pas non plus le banal, monsieur Brichanteau?

— Je le hais, madame, je l'abhorre... Cependant des cheveux...

— Bleus, je les rêve bleus !

Et elle le prononçait, ce mot *bleus*, en souriant, en penchant sur son épaule sa jolie tête brune, très pâle ; elle le disait si bien que je trouvais tout naturel que Dalila eût des cheveux bleus. Et puis, qu'est-ce que ça me faisait, à moi ?

Ce qui me plaisait, c'est que cette femme était charmante, qu'il faisait doux sur la terrasse et qu'un beau paysage pyrénéen encadrait cette adorable causerie. J'appris en quelques instants que mon interlocutrice s'appelait lady Maud Hartson, qu'elle était mariée à un de ces Anglais voyageurs qui passent leur vie hors du logis, et qu'elle avait la passion des lettres, des arts, de la musique, du théâtre, comme son mari avait la passion du jeu.

Elle voulut bien m'inviter à aller entendre la lecture de quelqu'une de ses productions en prenant *a cup of tea*, et, comme je lui faisais observer que je ne savais que très vaguement l'anglais : compter jusqu'à vingt, demander une chambre d'hôtel ou un ticket de railway, etc., ce qu'il faut pour faire une tournée.

— Oh ! je vous traduirai les scènes au fur et à mesure !

Je les connais, ces séances terribles, où un auteur vous tient assis sur un siège, là, face à face avec lui, et vous inflige le supplice du manuscrit. J'ai failli, un jour, à Reims, chez un notaire qui me lisait une comédie grecque, avoir un coup de sang. Mais, cette fois, l'invitation à la lecture prenait des aspects de bonne fortune et j'aurais été bien mal venu à refuser d'entendre cette *Délilé*, la belle aux cheveux bleus de lady Hartson.

— Milady, je serai exact quand vous voudrez bien me faire l'honneur de m'inviter !

— Eh bien, demain à cinq heures, monsieur Brichanteau !

— A cinq heures, demain, milady ! Hôtel Gassion, n'est-ce pas?

VOUS SERIEZ SI BIEN DANS SHAKSPEARE !

— Non, oh ! non, j'ai loué un appartement en face de la maison natale de Bernadotte.

Et elle s'éloigna, son volume de vers sous le bras, en ondulant comme un grand cygne ; madame Lestaffier eût dit : comme une girafe.

Le lendemain, à cinq heures, j'étais au rendez-vous de lady Maud et je dois avouer que j'avais préalablement rêvé de cette belle et longue Anglaise si jolie, et qui m'avait si doucement parlé de Shakspeare. Sa *Dalila* m'effrayait bien un peu, mais elle avait de si beaux yeux, elle, lady Maud, et sa conversation était si attachante.

Très ému en sonnant à la porte de cette séduisante créature, j'étais déjà maître de moi-même en franchissant le seuil du logis.

— Lady Maud Hartson ! demandai-je du

ton de Benvenuto Cellini entrant chez la duchesse d'Étampes.

Un laquais, après m'avoir regardé de la tête aux pieds, me fit passer dans un salon, bizarrement meublé, que j'analysai d'un regard circulaire, brièvement, avec mon habitude de la plantation des décors et de la mise en scène. Ce salon, chose originale, était rempli de peaux de tigres, de peaux de léopards. Il y en avait sur le parquet, il y en avait sur les divans. Çà et là, des armes traînaient, carabines de fabrication anglaise, revolvers perfectionnés. Des vêtements de toile blanche, éraflés et ponctués de taches brunâtres qui pouvaient, à la rigueur, être du sang, peut-être de la boue, étaient étalés sur un fauteuil, avec un casque de liège à côté, un *tropical helmet*... Il y avait sous la table, couverte de papiers, d'énormes bottes ferrées...

Machinalement, je jetai, sans indiscrétion voulue, les yeux sur les grands feuillets de papier azur bleus, comme les cheveux de Dalila, des feuillets qu'un presse-papier fait d'un morceau de défense d'éléphant empêchait de s'envoler. Et je lus ces mots, que je me traduisis aussitôt à moi-même :

MACHINALEMENT JE JETAI LES YEUX SUR LES GRANDS FEUILLETS.

CHAPTER XII

MY ELEVENTH TIGER

— Mon onzième tigre !

Je devinai sans peine que c'était là le journal des impressions de voyage d'un chasseur et, regardant encore ces dépouilles de bêtes fauves, léopards ou jaguars, je me dis que si, comme je n'en pouvais douter, ce *journal* était celui de lord Hartson et ces peaux de tigres le produit de la chasse de lord Hartson, lady Maud, qui avait raison d'être belle, avait grand besoin d'être prudente. Et pourquoi ce diable de laquais avait-il pris soin de me faire attendre parmi ces carabines, ces revolvers et ces feuillets de papier azur : *My eleventh tiger ?*

La pensée me vint aussitôt, rapide comme l'éclair, de m'excuser, de laisser ma carte et d'abandonner à l'oubli l'image de la délicieuse Anglaise brune dont le regard me poursuivait, mais je me dis qu'après tout le péril assaisonne l'amour. Et puis je suis le contraire d'un timide.

Je songeai à Saint-Mégrin se rendant chez la duchesse de Guise et mentalement j'ajoutai :

— Brichanteau, que t'importe ?... Tu es jeune, cette femme est belle. Que t'importe le duc?

D'autant plus que lord Hartson était présentement à Luchon ou plutôt à Portillon, où il jouait un jeu d'enfer. Il gagnait du reste. Heureux au jeu, malheureux en amour. Je n'aurais pas, moi, joué cent sous trois heures après, sans les perdre, tant j'étais amoureusement heureux. Oui, de Rosetti à Shakspeare et de sa pièce, *la Douleur de penser*, une pièce qu'elle appelait *réflexioniste* et qui concluait à la douceur du nirvanâ, du cher anéantissement dans l'infini, de poète en poète, et, comme on dit, de fil en aiguille, nous en étions arrivés à mériter la vengeance du lord et le coup de feu du tueur de tigres !

— Oh ! il me tuerait, s'il savait, disait-elle, et il vous tuerait aussi ! Terrible, très terrible ! Mais que vous fait cette pensée, ami?

— Rien, oh ! rien ! Elle ne me fait rien. Absolument rien !

— D'ailleurs ne tuez-vous pas aussi les bêtes fauves, *darling* ?

— Moi?...

— Vous..., Andrès..., *les Pirates de la Savane* !

— Ah ! parfaitement !... Parfaitement !... En scène, je tue un tigre en scène et j'apparais avec le tigre sur mes épaules. . Puis, le jetant à mes pieds : « Mort !... Un bel animal, n'est-ce pas, camarades? » C'est même mon entrée au *deux*... Une belle entrée, vous l'avez vu !... Mais c'est du théâtre, de la mise en scène... Tandis que lui... lui... *my eleventh tiger*.. Combien en a-t-il donc tué de tigres, lord Hartson ?

NE TUEZ-VOUS PAS AUSSI LES BÊTES FAUVES, *darling ?*

— Combien? Qu'importe, cher?

— Oh ! je n'en rêve pas, mais enfin, pour savoir...

— Grossiers plaisirs... Adresse vulgaire... Que vous font les tigres?

— Oh ! ce ne sont pas les tigres !... Mais la curiosité, la banale curiosité.

Eh bien, mais, disait-elle, il en a bien tué vingt !

— Vingt?

— Peut-être trente. Je ne sais pas, moi.

Je ne parle jamais de ces choses. Dites-moi donc, *darling*, la grande tirade de *Ruy Blas* !

Je lui disais, de mon mieux, la grande tirade de *Ruy Blas*, mais, invinciblement, je revenais à ces tigres, comme l'autre à ses moutons.

Je répétais :

— Trente, vous croyez? Il en a tué trente !

Et lady Maud, tendrement, de répondre :

— Vous en avez tué plus que cela, *darling*, dans *les Pirates de la Savane !*

J'essayais bien de lui démontrer que ce n'était pas tout à fait la même chose. Je les tuais dans l'idéal, mes tigres. Je les tuais dans le rêve. Elle déclarait que c'était bien supérieur ainsi et que tous les tigres de lord Hartson ne valaient pas celui qu'Andrès apportait sur ses épaules à sa belle *entrée* du *deux*.

Elle m'aimait décidément beaucoup. Cependant, la troupe de madame Lestaffier étant engagée à Mont-de-Marsan, il me fallut quitter lady Maud, mais avec le serment de la revoir. Dès lors, quelquefois, loin d'elle et entraîné par mes pérégrinations artistiques, je recevais des vers, tracés de son écriture aristocratique, longue comme elle. Souvent, lorsque j'allais entrer en scène, le télégraphe m'apportait une de ses pensées : « *Bon succès. Remember !* » Un jour, à Bordeaux, je jouais au Théâtre-Louis *la Bouquetière des Innocents*, le concierge me remit un petit billet sur papier bleu, le papier azur du mari, le papier sur lequel il notait ses massacres de tigres, me disant :

— J'arrive. A ce soir !

Et, le soir, dans l'avant-scène de droite, j'apercevais lady Maud, qui m'applaudissait à Bordeaux dans *la Bouquetière des Innocents*, comme elle m'avait applaudi à Pau dans *les Pirates de la Savane*. Ce fut ce soir-là précisément que je faillis résilier mon engagement avec ma directrice, madame Lestaffier ayant osé me dire :

— Ah çà, elle voyage donc comme le Juif errant, votre grande perche à houblon?

Tout s'arrangea, parce que je ne voulais pas m'emporter pour défendre une femme que je n'avais point le droit de compromettre. Mais madame Lestaffier m'avait blessé au cœur. Elle s'en repentit par la suite ; c'était trop tard.

Lady Maud était seule à Bordeaux. Toute seule. Lord Hartson continuait à jouer, je ne sais où, *à la cantonade*. Nous nous appartenions, mais j'appartenais au public, et il fallut, dans cette grande ville de Bordeaux, trouver le moyen de nous voir sans exciter les soupçons. Oh ! elle eût tout bravé, lady Maud ! Mais j'étais prudent pour elle, et je sentais, sur toutes mes actions, peser le regard inquisiteur de madame Lestaffier. Nous nous donnions rendez-vous au Musée, et je disais à lady Maud : « Je vous aime ! » devant les tableaux. Il y a là une immense, une gigantesque statue de Louis XVI qui a entendu nos serments et qui sans doute les a bénis.

Puis, nous allions à Lormont, chacun de nous prenant un bateau différent, et nous nous retrouvions là, dans une petit restaurant où les grisettes viennent manger des fritures, le dimanche, mais où, dans la semaine, on est seul. C'était charmant. Sur la terrasse, il est dit qu'il y aurait toujours une terrasse dans mon roman avec lady Maud, nous causions, regardions les bateaux passer sur la Gironde, les trains, tout à côté, siffler sur le pont de Lormont, et des glycines mauves nous encadraient, des glycines de mai dont lady Hartson disait :

— J'adore le mauve ! Je vous en donnerai, des glycines, oui, une aquarelle de moi !

C'est ce jour-là qu'en échange de cette aquarelle promise, lady Maud me dit tout à coup :

— Mais votre portrait, *darling*, à propos, je ne l'ai pas, moi, votre portrait?

— Mon portrait?

— Oui, je voudrais aussi le peindre. Le garder. Avez-vous un portrait de vous?

J'en avais un. Je le trouvais assez réussi. Un portrait-carte, en costume du répertoire, sous les traits de Louis XIV. Il me plaisait par là. Il me rappelait le costume que j'aurais dû porter sur les planches de la Comédie-Française, si le sort eût été juste, et, de plus, l'image d'un roi à qui je pardonne bien des choses, parce qu'il a beaucoup fait pour les lettres. L'homme qui a déjeuné avec Molière, c'est un homme ! J'y tenais donc, à ce portrait-carte, épreuve unique, et je me trouvai imprudent de le tirer de mon portefeuille pour le montrer à lady Maud.

Elle le regarda, poussa un cri :

— Il est superbe !

J'étais flatté, mais inquiet. Je sentais que ce portrait n'était déjà plus à moi.

— Oui, dit-elle encore, il est superbe, et je le garde !

— Un autre, peut-être !

— Non, non, je veux celui-ci, je le veux ! J'exige aussi une dédicace !

Comment refuser? J'appelai la servante qui nous avait apporté l'omelette arrosée de vin blanc, et je lui demandai un peu d'encre. Et ce fut là, sur la petite table du restaurant, dans ce cadre de glycines, que je signai, au bas du portrait-carte, cette dédicace, dont le trait me vint, je vous jure, sans que j'y eusse songé :

A lady Maud.

Non, ce portrait, ce n'est pas moi,
Vous le reconnaîtrez sans peine :
Car, madame, si j'étais roi,
Vous savez que vous seriez reine !

Et je signai :

SÉBASTIEN BRICHANTEAU.
Lormont. Un jour de mai.

On a toujours tort de signer. On a toujours tort d'écrire. Toujours, toujours. On a encore plus tort de mettre son nom au bas des quatrains. Mais quoi ! lady Maud était ravie !

— Oh ! délicieux ! délicieux ! Pas très compliqué, mais galant, très français, *darling*, très...

— Que voulez-vous, milady? Je suis simple !

— Et exquis !

Elle me tendit son aristocratique main que je baisai et elle-même, après avoir posé ses lèvres sur la photographie, un peu effacée, elle la glissa dans son portefeuille et la mit ensuite dans un petit sac de peau de chamois, à ferrure d'argent, orné de son chiffre.

Ce jour-là, j'oubliai mon portrait bien vite pour ne plus me rappeler que la réalité vivante, celle que j'avais là devant moi et à moi !

Puis je quittai Bordeaux, je repris mon existence errante, pareille à celle des trouvères ; je me brouillai définitivement avec madame Lestaffier après une scène où les injures succédaient, comme de raison, aux tendresses de la passion, et je ne songeai plus qu'à demi à cette délicieuse Anglaise que le sort avait mise, pareille à une idéale revanche, sur mon chemin caillouteux, très caillouteux, hélas !

Je n'y pensais, en vérité, que comme à une vision. Toujours flatté de recevoir d'elle un billet sur papier azur, toujours enchanté de savoir qu'il y avait, de par le monde, une créature aristocratique qui n'oubliait pas Andrès le tueur de tigres. Mais, s'il faut être juste, ce souvenir charmeur, mêlé à d'autres, ne m'empêchait pas de dormir. Un matin même, à Marseille, après une nuit de bon somme succédant à une soirée triomphale où j'avais joué *le Docteur noir* au théâtre des Variétés, un rôle de Frédérick, je m'éveillais, étendu dans l'état indécis du demi-sommeil, ruminant les artistiques impressions de la veille, lorsqu'on frappe à la porte de ma chambre d'hôtel...

— Entrez !

— Alors ouvrez, répond une voix à l'accent britannique...

J'ai l'habitude de tirer toujours le verrou sur moi quand je sommeille.

Vite, je me lève, je passe mon pantalon, je donne un tour à mes cheveux embroussaillés par la nuit et j'ouvre.

Alors, comme un ouragan, un homme entre, vêtu d'un complet gris, ôtant et remettant d'un même mouvement brusque son chapeau de feutre, et, les êtres qui ont des romans dans leur existence ont de ces pressentiments, je devinai dans cet inconnu, réflexion qui fut un éclair, le mari, lord Hartson, le tueur de tigres, *my eleventh tiger !*

Je revois encore ce grand Anglais roux, les cheveux plaqués sur le front, avec une longue barbe qui n'en finissait pas, une barbe d'un blond fauve et des yeux fixes comme des yeux de verre, dans un visage osseux, bruni par tous les soleils de l'Inde, un grand diable maigre et froid qui, en tirant un portrait-carte d'un portefeuille en peau de crocodile, lequel me faisait songer : « Ce crocodile, c'est lui qui l'a tué, il l'a visé, de ces yeux fixes, ce crocodile », me dit :

— Ce portrait? Oui, ce portrait-là, en costume de *seltembanque*, il est bien à vous?

Je n'avais pas besoin de le regarder, ce portrait. C'était le mien. En costume de saltimbanque ! Il appelait costume de saltimbanque mon costume de Louis XIV dans *Mademoiselle de la Vallière* et j'avais envie de lui répondre :

— Mylord, savez-vous de quels vêtements vous parlez? De ceux du grand roi, mylord !

Mais je me retins. Je ne sais pas pourquoi, car je n'avais pas peur, mais je me retins. La peau du crocodile, le onzième tigre, peut-être ! Oui, je l'avoue, le onzième tigre me préoccupait. Et aussi ce diable de regard vitreux, étonnant. Bref, je me contins.

Il répéta, entêté :

— Ce *seltembanque*, il est bien vous?

Très dignement, je répondis :

— J'aurais mauvaise grâce à le nier, mylord !

— Vous, Sébastien Brichanteau?

— Moi, Sébastien Brichanteau !

— Très bien, dit-il.

J'aperçus, dans sa barbe fauve, un rictus singulier qui me montra des canines étonnantes, avançant sous la lèvre comme des défenses de sanglier.

Je dis : « Qu'importe ! Comme Bussy d'Amboise, tu vendras chèrement ta vie, voilà tout. » Et sans entraînement, je dois le reconnaître, je prenais mon parti de me mesurer avec le blond chasseur de bêtes fauves.

Mais lord Hartson remit précieusement mon portrait, avec le quatrain, dans le portefeuille de peau de crocodile, l'inséra dans son veston gris qu'il reboutonna avec précaution et me dit :

— *Good.* Je suis satisfait.

Satisfait, le mot prenait une valeur ironique. Je songeais à la fin de l'aventure et j'entendais déjà, intrépide, du reste, armer les pistolets de combat.

— Ce portrait, continua froidement le grand diable, je le garde. C'est un fétiche !

— Un fétiche?

Je ne comprenais plus, je cherchais à deviner. Ce tueur de tigres devenait un sphinx.

— Je voulais savoir si ce portrait de *seltembanque* (il y tenait) était bien le portrait de vous.

— Je comprends, mylord... (et j'essayais de sourire), à cause du quatrain. Je n'ai, croyez-le, aucune prétention à la poésie.

CE PORTRAIT DE *seltembanque*. IL EST BIEN A VOUS ?

Les yeux fixes, les yeux de verre s'animèrent un peu.

— Oh ! le quatrain, non ! Exécrable, le quatrain ! Banal, ridicule, le quatrain ! Non, c'est à cause du portrait de vous-même..., oui, de vous.

Et, flegmatiquement, d'un ton glacial que je n'oublierai jamais et que j'ai noté pour jouer le duc d'Albe, si je joue jamais le duc d'Albe, lord Hartson ajouta :

— Oui, mon seul amour, c'est le jeu. La poésie, méprisable !... Le jeu et la chasse, autre jeu. Et, depuis que j'ai perdu l'ongle d'un fellah que j'ai assommé à Boulak, je n'avais plus de fétiche. Je perdais, perdais. Noire déveine. J'ai trouvé cette photographie. Où l'ai-je trouvée? Je n'ai pas besoin de vous le dire et jamais, jamais un autre que moi ne la gardera dans un portefeuille. Jamais. Dans les conditions présentes, le portrait d'un saltimbanque, d'un clown (je bondissais ou du moins j'étais prêt à bondir à chaque mot), la photographie d'un être déguisé, et d'un travesti célèbre (je fus touché), doit être un fétiche excellent,... excellent... C'est bien vous, lady Maud ne m'a pas menti... Parfait... Adieu, monsieur.

Et, je n'invente rien, je n'invente jamais, lord Hartson, le terrible lord Hartson, tournant sur ses talons comme un automate, disparut, me laissant stupéfait, anéanti, hébété, n'en croyant ni mes yeux, ni mes oreilles.

Un moment, l'idée me vint de courir après lui dans le corridor, de le rappeler, de lui demander compte, devant tout l'hôtel, de ses expressions de *clown* et de *seltembanque*. Mais, une fois encore, je me contins. Il faut être, au théâtre, maître de son jeu ; dans la vie, de ses colères. Et puis, l'injure était-elle bien une injure? Les saltimbanques et les clowns ont aussi des âmes d'artistes. Ce sont nos frères. Nos frères errants. Il y a des artistes forains que je respecte plus que des médiocrités applaudies.

Et puis, c'était tellement étonnant, imprévu, impossible, cette apparition du tueur de tigres s'en retournant enchanté parce qu'il avait trouvé et parce qu'il emportait un *fétiche* !

Le jeu, monsieur, ah ! le jeu, cela est aussi fou que l'amour ! J'ai, du reste, appris que lord Hartson, à Monte-Carlo, un hiver, a fait sauter la banque !

Il était même devenu proverbial : *le grand Anglais qui gagne toujours*.

Cet hiver-là, lady Maud m'avait rejoint à Angers. Elle passait la saison dans un château des bords de la Loire où elle écrivait ses *Mémoires* pour une revue américaine. *My first love*... Pas son onzième tigre, non !... son premier *love*... Peut-être a-t-elle raconté depuis son onzième amour ! Je n'en sais rien. Je ne l'ai pas revue. D'ailleurs, sa littérature m'ennuyait.

A Angers, je lui ai dit :

— Voyez-vous, c'est bon pour une fois. Vous avez laissé traîner mon portrait dans votre boîte à couleurs, je ne vous en veux point. Seulement l'aventure aurait pu mal tourner. Passe pour le jeu ; mais il y a la chasse aussi, il y a la chasse. Fétiche, je veux bien. Va pour fétiche ! Mais cible ! Cible, chère âme ! Pensez à cela : cible ! Faire sauter la banque, soit, très bien. Mais faire sauter les crânes !... Eh ! eh ! la perspective est moins ragoûtante !

Je dois avouer que lady Maud me regarda, ce jour-là, d'un air où ses douceurs d'*esthète* faisaient place à une ironie aussi féroce que les dents de son mari.

Elle me répondit :

— Poussière ! Poussière humaine !

Je devinai que, symboliste, elle voyait dans ces mots un symbole qui n'était pas tout à mon avantage. Que m'importait ? *Farewell !* Adieu, va ! Et, en fait de tigres, je préférai toujours ceux que je continuais à tuer dans *les Pirates de la Savane*.

J'ai souvent regretté d'avoir perdu l'affection d'une artiste comme ma directrice, madame Lestaffier, pour cet amour de grande dame. Mais j'y ai gagn de ne plus donner jamais de portrait-carte. Jamais, jamais, jamais ! Si, aux Conseils municipaux ! « *Souvenir d'une réception triomphale.* » Mais c'est le portrait-carte officiel, ça ; cela n'a jamais causé la mort de personne !

Et un jour que son fétiche aura perdu son pouvoir, lord Hartson se brûlera peut-être la cervelle en quelque hôtel du littoral, et le commissaire et les reporters seront sans doute fort étonnés en trouvant dans son portefeuille mon portrait-carte sur son cœur !

Fétiche pour lui, que n'ai-je été, hélas ! un porte-bonheur pour moi-même !

IV

UN DES GRANDS JOURS DE BRICHANTEAU

Louis XI ! Un grand roi et un beau rôle !... Je l'ai joué, monsieur. Et dans quelles circonstances ! Vous ne me croiriez pas, si je vous contais cette aventure. Elle m'a laissé un souvenir de plaisir, un parfum de joie... *Louis XI* !... Ç'a été mon grand jour ! Un de mes grands jours, car, Dieu merci, ma carrière est bien remplie ! Il y a de ces ignorés de l'art, monsieur, qui ont accumulé dans leur existence autant de victoires que les plus célèbres, et qui ont goûté, tout comme les fameux, les illustres, les heureux, l'enivrement du succès. Oui, ma parole, je me dis quelquefois que je ne donnerais pas ma vie d'artiste sans biographie pour celle d'un sociétaire de la Comédie-Française.

Je n'ai pas de pension, je n'ai pas eu de chance, je suis un bohème, un moineau franc de l'art, mais j'ai eu mon heure ! Mes heures !

Louis XI, tenez, la représentation de *Louis XI* à Compiègne, voilà un souvenir ! C'était mon camarade Courtillier qui avait monté la partie. Mon camarade et mon élève. Il me savait sans engagement, comme toujours, moi qui ai, un moment, failli, étant gamin et déjà applaudi, donner la réplique à Rachel en Amérique, moi que le grand Mélingue appelait familièrement le petit Mélingue. Courtillier, lorsqu'il organisait une tournée, me rendait en cachets ce que je lui avais donné en leçons. Brave garçon, pas ingrat, une âme d'artiste. Nous étions faits, lui et moi, pour communier dans le Beau.

Dans *Louis XI*, Courtillier m'avait offert de jouer Tristan. Médiocre personnage. Une apparition, un être pâle et refrogné. Mais enfin, un rôle de composition. Je le connaissais bien. M. Beauvallet m'en avait donné les traditions au Conservatoire, et j'avais jadis pioché les textes, les Mémoires, les chroniques, pour m'imprégner du personnage. S'imprégner du passé, monsieur, tout est là, quand on veut évoquer un homme historique. J'ai annoté le *Mémorial de Sainte-Hélène* pour mieux jouer Napoléon. J'étais donc saturé de Tristan. Je le haïssais en le représentant. Oui, je le haïssais pour mieux le faire haïr. Je suis pour l'art militant, l'art qui prouve quelque chose.

Va donc pour Tristan ! Mais, si je jouais Tristan, qui donc jouerait Louis XI ? Je vous le donne en mille ! M. Talbot, de la Comédie-Française ! Je ne veux pas médire de M. Talbot, qui est un homme charmant, adorant son art, dévoué à ses élèves, et qui a remarquablement joué *l'Avare* et Triboulet ; mais, entre lui et moi, Courtillier n'eût peut-être pas dû hésiter. Il savait que j'avais pioché mon Louis XI jusque dans les Archives. J'avais vu Ligier dans *les Grands Vassaux*. Très bien, Ligier. Un peu petit, mais très bien. Pittoresque, profond. Encore un de ceux qui s'imprègnent du personnage. Mais que voulez-vous ? Courtillier avait la superstition de M. Talbot. Un sociétaire, vous comprenez ! Et sur l'affiche : *Sociétaire de la Comédie-Française*, c'est la moitié de la recette.

Par un temps humide et malsain de février, nous prenions donc gaiement, comme de bons soldats allant au feu, le train de Compiègne à la gare du Nord, huit heures cinquante-cinq du matin. Bonne causerie en wagon. Échange de vues sur l'art et ses destinées, tandis que la vapeur nous emportait en haletant..., j'allais dire en sifflant, c'eût été ironique. Courtillier nous expliquait que Thibouville, le professeur qui, après avoir joué à l'Odéon, était devenu lecteur chez M. de Rothschild, conseillait à ses élèves de se mettre un poids sur l'estomac et de s'habituer à respirer malgré cet obstacle. Excellente méthode pour arriver à phraser, à réciter une tirade sans la couper. Je soutenais, moi, que nulle méthode au monde ne vaut l'inspiration, et que le véritable artiste ne peut jamais savoir, en entrant en scène, s'il sera bon ou mauvais. Cela dépend de son état d'âme. Éternel sujet de controverse.

Nous discutions toujours en arrivant à Compiègne à dix heures vingt-quatre, et nous discutâmes encore, autour de la table de l'hôtel de *la Cloche* où nous déjeunâmes. Puis j'allai, seul, à travers la ville, rêvant à Tristan, regrettant Louis XI et recherchant surtout les coins de la cité où je pouvais retrouver quelques détails d'architecture gothique, afin de mettre, par mes yeux, mon esprit à la date même du personnage que j'allais représenter. Oui, monsieur, après les textes, les monuments. C'est ainsi que le comédien devient l'égal de l'historien. J'ai lu, moi qui vous parle, l'*Histoire des Croisades*, de Michaud, pour jouer le confident de Nérestan dans *Zaïre*. Mais aussi, tous mes camarades vous le diront, j'en avais fait une figure !

Après avoir étudié Compiègne au point de vue de Tristan, je rentrais à l'hôtel, pensif, lorsque je vis, sur le seuil, deux hommes, tous deux émus, mais d'une émotion combien différente ! Le premier, mon camarade et élève Courtillier, avait l'air désespéré ; l'autre, M. Talbot, avait l'air furieux ! Celui-ci rouge et celui-là pâle. Une vivante antithèse. La vie en est pleine, comme l'art lui-même. Derrière ces deux hommes également impressionnés se profilaient les visages décontenancés des comédiens et comédiennes faisant partie de notre troupe improvisée.

— Eh ! qu'y a-t-il ? m'écriai-je en devinant quelque déconvenue comme il m'en arrive si souvent dans mes voyages.

— Ce qu'il y a ? dit Courtillier. Il y a que le panier des costumes de monsieur Talbot n'est pas arrivé !

— On a probablement envoyé le panier ailleurs qu'à Compiègne ! répondit M. Talbot.

— Il y a évidemment erreur !

— Le panier est peut-être à Saint-Quentin !

— Le costume de la Comédie-Française ! Mon costume, répétait monsieur Talbot. Et, si je n'ai pas mon costume, c'est bien simple, je ne joue pas !

— Mais la recette ? interrompait Courtillier. Il y a une recette !

— On rendra la recette, répliquait fermement M. Talbot.

Rendre la recette est toujours une nécessité dure. Les physionomies de mes camarades, hommes et femmes, exprimaient devant cette perspective un sentiment très différent de l'allégresse. Mais comment parvenir à calmer M. Talbot ? Son costume, très étudié, faisait partie de son personnage. Il ne pouvait être Louis XI sans la pelisse fourrée et la coiffure légendaire, ornée des images et médailles de Notre-Dame d'Embrun. A vrai dire, monsieur, tout désolé que j'étais de la perte possible de mon cachet, je ne pouvais pas blâmer un artiste dramatique, un comédien applaudi, un professeur, de cet excès de conscience.

Et pourtant je trouvais déplorable qu'on rendît la recette. Absolument déplorable.

— Mais tu dois savoir Louis XI, toi, me disait Capécure, qui jouait Coitier.

Si je savais Louis XI ? Je savais tout Casimir Delavigne comme je sais tout mon répertoire.

— Offre à Courtillier de le jouer...

— Tu badines ! Et monsieur Talbot ?

M. Talbot pouvait espérer que les costumes arriveraient encore à temps. Courtillier étudiait les indicateurs. Il découvrit qu'il y avait un train qui, partant de Paris à quatre heures cinquante, s'arrêtait à Compiègne à six heures dix-neuf et même un train semi-direct qui arriverait à neuf heures quarante et une. Trop tard celui-là. Mais le train de Paris à Villers-Cotterets, le train **1139**, arrivait à huit heures douze. Les paniers pouvaient, devaient arriver à Compiègne par le train 1139.

— Envoyez des dépêches ! Réclamez ! Faites l'impossible, répétait M. Talbot. Si je n'ai pas mon costume, je ne jouerai pas Louis XI, voilà !

— Vous aurez votre costume, mon cher maître, répondait Courtillier qui essayait d'être calme. Louis XI n'apparaît qu'au *deux*, à la scène VII. Nous gagnerons du temps en faisant commencer le *un* un peu tard. Vous vous habillerez pendant l'entr'acte et vous entrerez au *deux* sous un tonnerre d'applaudissements.

Ne vous y jouez pas, comte ; par la croix sainte!...

En attendant, le dîner est servi. Dînons. Je porterai un toast à votre succès, au dessert !

Monsieur, en dépit des légitimes préoccupations qui nous assiégeaient, ce dîner fut gai. Les artistes ont des âmes d'enfants ignorantes du péril. Nous étions exposés, parfaitement exposés à rendre la recette et nous faisions des calembours. M. Talbot, seul, demeurait anxieux, ne mangeait pas et Courtillier me regardait, à travers la table, d'un œil profond comme pour me dire : « Quelle situation

Brichanteau ! » Moi, je le réconfortais d'un sourire. J'en ai bien vu d'autres !

On prit le café et nous nous rendîmes au théâtre. Je revêtis mon costume de Tristan, partageant ma loge avec Capécure qui se maquillait en Coitier et avec Courtillier lui-même qui grommelait tout en mettant sa perruque blonde du dauphin !

— Tu verras que le train n'apportera pas ce costume !

M. Talbot, lui, arpentait la scène devant le décor du *un — une campagne, le château du*

Ce n'est rien, cela, mais c'est la pièce. Toute l'autorité du roi doit se retrouver dans le point d'interrogation du grand prévôt : « Ton nom ? » Si c'est bien dit, et c'était bien dit, le public tout entier doit avoir la perception de quelque chose de tragique. *Ton nom ?* On ne passe pas, on ne sort pas la nuit. C'est terrible. *Ton nom ?* Dans ces deux mots il faut que l'on sente déjà les deux vers qui vont suivre :

Rentre, ou les tiens verront avant la nuit prochaine
La justice du roi suspendue à ce chêne !

CAPÉCURE S'HABILLAIT.

Plessis au fond, sur le côté quelques cabanes éparses — et il répétait, archarné :

— Si je n'ai pas mon costume de la Comédie, je ne joue pas, je ne joue pas, je ne joue pas !

Cependant le public impatient réclamait le *rideau.* Bonne salle, à en juger par un coup d'œil à travers le trou de l'avant-scène. Des toilettes, des uniformes, et ce courant d'enthousiasme qui annonce une belle soirée. Il y a des publics de bois, des publics de stuc. Celui-là semblait de lave.

La toile se lève et je pose mon premier mot :

— Ton nom?

une interrogation à Richard le Pâtre.

— Ton nom ?
— Richard le Pâtre !
— Arrête, et ta demeure?
— J'en sors. — Le roi défend de sortir à cette heure !

Il serait peut-être plus simple de dire : *Tu seras pendu*, mais ce serait peut-être aussi un peu trop simple. *Ton nom ?* J'avais senti la salle frissonner. Je tenais mon public. M. Talbot en Louis XI pouvait venir ; mon Tristan lui avait préparé tous ses effets. Je ne parle que de ma diction. Pour le costume, j'étais Tristan de pied en cap. Un portrait de maître.

Pendant ce temps-là, Courtillier avait envoyé le vieux Saint-Firmin à la gare avec la voiture de l'hôtel. Saint-Firmin devait se précipiter sur le panier arrivant de Paris et l'arracher aux agents de la Compagnie sans même leur laisser le temps de la réflexion et, plus prompt que la pensée, le rapporter au théâtre à franc étrier.

— S'il ne le rapporte pas, je ne joue

pas, répétait M. Talbot, logique avec lui-même.

Or le *un* s'achevait sous les applaudissements, on relevait le rideau et on redemandait Brichanteau, quoique Tristan ne soit pas de la fin de l'acte, et il était huit heures quarante-quatre. Le train 1139 devait être arrivé, et le panier, le bienheureux panier, n'apparaissait pas. Courtillier allait, venait, se démenait, en mordillant le bout de la perruque du dauphin. Tout à coup, un grand cri se fit entendre sur la scène où se mêlaient nos anxiétés :

— Saint-Firmin !

— Eh bien ?...

— Le panier ?

— Le costume ?

— Rien, répondit Saint-Firmin désespéré. Le panier doit avoir filé sur Tergnier. On l'a probablement consigné à la frontière !

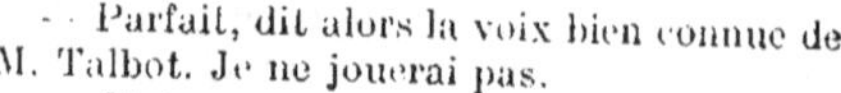

— Parfait, dit alors la voix bien connue de M. Talbot. Je ne jouerai pas.

— Mais on peut combiner un costume.

— Un costume qui ne serait point celui de la rue de Richelieu. Une souquenille ! Je ne jouerai pas !

— Avec une annonce...

— Je ne jouerai pas !

— Bien, faites l'annonce, flatteuse pour vous !

— Je ne jouerai pas !

— Mais la recette ?

— La recette ? L'art d'abord ! L'art seulement ! Je ne jouerai pas !

— Si le public consentait à vous voir représenter Louis XI en habit de ville ?

— Je ne jouerai pas ! Je ne jouerai pas ! Je ne jouerai pas !

Courtillier s'arrachait les cheveux ou ceux du dauphin. La petite Declergy, du Conservatoire, qui jouait Marie, la fille de Commines, déclarait qu'elle ne signerait jamais plus avec Courtillier, qui lui avait fait manquer une matinée à l'Elysée-Montmartre où elle eût dit des monologues. La scène, monsieur, tout à l'heure livrée aux manifestations de l'art et aux alexandrins du poète, présentait l'aspect d'un vaisseau désemparé. Tout le monde parlait, donnait son avis. Courtillier avait repris l'*Indicateur* et il l'interrogeait comme Bonaparte la carte d'Italie :

— Si l'on envoyait une dépêche à Tergnier ?

— JE NE JOUERAI PAS...

C'était une idée. Mais, avec la meilleure volonté du monde, le chef de gare de Tergnier, en supposant qu'il eût le costume de M. Talbot, ne pouvait l'expédier que par un train qui arrivait à Compiègne à dix heures vingt-deux, soit à onze heures dix-sept, soit à deux heures quatre. Quelle ironie ! Deux heures quatre ! Il y aurait beau temps que le rideau serait retombé sur le dernier vers de *Louis XI* :

On est roi pour son peuple et non pas pour soi-même.

Mauvaise fin d'ailleurs. C'est François de Paule qui parle et le baisser du rideau devrait appartenir au grand premier rôle, au roi. Ça ne gêne pas, du reste, pour le rappel. Louis XI est en scène.

Ah ! nous étions dans une jolie situation ! Tout le monde, affolé, sauf M. Talbot, ferme dans sa résolution qui nous navrait, mais que je ne pouvais blâmer. Cependant, s'il est des devoirs envers l'art, il en est envers le public.

Une illumination soudaine me traversa l'esprit. Je pris Courtillier par la main :

— C'est fini, à ton avis ?... Monsieur Talbot ne jouera pas. La soirée est perdue. Veux-tu que je sauve la situation ? J'ai été si souvent le terre-neuve des directeurs ! Veux-tu que je joue Louis XI ?

— Toi, Brichanteau ?

— Je sais le rôle. Je l'ai creusé. Je suis prêt. Je me jette à l'eau.

— Brichanteau !

Je crus d'abord qu'il allait me sauter au cou, mais il hésita.

— Et Tristan ? Qui jouera Tristan ?

— Saint-Firmin. On fera une annonce !

— Et le costume ?

— Je vais en improviser un. Je te demande dix minutes.

— C'est bien long ! L'entr'acte est déjà interminable.

— Cinq minutes. Fais une annonce.

Courtillier eut une de ces minutes de décision qui emportent le sort des batailles. *Alea jacta est*, dit-il, comme s'il eût été encore maître d'études à Charlemagne. Et il allait se tourner vers le régisseur pour lui commander de frapper les trois coups lorsque je lui saisis le poignet :

— Attends. Il y a une condition.

Le mot l'effraya. Il prévoyait une augmentation de *feux*, un grossissement de cachet, un de ces *chantages* auxquels se livrent les artistes qui, en de telles circonstances, exploitent les *impresarii*, lesquels le leur rendent bien. Mais je n'ai jamais fait passer l'argent avant l'honneur.

— La condition, lui dis-je, c'est qu'à la fin du *quatre*, après la scène avec Nemours, on me jettera l couronne préparée pour monsieur Talbot.

— Tiens, c'est vrai, fit Courtillier, il y a la couronne. Mais elle est superbe, cette couronne !

— Raison de plus. Je la réclame.

— Monsieur Talbot devait jouer Louis XI, il ne joue pas Louis XI, tu ne devais pas jouer Louis XI, tu joues Louis XI, tu auras, répondit Courtillier, la couronne de monsieur Talbot. Et maintenant, les trois coups !

Je vis, pendant que le régisseur frappait, puis disait : *Attention !* comme à la Comédie-Française, Courtillier qui parlait à M. Talbot. M. Talbot écoutait, semblait résister, faisait vraisemblablement quelques objections, puis s'inclinait en manière de consentement. Et la toile se levait à vide sur la salle du trône du château de Plessis-lez-Tours.

Alors Courtillier s'avança, saluant trois fois, devant le public devenu silencieux. Chacun comprenait qu'il y avait dans l'air quelque chose de grave. Et j'entendais la voix de Courtillier, tandis que je me déshabillais très vite derrière un paravent, dépouillant le costume de Tristan pour revêtir celui de Louis XI. Courtillier, très ému, disait :

— Mesdames et messieurs, il nous arrive un véritable contretemps..., un contretemps qui a failli empêcher la continuation de la représentation...

Le public attendait. Je le suivais anxieux, je le sentais haletant.

— Le costume de monsieur Talbot de la Comédie-Française est, par un hasard tout à fait attristant, demeuré en gare, nous ne savons où... Dans tous les cas, il n'est pas arrivé à Compiègne, et monsieur Talbot, toujours soucieux de la vérité et de sa dignité artistique, vient de déclarer à l'administration qu'il ne pouvait paraître devant le public éclairé qui veut bien m'écouter et m'excuser, sans son costume habituel, le costume de la Comédie-Française...

Silence glacial. Le public se demandait où Courtillier voulait en venir, et la voix de Courtillier s'étranglait un peu, l'émotion le gagnait. Moi, je disais à Saint-Firmin : « Et le bonnet? Invente quelque chose pour le bonnet et le médailles, mon vieux Saint-Firmin. Invente, invente ! »

— Nous serions, mesdames et messieurs, continuait Courtillier, tout à fait désolés, désemparés et forcés, malgré le succès du premier acte, de vous renvoyer à vos foyers (*Clameurs, protestations*), à vos foyers plus consolants que le nôtre (*Quelques personnes sourirent*), si notre excellent camarade Brichanteau, Sébastien Brichanteau dont vous avez pu apprécier tout à l'heure le rare talent dans le rôle de Tristan (*Oui ! oui ! c'est vrai !*), si notre camarade Brichanteau, dis-je, n'avait bien voulu tirer et l'administration et tous ses collègues du plus cruel embarras en jouant, au pied levé, le rôle de Louis XI (*Moment d'attente*). Monsieur Sébastien Brichanteau demande au public éclairé qui l'entoure toute son indulgence. Mais, rassuré par cette indulgence même, il ne redoute pas d'assumer une lourde responsabilité, et ce sera l'honneur de sa carrière dramatique, déjà longue, que d'avoir interprété, dans des circonstances aussi délicates, un rôle aussi difficile, et cela, mesdames et messieurs, dans la noble et artistique cité de Compiègne !

Il y eut un moment de silence encore, pas très long, et j'entendis, tout en passant le haut-de-chausses du roi, la salle éclater en applaudissements. Je dois dire qu'avec mon Tristan, si complet, si documenté, je m'étais littéralement au *un* emparé d'elle. Une voix cependant, forte comme un clairon, demanda :

— Et monsieur Talbot?

— Oui ! oui ! ajoutèrent quelques spectateurs. Et monsieur Talbot?

Mais Courtillier les rassura bien vite. Il avait compris toute la portée de l'interrogation.

— Ne croyez pas, messieurs, que monsieur Talbot se soit, pour la première fois de sa vie, dérobé à ses devoirs, et que l'administration vous ait promis le concours d'un éminent artiste avec lequel elle n'aurait pas traité. Non ! Monsieur Talbot est à son poste. Son costume seul n'est pas au rendez-vous. Mais, pour vous prouver la bonne foi de l'administration et la bonne volonté de monsieur Talbot, monsieur Talbot assistera à la représentation dans l'avant-scène de gauche, côté *jardin*, comme nous disons (*Bravo !*), et, si vous n'avez pas la bonne fortune d'écouter l'excellent comédien, vous aurez, du moins, mesdames et messieurs, la consolation de le voir suivre lui-même les efforts de son remplaçant et admirateur monsieur Brichanteau ! Rare et bonne fortune, messieurs, pour le public délicat de Compiègne : il aura à la fois ainsi sous les yeux, je ne dirai pas l'élève, mais le continuateur, et le maître !

J'ai entendu bien des annonces dans ma carrière. J'en ai fait même plusieurs et dans des circonstances diverses comme les mille accidents de la vie. Je n'en ai jamais ouï qui aient été mieux accueillies, plus applaudies que celle-là ! Applaudie? Non. Disons acclamée. Le rideau se baissa sur un tonnerre de bravos.

— Te voilà rassuré, me dit Courtillier, enchanté.

— Je n'ai jamais eu peur, répondis-je. C'est un sentiment que je ne connais pas !

Et je m'habillais toujours. L'effet de l'annonce avait été tel que nous avions bien devant nous quelques minutes ; et puis, avant l'entrée du roi au *deux*, il y a le petit monologue de Marie, la scène avec le Dauphin, qui est longue, l'entrée de Commines, la scène entre Commines et sa fille, l'arrivée de Nemours. Saint-Firmin pouvait utiliser le temps. Ah ! quel homme, monsieur, Saint-Firmin ! Un homme de ressources, habitué à tous les expédients que la nécessité dicte aux artistes dans leur lutte avec le sort et l'imprévu. C'est Saint-Firmin qui, à Lons-le-Saunier, jouant Ruy Gomez dans *Hernani* et le théâtre n'ayant pas de décor où se trouvât une galerie de portraits, pas la moindre galerie, dit au directeur : « Avez-vous au moins un album de photographies? » Et, tenant à la main l'album où se succédaient les portraits-cartes de la nombreuse famille du directeur, il joua toute la scène en feuilletant ce bienheureux album :

> Écoutez ! Des Sylva,
> C'est l'aîné, c'est l'aïeul, l'ancêtre, le grand homme !
> Don Silvius, qui fut trois fois consul de Rome !

Et il tournait un feuillet :

> ... Voici Ruy Gomez de Silva,
> Grand maître de Saint-Jacque et de Calabrava.
> Son armure géante irait mal à nos tailles.

Et il tournait un autre feuillet :

> J'en passe et des meilleurs. Cette tête sacrée,
> C'est mon père. Il fut grand, quoiqu'il vînt le dernier,

Et il montrait à don Carlos une nouvelle photographie.

Ce fut admirable, et l'invention de l'album est demeurée célèbre. Mais Saint-Firmin, monsieur, comme le temps où vivait Joad, était fertile en miracles. Savez-vous ce qu'il faisait, Saint-Firmin, pendant que j'achevais de boutonner mon pourpoint? Avec un vieux képi de chasseur à cheval de la garnison dont il avait tortillé la visière, il me confectionnait la coiffure du roi rapace que j'allais incarner, et, pour figurer les médailles que portait Louis XI à l'effigie de Notre-Dame d'Embrun, il faisait, diable de Saint-Firmin, va ! c'est l'Edison des trucs pour tournées, il faisait fondre, dans une cuiller, des soldats de plomb qu'il avait achetés au petit du concierge. Et ces soldats fondus, puis aplatis comme des médailles, il les passait à la mine de plomb pour leur donner un air de vétusté. Admirable, monsieur, cette coiffure du roi ainsi composée d'un képi de cavalerie et de lingots de soldats de Nuremberg ! Je m'en parai et me regardai dans un miroir à main. Admirablement grimé (j'ai l'art de faire ma figure), je m'écriai invariablement :

— Ça y est ! C'est bien le roy Loys ! Philippe de Commines le reconnaîtrait ! Au rideau !

Aussi, lorsque, à la fin de la scène VI, que le public trouvait longue parce qu'il m'attendait, l'officier du château annonça : « Le roi ! » j'entrai, monsieur, suivi d'Olivier le Daim, du comte de Dreux, de deux bourgeois et d'un chevalier, sans plus d'émotion que si j'avais continué à jouer Tristan...

J'attaquai la scène VII d'une voix énergique et terrible :

> Ne vous y jouez pas, comte ; par la croix sainte !
> Qu'il me revienne encore un murmure, une plainte,
> Je mets la main sur vous et, mon doute éclairci,
> Je vous envoie à Dieu pour obtenir merci !

Et je n'avais pas achevé ce dernier vers, qu'un tonnerre d'applaudissements me coupait la parole. Je regardai M. Talbot dans son avant-scène. Il approuvait de la tête, mais il était pâle. Et la représentation tout entière eut ce caractère particulier d'enthousiasme spontané et d'unanimité touchante. Je me sentais porté vers le succès par une sympathie qui, si je puis dire, formait la synthèse de toutes les classes de la ville de Compiègne. L'armée, que j'apercevais, représentée par son état-major, la magistrature, la bourgeoisie lettrée, les femmes et jusqu'au peuple, dont le goût est instinctif et profond, s'unissaient pour me seconder dans ma tâche. Il y avait en quelque sorte une communion, comment m'exprimer? une collaboration entre moi et le public pour donner à cette création improvisée de Louis XI une valeur définitive.

Ah ! je passai là, monsieur, deux heures délicieuses, et qui me payèrent de bien des déboires ! Au pied levé, jouer au pied levé un rôle creusé par Ligier, et cela sous l'œil de M. Talbot ! C'était un rêve que j'eusse déclaré irréalisable, le matin de ce jour inoubliable de février ! 23 février ! La date est là, là, dans la tête et dans le cœur !

Rappelé une fois après le *deux*, avec Saint-Firmin, qui me doublait dans Tristan, une fois après le *trois*, deux fois après le *quatre*, où je m'étais admirablement précipité hors du théâtre en poussant des sons inarticulés, comme le veut la brochure, je fus redemandé trois fois après le *cinq*, et M. Talbot eut ce spectacle : la couronne, une magnifique couronne qui lui était destinée, venant tomber à mes pieds. Je la vois encore, dans toute sa fraîcheur, cette couronne de violettes et de roses, ornée d'un ruban tricolore, qui reste appendue dans mon appartement comme un souvenir palpable du 23 février ! Sur un des rubans, ces mots en lettres d'or me firent tressaillir : *A l'incomparable artiste*. Je ramassai, d'un geste prompt et attendri, cette couronne, tel un poète aux jeux olympiques, et, mettant toute mon

IL JOUA LA SCÈNE EN FEUILLETANT CE BIENHEUREUX ALBUM.

émotion et toute ma reconnaissance dans un jeu muet, tour à tour je la portai à mes lèvres et je la pressai sur mon cœur.

Elle était d'un diamètre embarrassant, la couronne, mais l'hommage n'en était que plus important. En voyant cette pantomime si profondément émue, le public se sentit pris d'une sorte de délire. Il criait, trépignait, jetait mon nom aux voûtes du théâtre :

— Brichanteau ! Bravo, Brichanteau ! Brichanteau ! Brichanteau !

Ce nom, ainsi répété par des lèvres enthousiastes, me semblait à moi-même prendre des sonorités imprévues. Mais je demeurais calme devant la salle près de crouler. Courtillier m'attendait dans la coulisse pour m'embrasser, m'appeler son sauveur ! M. Talbot lui-même vint, le rideau baissé, me féliciter, accompagné d'un notable pharmacien de Compiègne, son ami. Celui-ci, psychologue à ses moments perdus, m'invita à déjeuner pour le lendemain, voulant, disait-il, analyser les sensations que j'avais éprouvées durant cette soirée inoubliable. Mais j'avais hâte de me retremper dans la solitude. Je rentrai à l'hôtel, les oreilles encore pleines du bruit des bravos, et je m'endormis à leur murmure, comme à l'écho des vagues de la mer. Nuit délicieuse, peuplée de fantômes de la gloire.

Car c'était la gloire, monsieur, la gloire absolue. Le lendemain, quand je descendis à la salle commune, ceux de mes camarades qui n'avaient pas pris le train le plus matinal me saluèrent de leurs acclamations réitérées :

— Vive Brichanteau ! Bravo, Louis XI !

Et Courtillier eut la gentillesse de me demander ce qu'il me devait pour avoir sauvé la Compagnie, honneur et argent.

— Ce que je veux? La possibilité de passer quelques jours à Compiègne, afin que je puisse aller visiter le château de Pierrefonds et m'enivrer de Moyen âge, époque idéale de mon esprit !

Il n'hésita pas, Courtillier, il paya mes frais d'hôtel, mes repas pour trois jours et me glissa discrètement un billet de cent francs sous enveloppe. Puis, sa troupe ayant réintégré Paris, me trouvant seul avec mes pensées, je vécus dans ce milieu d'art, entre Compiègne et Pierrefonds, trois jours pleins, salué dans les rues par les autorités de la ville et rendant, çà et là, les coups de chapeau sans compter, mais recherchant plus volontiers les coins discrets pour ruminer ma gloire et dire des vers !

Un reporter d'un journal local vint seul troubler ce recueillement exquis et me demanda sur moi des notes biographiques ; mais je lui répondis :

— Je ne suis rien qu'un passant, monsieur. Et que fait au public la vie d'un artiste? Ce qui importe, c'est son œuvre. Ai-je bien ou mal joué Louis XI? Tout est là. Mes rôles sont à vous, ma vie est à moi.

Il ne fut pas content, le reporter. Il le laissa voir dans son journal. Mais il faut bien qu'à tout triomphe il y ait une part de critique, je ne dis pas d'insulte. J'avais ma part. C'était complet.

Le troisième jour, je quittai l'hôtel à pied, ayant passé autour de mon corps, comme une façon d'écharpe, la couronne de fleurs qui avait parfumé ma chambre et dont le vent agitait les rubans tricolores. C'est ainsi, sous l'œil bienveillant des populations, que je quittai Compiègne, ma valise à la main et ma couronne en bandoulière. Pas un cri sur ma route, mais des saluts aimables et des sourires indulgents. Je traversais la ville dans une atmosphère de sympathie.

A la gare on me demanda si je ne mettrais pas ma couronne aux bagages. Elle était bien grande pour tenir dans le filet du wagon.

— Non, répondis-je, on ne se sépare pas de certains emblèmes ! Je prendrai ma couronne sur mes genoux !

Comme le train s'ébranlait, les employés du chemin de fer et quelques amateurs de théâtre réunis sur le quai me donnèrent un dernier salut, j'entendis un vivat suprême et je perçus même un *Au revoir !* qui m'alla au cœur.

C'était fini. La vapeur m'emportait vers la grande ville. Mais j'avais dans la mémoire un souvenir impérissable et, aux heures de désespérance, je regarde chez moi la couronne fanée portant cette date, sacrée pour moi, 23 *février*, et je me dis :

« Brichanteau, pas de faiblesse ! Lutte, Brichanteau ! Tu as eu ton heure ! Tu as eu ton jour ! N'oublie jamais Compiègne et haut ton cœur, Brichanteau ! Souviens-toi de Louis XI ! Personne ne l'a joué comme toi, personne ! »

Ah ! j'oubliais, c'est pourtant flatteur, un collectionneur d'art bibliophile et numismate, a conservé chez lui le képi de chasseur à cheval orné des médailles fabriquées avec des soldats de plomb... C'est une constatation de plus de mon succès. Et, si vous voulez la voir, la coiffure de Louis XI, demandez, en passant par Compiègne, le secrétaire de la Société archéologique : il vous la montrera accrochée entre un casque de soldat romain et un tricorne de garde française. Documents pour servir à l'histoire de la coiffure !

Mais je préfère, moi, à ce képi, cependant historique, ma vieille couronne fanée, image de la vie de l'artiste : des fleurs et de la poussière ! Soyons philosophes après tout ! J'en sais de plus ambitieux qui n'ont pas eu leur grand jour, comme moi !

JE TRAVERSAIS LA VILLE DANS UNE ATMOSPHÈRE DE SYMPATHIE.

V

A NOUS, L'EMPEREUR !

Eh bien, oui, j'ai failli sauver la France ! Et c'est de l'histoire. Feu M. le baron Taylor, qui connaissait l'affaire, aurait pu certifier la véracité de ce que je vais vous dire. Mais je n'ai pas besoin de témoins pour qu'on croie à ma parole. On connaît Brichanteau, il n'a jamais menti. Ma vie peut paraître extraordinaire, c'est que la vie est un songe, comme a dit ce... cet Espagnol. Donc, voici la chose.

C'était au dernier temps du siège. On s'ennuyait ferme dans Paris. Septembre, octobre, novembre, décembre, janvier, cela semblait long. Au début, on s'était dit : « Patience, nous allons être débloqués, nous écraserons l'ennemi sous nos murailles, le Nord se remue, le Midi se lève, c'est une affaire de quelques semaines ; on peut bien faire crédit à la patrie, cela fait du bien, ça régénère ! » Mais les jours passaient, on ne voyait rien venir, on ne sortait pas, on devenait des escargots de remparts, on s'ennuyait ; il n'y a pas d'autre mot, on s'ennuyait. D'ailleurs, très dignement, en mangeant peu et mal, du pain atroce, du cheval, des saletés. Et avec cela la petite vérole et le froid. Il n'y a pas à dire, ce n'était pas gai. Je faisais, vous comprenez, mon devoir comme les autres. Je montais ma garde, je passais des nuits, et, quand le bataillon sortait des fortifications, ah ! messeigneurs, je croyais que mon chassepot allait m'ouvrir le chemin de Berlin et le roi de Prusse n'avait qu'à se bien tenir !

Je dois vous dire que j'avais refusé toute fonction civile, au début du siège. J'avais des amis parmi les puissances. Potel, le chanteur de l'Opéra-Comique, je le vois encore avec son képi orné d'un ruban tricolore, m'avait dit : « Veux-tu faire partie du Comité de vigilance du dixième arrondissement? » Il me connaissait, j'avais figuré à ses côtés et joué à Laon avec lui. Je refusai toutes ses offres. La vigilance était aux remparts. J'irais aux remparts. Et puis, je me suis toujours tenu hors des atteintes de la politique. Oui, ma vie artistique et privée est pure de toute compromission de ce genre. Tel j'avais été, tel je voulais rester. Seulement, je mettais tout mon art, toutes les forces vives de mon talent au service des représentations données pour les blessés ou les caisses de secours des bataillons. On refusait souvent, trop souvent, mon concours, sous prétexte que le programme déjà très chargé était fait ; mais je ne marchandais, moi, ce concours à personne. Dans la salle des Menus-Plaisirs, j'ai récité des vers, un soir de bombardement, entre M. Delaunay et madame Favart, et je ne vous dirai pas qui a été le plus applaudi. Non, je ne vous le dirai pas, je suis modeste. Mais j'en rapporte, au surplus, tout l'honneur au poète. J'avais dit du Victor Hugo.

Malgré tout, je m'ennuyais. Oui, le siège me faisait l'effet d'une pièce qui traînait. Je me disais : « Il faudrait de l'action ! » Nous en étions au quatrième acte. On devinait le dénouement heureux ou malheureux et il traînait, oh ! il traînait, ce quatrième acte ! Et je me creusais la tête, me répétant : « Voyons, il y aurait pourtant quelque chose à faire ! Le génie de la France n'est pas usé ! » J'avais, comme tout le monde, cherché une invention qui pût être utile au pays. Comment débloquer Paris? C'était le problème. Ma camarade Andrési, des Bouffes, proposait de faire fabriquer des bagues empoisonnées munies d'une petite pointe d'aiguille imperceptible. Chaque Parisienne porterait sa bague patriotique et, si les Prussiens entraient dans Paris, chaque Parisienne donnerait une poignée de main à un Allemand. Et la petite aiguille piquait, le poison foudroyant faisait son œuvre. Combien y avait-il de Parisiennes dans Paris? Facile calcul à faire. Eh bien, c'était autant de moins d'Allemands qu'il y aurait dans l'armée allemande.

Un autre, mon ami Dubarol, de la Porte-Saint-Martin, me disait : « Une hache, un couteau, une navaja, un *lasso*, oui, Brichanteau, un *lasso* mexicain, comme dans *les Pirates de la Savane* (l'idée, vous le savez, n'était pas nouvelle pour moi), et qu'on nous lance sur les Allemands, poitrine contre poitrine et les yeux dans les yeux ! » C'était encore Dubarol qui proposait de lâcher sur les avant-postes prussiens tous les animaux féroces du Jardin des Plantes. Comme nous ne pouvions plus les nourrir, nous trouvions dans ce projet un double avantage : les bêtes fauves ne dévoraient plus dans Paris aucune nourriture et elles dévoraient des Prussiens dans la Banlieue. L'Administration toujours prudente, trouva le projet exagéré !

Moi aussi, je vous l'avoue, je désapprouvais un projet évidemment hardi, mais peu pratique. Je me répétais qu'il y avait certainement « aut e chose à faire », lorsqu'une coupure de journal de province, arrivée à Paris par ballon, vint faire tressaillir en moi toutes les fibres réunies du patriotisme et de l'art. Un homme hardi, un Français, habitant Buenos-Ayres, avait levé, pour venir défendre le sol natal, une légion valeureuse, la légion argentine, et ces braves gens venaient de débarquer à Bordeaux où leur chef, ex-sous-

JE FAISAIS MON DEVOIR COMME LES AUTRES.

officier de l'armée d'Afrique, ex-colonel de l'armée du général Lee pendant la guerre de Sécession, les organisait. Il voulait, avec eux, rejoindre l'armée de Bourbaki, encore intacte. Mais ce qui me frappa dans la nouvelle du journal *la Victoire*, de Bordeaux, ce qui exalta mon imagination, éprise de pittoresque, c'est ceci : l'ex-colonel, n'ayant pu trouver, tout faits, dès son débarquement, les uniformes qu'il souhaitait pour sa troupe, avait acheté les costumes d'un directeur de théâtre en disponibilité, entre autres ceux des *Trois Mousquetaires*, et c'était sous la casaque et le chapeau de d'Artagnan qu'il allait, follement, je le veux bien, mais héroïquement, avouez-le, affronter les balles des fusils Dreysse.

Ah ! cette coupure de journal ! La possibilité d'atteindre une chimère, d'être, non pas seulement entre des portants et une toile de fond, un des mousquetaires de Dumas, mais l'être en plein air, en plein vent, dans une vraie bataille ! Protéger la patrie sous le feutre et le panache des défenseurs du bastion Saint-Gervais ! Vivre dans le danger avec le costume du rêve ! Ça me grisait, ça me montait, ça m'affolait. Je prenais en grippe mon pantalon noir à raie rouge, ma veste de drap, mon képi galonné, ma ceinture de laine ; je me voyais l'épée à la main fendant des casques à pointe et je voulais, oh ! je voulais à toute force, malgré les portes fermées, malgré le blocus, malgré M. de Bismarck, malgré le diable, malgré tout, aller rejoindre à Bordeaux les uniformes en casaques rouges de la légion de Buenos-Ayres !

Quand un homme de ma volonté a une idée, il l'exécute. Aller de Paris à Bordeaux, ce n'était pas facile. Mais je sortirais de Paris, je jouerais, jusqu'à Rouen, le rôle d'un paysan, d'un maraîcher quelconque, regagnant son village, j'atteindrais le Havre, ils n'étaient pas au Havre, les Allemands, et de là j'irais à Bordeaux par mer. Je m'évaderais par la vallée de la Seine. Au fond, c'était le plan, le fameux plan de Trochu, dont on a tant ri, et que le gouverneur n'a pas mis à exécution parce qu'au lieu d'opérer sur Rouen la délégation de Tours résolut d'opérer sur Orléans. C'est un renseignement historique qui sera révélé plus tard. Je vous le donne en passant.

Bref, mon plan était bon. Devais-je le confier à quelqu'un? C'était là une question que je me posais et, après tout, puisque je voulais partir, autant valait utiliser mon départ. Le gouvernement, qui envoyait des renseignements et des instructions par ballon, pouvait avoir quelque mission à confier à un homme sûr. Je fis, par un collègue influent, un sociétaire de la Comédie-Française, savoir à un membre du gouvernement que j'étais prêt à franchir les lignes et à porter, où l'on voudrait, un ordre écrit ou un ordre verbal, au choix.

Mon collègue influent me présenta même au chef d'état-major du gouvernement de Paris qui me toisa, moi me redressant sous son regard de soldat comme je l'eusse fait sous les balles ennemies, et me dit :

— Vous êtes donc bien résolu, mon garçon?

— Très résolu, mon général. J'étouffe à Paris. Je veux me battre en province.

— Oui, vous rêvez de vous donner de l'air? Vous n'êtes pas difficile. Nous sommes tous logés à la même enseigne. Et vous porteriez un message au gouvernement de Tours?

— Oui, mon général, si je ne suis pas tué en chemin !

— Mais si vous êtes porteur d'un message écrit et qu'on vous arrête?

— J'avalerai le message écrit. C'est l'*a b c* du métier.

— Et si l'on vous interroge?

— Je ne dirai pas un mot. J'ai joué ce rôle-là dans *Masséna ou l'Enfant chéri de la Victoire.*

— Oh ! il y a des moyens de faire parler les gens !

— Mon général, dût-on me mettre à la torture, pas une parole ne sortirait de mes lèvres. Il est de certains secrets qui meurent avec certains hommes. Je me rappellerai Coconnas de *la Reine Margot*. Le rôle est sympathique. J'ai failli le créer à Montparnasse.

Ma foi, il paraît que j'inspirai de la confiance au chef d'état-major. Il me dit de revenir à la Place le lendemain. J'y revins, heure militaire. Par un petit papier pas plus grand que ça, et rédigé *en clair*, on m'accréditait auprès du gouvernement de là-bas et on me remettait, avec une dépêche chiffrée, un laissez-passer pour les avant-postes français. Le général m'apprit que, tous les renseignements fournis sur moi étant bons, on me confiait la mission que j'avais sollicitée. Si je pouvais arriver à Tours, je remettais et mon papier *en clair* et ma dépêche chiffrée, et le gouvernement de là-bas était, paraît-il, chargé de me récompenser.

— Oh ! mon général, dis-je vivement lorsqu'il fut question de récompense, ne parlons pas de cela, je vous prie. Je suis assez récompensé par votre confiance et votre estime.

— Soit, mais avez-vous de l'argent de poche pour la route?

— J'en ai, mon général. Le vil métal n'est pas le viatique du patriote.

Le général sourit à cette phrase qui me vint tout naturellement et que j'ai retenue ; puis il me souhaita bon voyage. Je n'avais pas osé lui dire que, si je rendais à la patrie le service qu'on attendait moi, il y avait une récompense ambitionnée par bien des braves et qui m'eût rendu fou d'orgueil. Mais non seulement je n'osais pas le dire, mais je n'osais pas y penser. Décoré ! Moi, Brichanteau, chevalier de la Légion d'honneur ! C'eût été trop beau. Non, sérieusement, je dois dire que n'y pensais même pas. Je ne songeais qu'à m'évader, à franchir les lignes, à me donner de l'air, comme avait dit le général, et à rejoindre la légion des mousquetaires de Buenos-Ayres.

Maintenant, par quel côté sortir? Quelle porte choisir? Du côté de Vincennes, je connaissais le chemin comme ma poche : Nogent, Joinville, Champigny. Mais je tombais en plein dans les lignes prussiennes et il me fallait faire un grand détour pour aller vers l'Ouest. Par Saint-Denis, ce n'était pas non plus très commode. Le plus facile et le plus direct, c'étaient encore les environs du Mont-Valérien, Saint-Cloud, les bois de Ville-d'Avray, Viroflay et, ensuite, la route de Normandie, à la garde de Dieu ! Mais fallait-il sortir la nuit? Fallait-il sortir le jour? Autant de questions qui me faisaient battre le cœur. Non pas de crainte, non, mais d'espoir. La nuit, je risquais d'être pris par un rôdeur et d'être *descendu* par quelque sentinelle, même française, Le jour, je pouvais plus facilement jouer mon rôle de paysan et voir le danger venir. Bon, je partirais le jour.

Je m'étais composé un costume très simple de brave rural réfugié dans Paris. Rien de grotesque. Pas le paysan de café-concert qui chante la noce à Jean-Pierre. Pas un rôle de Brasseur non plus. Un paysan réaliste, menton rasé, veste de drap, blouse d'un bleu noir par-dessus et chapeau melon. Avec ça, un bâton contre les mauvais sujets, parce que, contre les Prussiens, il n'y avait pas à être armé. Mon arme, c'était la conscience.

Me voilà parti. J'emportais mon laissez-passer, et, roulées comme deux boulettes de mie de pain, dans ma poche, ma dépêche et ma lettre de crédit auprès de la délégation de Tours. Je ne laissais à Paris ni amour ni parent. J'avais alors le cœur libre par hasard et, eussé-je été amoureux, j'aurais sacrifié cette affection, caprice ou passion, à la perspective de rendre service à mon pays et de combattre avec les mousquetaires argentins.

C'est par la porte de Neuilly que je sortis. Un beau temps favorisait ma marche, faite d'un pas assuré. Le Mont-Valérien, qui tirait de temps à autre, semblait saluer mon départ comme si c'eût été celui d'un navire. Ce soleil d'hiver, cette fumée de la poudre dans le ciel clair, tout cela me semblait de bon augure et j'allais, j'allais délibérément, ne me laissant même pas émouvoir par le triste spectacle de la guerre, arbres coupés, maisons éventrées, murailles écroulées, que je rencontrais à chaque pas. C'était pour venger et réparer ces ruines que j'allais droit devant moi, en mission !

Tout se présenta bien, à travers la banlieue dévastée, jusqu'à ce que j'eusse dépassé nos avant-postes, du côté de Sèvres. Je me rappelle le dernier avertissement de l'officier de mobiles à qui je montrai mon laissez-passer qu'il garda, car je n'en avais plus que faire :

— Vous savez qu'*ils* ne sont pas loin ! Comment allez-vous traverser la Seine? Prenez garde : il pleut des pruneaux !

Comment j'allais traverser la Seine? Ça, par exemple, je ne savais pas. A la nage? Impossible. Une fois de l'autre côté, il fallait s'adresser aux Allemands pour me sécher. Trouver une barque dans quelque creux, ce n'était pas probable. Je me promenais, en me défilant de mon mieux derrière les arbres et les fourrés sans feuilles, le long du fleuve, et je me disais que j'allais probablement, dès le premier jour, revenir bredouille. J'avais faim. Je m'assis au pied d'un bouleau et je mangeai du pain, du pain du siège, arrosé du vin de ma gourde. Délicieux, ce repas en plein air ! Je me disais : « Si les Parisiens étaient ici, seraient-ils heureux ! Ils seraient libres ! »

Non, pas si libres que ça ! La Seine était là, qui valait bien une muraille, et je la regardais couler sous le soleil. Elle reflétait les maisons de l'autre côté de la rive où il y avait peut-être, où il y avait certainement des Prussiens. Mais on ne les voyait pas. Ils étaient là dedans, fumant ou lisant ou jouant aux cartes. Un moment, j'entendis, loin, très loin, un refrain d'opérette, un air d'Offenbach qui arrivait à travers les branches. C'était l'un d'eux qui jouait *la Belle Hélène* sur un piano qu'on n'avait pas encore brûlé pour faire du feu.

Et si vous saviez comme il me paraissait triste alors, ce refrain d'Offenbach ! Je l'avais entendu chanter, justement, au théâtre de Mourmelon, devant nos pauvres soldats, si crânes et si joyeux autrefois ! Ah ! les venger, eux aussi, les venger sous la casaque du mousquetaire !... Cette pensée me rendit toute confiance et j'attendis la nuit en me disant, comme dans *Victorine*, qu'elle porte conseil.

Elle vint, la nuit, très froide, assez sombre heureusement, même après cette belle journée, et je grelottais diablement sur la berge. Je me demandais même si je ne devais pas me rabattre sur nos avant-postes et rentrer, en attendant le jour. Mais cela m'eût rappelé la *retraite en bon ordre* dont on nous parlait toujours dans les bulletins, et, puisque j'étais près du but, il fallait y rester. Bien m'en prit, car il est probable que, si j'étais retourné du côté de Paris, la pluie de pruneaux eût été une pluie française, et qui sait, monsieur, si je serais ici?

Je me disais : « Restons. Attendons ! » Et j'avais des envies de battre la semelle pour me réchauffer, mais j'avais peur de faire du bruit. Le mieux était de chercher, le long de la rive, quelque coin de masure où m'étendre jusqu'au jour, et c'est en la cherchant, la masure, que je trouvai la barque et le passeur qui me mirent à l'autre bord.

Voilà. J'avais aperçu, de loin, quelque chose de très haut, comme un mur, avec quelque chose de déchiqueté, de troué, comme un toit crevé par les bombes, un hangar où je me disais : « Pour dormir, voilà mon affaire », lorsqu'en en y entrant, j'entendis grouiller près de moi un être inaperçu, puis une voix grogner en français :

— Qui va là?

Instinctivement, je répondis :

— France !

J'aurais répondu de même, parole d'honneur, si l'on m'eût demandé : *Wer da?*

Ce qui grouillait s'approcha. C'était un maraudeur quelconque qui venait, la nuit, essayer de pêcher quelque poisson afin de le revendre très cher, le lendemain, aux Halles ou chez Brébant. Un de ces Peaux-Rouges de la civilisation qui vivent de tout et de rien et trouveraient un fil de soie sur un œuf. Il avait, dans ce hangar même, sous un tas de briques et de paille, un vieux canot dont il se servait au besoin, au risque de se faire loger dans la tête dix balles pour une. J'appris tout cela en causant avec lui, à distance, mon bâton à la main, car, après tout, ce devait être une fameuse canaille, mon nouvel ami !

Canaille ou non, il était brave ! Il accepta de me passer de l'autre côté de l'eau pour dix francs. Ce n'était pas payé. Le moindre bruit de rames pouvait éveiller les Allemands et toute la rive eût pris feu. Mais qui ne risque rien n'a rien. Nous attendîmes le noir de la nuit. Je versai à mon passeur un verre de mon vin qu'il choqua contre ma gourde, nous bûmes à la France car c'était peut-être, après tout, un très brave homme, cette canaille-là, et en route.

Nous voilà en canot.

Pas une étoile. Je songeais à Mordaunt monté dans sa barque au *cinq* de *Vingt ans après*. Je me disais que nous devions faire des ombres chinoises sur le fond, plus clair, de l'eau, et je m'attendais à recevoir, à tout moment, des coups de fusil. J'avais mes deux boulettes de papier entre mes doigts afin de les avaler, si j'avais le temps, avant l'agonie.

Mais il y a un Dieu. Pas un coup de feu. *Ils* dormaient, les Allemands.

Mon passeur me déposa sur la rive.

Je lui donnai douze francs, deux francs de pourboire, et je lui dis :

— Au moins que je conserve le nom de l'étranger qui m'a secouru dans ma fuite.

Il me répondit :

— Qu'est-ce que ça vous fait, mon nom ? Je m'appelle Auguste !

Quoi qu'il en soit, ce prénom d'Auguste, je l'ai gardé gravé dans mon cœur et je l'associe à mon plus héroïque souvenir. Où que tu respires, Auguste, si tu vis encore, sois béni !

J'étais de l'autre côté de l'eau, mais je n'étais pas au bout de mes peines. Je me répétais le mot de Rysoor (voilà un rôle que je voudrais jouer, un beau Dumaine !) : *Non, elle ne finit pas, la peine, elle commence !* Et je me sentais en pays ennemi. L'ombre, la nuit, le silence, tout m'était hostile. Ce qu'il y avait de plus simple, c'était de ne pas bouger. Le jour venu, je trouverais mon chemin. Et je me tins coi, blotti dans un fossé, sur la glace durcie, gelé. Gelé, absolument.

Dès le petit jour, je me mis à marcher, pour chasser l'onglée, ramener le sang à mes pieds. J'avais comme une congestion à la tête. J'allais devant moi, non pas au hasard, car je connaissais les chemins, j'allais du côté de Saint-Germain, lorsque brusquement (oh ! elle ne fut pas longue, mon odyssée !), comme si je m'étais cogné la tête contre une porte fermée, je donnai en plein dans une patrouille allemande.

Ah ! ce ne fut plus le *Qui vive ?* de mon ami Auguste. Je l'entendis, le *Wer da ?* Les fusils croisés m'arrêtèrent net. Un caporal quelconque me demanda quelque chose en allemand. Comme je ne répondais pas, un soldat me poussa par les épaules et, entouré par de grands diables à barbes rousses, je fus conduit à un officier très blond, très maigre, et qui, me regardant à travers un monocle, me parut très ennuyé ou de s'être levé si matin, ou d'avoir passé la nuit dans la petite maisonnette où il se chauffait les bottes, à la lueur d'une lampe à pétrole, encore allumée.

Il parlait très bien le français, cet officier, avec un léger petit accent qui ressemblait vaguement à l'accent gascon. Il me demanda ce que je faisais dans les lignes allemandes et d'où je venais.

Je lui répondis, très nettement :

— De Paris.

— Comment, de Paris ? Vous avez eu la prétention de vous échapper d'une ville assiégée ?

C'est alors que je fis appel à toute ma science de composition et que j'improvisai, je peux le dire, un paysan normand comme on en a rarement vu au théâtre. Je me sentais excellent. J'étais dans la peau du bonhomme. Un Bouffé ou un Paulin Ménier.

Vous ai-je dit aussi que, pendant que les barbes rousses me conduisaient à la maisonnette, j'avais avalé prestement les deux boulettes de papier destinées à la délégation de Tours ? Cela, c'est l'enfance de l'art. Passez, muscades ! Et les Allemands n'y avaient rien vu ! Je me disais bien :

— Adieu ta dépêche, Brichanteau ! Si tu parviens à Tours, tu n'auras pas, mon garçon, la récompense rêvée !

Mais je me répétais, après tout, que je pourrais encore, même sans les papiers qui, du reste, avaient failli m'étrangler, comme des pilules trop grosses, donner assez de renseignements à la délégation pour qu'on reconnût mon zèle.

Et puis, en réalité, ce n'était pas au-devant des compliments que j'allais, c'était au-devant des coups. Je voulais me battre, voilà ! Me battre en costume de d'Artagnan. Le reste était l'accessoire.

— Et pourquoi avez-vous quitté Paris ? me demanda l'officier d'un ton railleur.

— Parce que je m'y ennuyais.

— Ah ! vous n'étiez donc point Parisien ?

— Non, mon officier ; *j'étions* un pauvre cultivateur des environs de Rouen..., de Saint-Pierre, je ne sais pas si vous connaissez Saint-Pierre...

— Non, je ne connais pas.

— Eh bien, c'est là que j'ai mes parents. Je m'étais réfugié à Paris ou plutôt j'y avais des affaires..., des grains à vendre, et je m'y suis trouvé enfermé quand le siège a commencé. Tout d'abord, je me disais *ben* : « Bah ! ça ne sera pas long ! On va nous débloquer » (l'officier souriait somme si j'avais dit là une chose ridicule) ; mais, voilà, on ne nous a pas débloqués, ça m'a paru insupportable de rester là dedans sans voir les miens... et je suis sorti, oui, je suis sorti, voilà l'histoire, aimant mieux tout risquer que de rester là dedans comme mes poules dans le poulailler... Et c'est la vraie vérité du bon Dieu, mon officier !

Je jouais, je vous l'ai dit, admirablement mon personnage, quoique les paysans, les seconds comiques, Alain de l'*Ecole des Femmes*, ce ne soit pas mon emploi. Mais j'en ai bien fait d'autres ! Le geste, l'accent, le rictus, tout y était, tout, et le grand maigre d'officier me regardait dans le blanc des yeux pendant que je patoisais. Ce regard-là, si j'avais été en scène, m'aurait troublé, moi qui ne me démonte pas facilement. Il me magnétisait, l'animal !

Mais, bah ! j'étais maître de moi et j'y allais, pour l'étourdir, des *dame* et des *bédame !*

— Dites donc, paysan, est-ce que vous ne seriez pas un émissaire du gouvernement de Paris ? me dit à la fin l'officier

Je me fis cette réflexion : « Brichanteau, si tu comprends le mot *émissaire*, tu es perdu. »

J'épelai, je balbutiai :

— Emi... émis... père... Comment appelez-vous ça, mon officier ?

— Emissaire ? Espion, si vous voulez !

— Espion ? Moi ! Ah ! bon Dieu de bon Dieu, moi, espion ! Et de qui ? Et de quoi ?

— Comment vous appelez-vous, d'abord ?

UN CAPORAL ME DEMANDA QUELQUE CHOSE EN ALLEMAND.

— Bonnin (Jean-Marie).

L'officier écrivait le nom sur son calepin.

Il m'était venu de suite sur les lèvres, ce nom, en souvenir de *François le Champi* et de madame Sand, qui m'a vu jouer *Claudie* à la Châtre. Jean Bonnin ! Je ne l'oublierai pas.

— Vous êtes né ?

— A Saint-Pierre-du-Vauvray, le 3 décembre 1830.

— Bien. Nous allons vous garder et nous verrons ce que donnera l'enquête !

Il fit un signe à des soldats, on me reprit par les épaules et on me conduisit dans je ne sais quelle ignoble baraque, où l'on m'enferma, gardé à vue, sans boire ni manger. Je dus rester là dedans de cinq ou six heures du matin à midi, quelque chose comme ça, lorsque la porte de ma baraque s'ouvrit et un grand escogriffe d'Allemand me baragouina un : *Allons, fenez !* et, d'un geste, me dit de le suivre.

Un peloton m'attendait à la porte.

Je regardai instinctivement les fusils Dreysse. Je me disais : « Eh ! eh ! s'ils étaient chargés pour toi, mon vieux Brichanteau ! »

Le peloton me conduisit alors, à travers des rues, jusqu'à une grande maison d'habitation, devant laquelle paradait en traînant des sabres tout un état-major. Il y avait là des officiers de hussards, tout bleus, d'autres tout rouges, et de vieux officiers qu'à leurs casquettes et à leurs torsades je reconnus pour des généraux. L'un d'eux, petit chafouin, avec des lunettes, pas un poil de barbe, me toisa quand on me conduisit à lui, et me dit tout net, sans accent non plus, ce farceur-là :

— Vous venez de Paris ?

— Oui, je viens de Paris.

— Vous étiez porteur de dépêches ?

— Moi, mon bon Dieu ! J'étais porteur de rien du tout.

— Où sont-elles, vos dépêches ?

— Ah ! *dame, bédame*, si vous les cherchez, vous perdrez diantrement votre temps. Je suis un pauvre homme qui *s'a* échappé de Paris parce qu'il veut voir sa femme, ses petits et ses vieux. Voilà !

— Vous êtes marié ?

— Oui.

— Vous avez des enfants ?

— Trois.

Je ne mentais peut-être pas. On ne sait jamais !

— Et vous êtes le nommé Bonnin, né...

— A Saint-Pierre-du-Vauvray, le 3 décembre 1830. Bonnin (Jean-Marie), fils de Bonnin (Pierre-Savinien).

— Assez ! dit le petit vieux.

Il se tourna vers ses officiers ; ils bavardèrent un moment tout bas, et un petit hussard rouge, tout galonné d'or, se détacha du groupe et fit un signe au peloton qui m'avait amené et qui vint se planter devant moi.

Tout l'état-major regardait.

On me fit signe d'aller me placer devant un mur, qui, en plein soleil, me parut tout blanc, comme un linceul tendu. Diable ! cela allait mal. Et, ce qui est curieux, c'est que je me rendais compte de tout.

Je savais où j'étais.

A Rueil. J'avais parfaitement remarqué cette maison, autrefois, un jour que j'étais venu dire des vers dans un concert au bénéfice de la Fanfare municipale. Je reconnaissais la rue. Je voyais, au loin, le paysage et, par ce beau temps, le Mont-Valérien, là-bas, qui tonnait avec sa petite fumée montant dans la clarté.

Et derrière, je devinais Paris, la rue de Bondy où je logeais, la Porte-Saint-Martin, la Gaîté, le Châtelet, le Conservatoire d'où j'étais sorti, la Comédie-Française où j'aurais dû être !... Toute ma vie ! Et c'était fini, tout ça ! Ces hommes en grosses bottes, enveloppés dans leurs capotes, avec de lourdes tourtes sur la tête, allaient tout achever, tout, et adieu, Brichanteau ! Au rideau ! On allait éteindre.

L'état-major ne bougeait pas. Un sous-officier me planta devant le mur, face au peloton, et le grand diable d'officier maigre qui m'avait interrogé le matin et que je ne savais pas là, se montra alors et tira son sabre.

— Apprêtez armes !

Je ne sais pas exactement si c'est cela qu'il dit, mais je crois bien. D'ailleurs, j'entendais parfaitement le mot *armes*, qu'il prononçait en y ajoutant un *h* aspiré : *Harmes !* ce qui eût fait bondir mon professeur M. Beauvallet.

Moi, je croisais les bras, comme Laferrière dans *la Barrière de Clichy* et M. Alexandre dans *les Cosaques*.

Le petit hussard rouge, chamarré d'or, s'avança vers moi et me posa très poliment cette question :

— Son Excellence le général demande si vous n'avez aucune révélation à faire !

— Aucune, répondis-je.

— Vous n'avez rien à dire ? Rien ?

Il me passa une idée dans la tête, une tentation folle. J'avais envie de faire connaître à ces soudards ce que c'était qu'une âme d'artiste dramatique, et je sentais que j'allais répliquer :

« J'ai à dire que je meurs pour la patrie et en criant : Vive la France ! »

C'était la seule réplique d'un homme qui veut bien mourir. Mais pourquoi mourir ? Et, si j'avais cédé à ce mouvement naturel mais héroïque, je cessais d'être Jean-Marie Bonnin, paysan normand, et je redevenais Sébastien Brichanteau ; mais j'avais douze balles dans la tête ou le thorax.

UN SOUS-OFFICIER
ME PLANTA DEVANT LE MUR.

J'eus le courage de répondre :

— *Dame*, j'ai à dire qu'on fasse savoir, si on peut, à ma femme et au père Bonnin de Saint-Pierre-du-Vauvray que je voulais les embrasser et que ça m'a porté malheur ! Voilà !

Le joli hussard rouge retourna vers le petit vieux. Mon officier du matin tenait toujours son sabre levé. Les soldats avaient l'arme prête. Charmant tableau. Mais je me disais : « Quand il va baisser son sabre, cette bête-là, ce sera du propre ! » Et je m'imaginais déjà tout éclaboussé de mon sang le grand mur blanc criblé de soleil. On a de drôles d'idées dans ces moments-là.

Puis je pensais :

« Tu ne rejoindras pas la légion de Buenos-Ayres, Brichanteau, et tu n'entreras jamais, jamais, à la Comédie-Française ! »

Ça, ça m'ennuyait. Tout à coup, le petit hussard, après avoir causé avec son général, revint à l'officier commandant le peloton et je vis, j'entrevis, car toutes ces allées et venues commençaient à me mettre du vague dans la tête et dans les yeux, les soldats qui mettaient *harmes pied*. Le général, faisant deux pas vers moi, me regarda encore à travers ses lunettes, puis, lui et son état-major, tout ce monde me tourna le dos.

— Vous, me dit alors, toujours poli, le hussard rouge, vous n'avez pas peur. On va vous conduire à Versailles. Votre affaire vaut la peine d'être instruite.

— Mon affaire?

— Parfaitement. Vous êtes peut-être un *malin*, vous. Nous verrons ça !

Je ne voyais qu'une chose, moi. J'échappais pour le moment au peloton d'exécution et la destinée me ramenait après bien des traverses à Versailles, ma patrie, où, Dieu merci, j'avais laissé assez peu de souvenirs et de connaissances pour que quelqu'un y retrouvât, dans Jean Bonnin, paysan normand, deuxième comique, le petit Sébastien qui jouait à la marelle avenue de Paris ou le jeune Brichanteau qui débutait dans *Horace* sur les planches du théâtre de sa ville natale. Il y avait si longtemps ! 1849 !... Pensez donc !

Et voilà ! L'état-major était parti, le peloton s'en allait, on me fourra de nouveau dans ma masure. Je fis un *ouf !* Comme à un cinquième acte, lorsque la jeune fille ou la mère ou le bon magistrat apporte la grâce du condamné. Et je me dis que de pareilles émotions, cela creuse horriblement et que je mangerais bien un morceau. Sur ce point, ils furent mesurés, les Allemands. Du pain, de l'eau. Un peu de saucisson. Mon premier repas ne les ruina point et ma dépense n'entama pas leur trésor de guerre. Mais on n'était pas difficile en sortant de Paris et cette nourriture me parut digne de la Maison-d'Or. Jamais, non, jamais je n'ai mangé de meilleur appétit.

Je passai la nuit dans cette niche à chiens et le lendemain, les cordes au poignet, comme Lesurques, du dernier tableau du *Courrier de Lyon*, je partais pour Versailles, à pied. J'eus le plaisir d'apercevoir le palais de loin. Je vis que les rues et les avenues de ma pauvre grande ville fourmillaient de casques à pointe, et je fus conduit à la prison où j'allais tant de fois, étant enfant, voir sortir les condamnés, dont je regardais la porte, les gros clous, le lourd marteau sans me douter qu'un jour... Mais, soyons philosophe, tout arrive.

Et c'est là, dans la prison de Versailles, que je conçus un projet qui, s'il eût réussi (et il pouvait réussir), eût peut-être sauvé notre pays et, dans tous les cas, je le dis fermement, eût bouleversé l'histoire.

Je le dis, et je le prouve. Voici la chose.

On m'avait tout d'abord poussé dans un cachot où l'on me tenait comme en cellule. Bien. Je les connaissais, les cachots. J'ai joué Buridan et Latude. J'avais entendu déjà les verrous glisser et, sur le seuil des portes, j'avais vu apparaître des faces sinistres de guichetiers. Mais, à la prison de Versailles, les verrous n'étaient pas équipés par les machinistes et les portes, massives, ne ressemblaient guère aux portes de toile marouflée. Le guichetier était un sous-officier de gendarmerie allemande et, de temps à autre, on me conduisait à quelque policier de la prévôté qui essayait de me faire avouer que je ne m'appelais pas Jean Bonnin, que je n'étais pas Normand de Normandie et que j'avais quitté Paris avec de « mauvais desseins ». C'est ainsi qu'ils qualifiaient mes projets patriotiques.

Mais ils avaient beau être malins, les prévôts du roi Guillaume, il ne parvenaient pas à me faire oublier mon personnage. J'étais Jean Bonnin de pied en cap et, *bédame*, je ne pensais qu'à regagner le pays et je me moquais bien, *jarnigué*, des Parisiens qui continuaient à tirer le canon pour m'empêcher de dormir la nuit.

Au bout de quelques jours, mon emprisonnement cellulaire cessa. On me fit, quotidiennement, pendant deux heures, la grâce de me laisser me promener dans une espèce de cour avec d'autres prisonniers, tous Français. Il y avait là des soldats et des maraudeurs, un peu de tout, un ramassis bizarre de gens cueillis, çà et là, autour de Paris par l'autorité allemande. Des braconniers soupçonnés d'avoir tiré, au clair de lune, quelque coup de feu sur quelque uhlan. Des francs-fileurs qui se donnaient pour déserteurs et qui avaient peut-être, comme moi, reçu une mission du général Trochu. De pauvres diables verrouillés, ils ne savaient trop pourquoi, parce qu'ils rôdaient, sans abri, ramassant les choux et les salades dans la banlieue de Paris. Des jardiniers de Seine-et-Oise, quelques-uns anciens soldats de Crimée, qui avaient répondu insolemment aux réquisitions des vainqueurs. Tout ce monde-là furieux contre les Prussiens, grognant et parqué là dedans comme un troupeau de bêtes en colère. En tout trente ou quarante individus, trente-sept, pour être exact. Des jeunes, des vieux, mais des gars, je vous le promets.

Et le troupeau se retrouvait deux fois par jour, prenant l'air entre quatre murailles, sous la surveillance de sentinelles au fusil chargé. Nous entendions le canon du Mont-Valérien, le crépitement de la fusillade et quelquefois, quand le bruit se rapprochait, nous nous regardions en disant tout bas :

— *Ils* sortent ! *Ils* arrivent !

A Paris, quand nous disions : *ils*, c'étaient les Prussiens. Hors de Paris, *ils*, c'étaient les Français.

Les jours passaient d'ailleurs et les semaines, et *ils* n'arrivaient pas. Nous avions fini par nous connaître tous tant que nous étions en nous retrouvant comme cela à heures fixes. Quelquefois, l'un de nous manquait à la promenade. Nous demandions, en baragouinant l'allemand, à la sentinelle ce que le camarade était devenu. Pas de réponse. On l'avait peut-être envoyé en Allemagne, à Spandau, je ne sais où, au diable ; on l'avait peut-être fusillé le long d'un mur ou au coin d' un bois. Ça pouvait nous arriver à chacun de nous, un de ces quatre matins. Mais, chose curieuse, un captif de parti, un de retrouvé. On nous amenait quelque prisonnier français qui s'était révolté, quelque maraudeur nouveau, et nous étions toujours trente-sept, par hasard, je pense. A quarante, nous aurions fait une croix et nous nous serions figuré que nous étions à l'Académie.

Trente-sept hommes solides au poste, n'ayant pas froid aux yeux, ennuyés d'être sous les verrous, agacés d'avoir pour geôliers des mangeurs de choucroute, énervés d'entendre au loin les coups de canon et les coups de fusil sans se battre, c'est quelque chose que trente-sept hommes, et je m'étais dit qu'on pouvait les utiliser, et que les mousquetaires n'étaient que quatre lorsqu'ils remuaient le monde !

Le sort semblait m'avoir dicté mon devoir en m'assignant, à moi, enfant de Versailles, un cachot dans ma ville natale. Je savais que la prison où je mangeais le pain du captif était située près de l'avenue de Paris, il n'y a que deux cent soixante quatre pas tout juste (je les ai comptés depuis et je savais la distance à vue de nez) pour aller de la rue Saint-Pierre, ou plutôt de la place des Tribunaux à l'avenue de Paris, je savais aussi que dans cette avenue de Paris s'élevait la préfecture du département, et que c'était là, dans les bâtiments de la préfecture, que logeait, couchait, respirait, reposait le roi Guillaume !

— Eh bien, me disais-je, voilà qui changerait étrangement le sort de la guerre si le roi de Prusse, endormi, se réveillait brusquement prisonnier entre les mains de quelques Français résolus ! Oui, voilà un rêve ! Et quel rêve ! Il dort, le vainqueur. Les prisonniers veillent. Ils se jettent sur leurs geôliers, ils s'emparent de leurs armes, ils bâillonnent ou égorgent les sentinelles, les voilà libres, et d'un bond, ils se précipitent vers la préfecture souillée par la présence de l'ennemi. Une grille ornée d'abeilles impériales défend l'entrée du bâtiment. On la franchit. Le poste qui garde l'entrée est bâillonné. Sans doute quelque sentinelle allemande tire un coup de feu et donne l'alarme ; mais, avant que des casernes voisines on ait pu accourir, les appartements où sommeille le souverain sont envahis, les chambellans, les officiers d'état-major sont prisonniers et le vieux roi voit apparaître à son chevet un homme énergique, chef de l'expédition, qui, le tenant stupéfait sous le canon d'un revolver allemand arraché à un de ses soldats, lui dit :

— Pas un mot, pas un cri, pas un geste, Sire ! Vous êtes notre prisonnier !

Ah ! dès que cette idée-là germa dans mon cerveau, elle y mit la fièvre. Fièvre généreuse ! Tout mon sang bouillait à la perspective de cette aventure et je ne regrettais plus de n'avoir pas pu rejoindre la légion de Buenos-Ayres. Non, non, je ne le regrettais plus. Ce que je voulais, ce que je pouvais tenter là, n'était-ce pas supérieur à tout ce que tâchaient d'accomplir les légions mobilisées de la province? Elles s'attaquaient aux instruments, aux subalternes, aux comparses. Moi, Brichanteau, je frappais l'invasion à la tête. C'était le ciel qui avait permis que je fusse arrêté à Rueil et jeté comme un bandit dans la prison de Versailles. Le sort me dictait mon devoir.

Enlever le roi de Prusse, c'était de la folie, diront les sages. Oui, aujourd'hui, à tête reposée, cela semble de la folie. Ce n'en était pas, c'était de l'audace. C'était du théâtre et du bon théâtre. Le théâtre, n'est-ce pas la vie? Athos, Porthos, Aramis et d'Artagnan n'ont-ils pas failli délivrer le roi d'Angleterre? Ils auraient sauvé Charles Ier si l'histoire ne s'y était pas opposée. Moi, j'avais devant moi une histoire non encore faite, une combinaison qui admettait la réalisation de toutes les impossibilités. Une fois le roi prisonnier, je dictais à Sa Majesté toutes les conditions voulues. Ah ! c'était bien autre chose que les humbles renseignements que j'allais porter, sous forme de boulette, à la délégation de Tours !

— Vous lèverez tout de suite le siège de Paris, Sire... Bien... Vous évacuerez la Champagne... Bon... Vous rappellerez en Allemagne toutes vos garnisons d'Alsace et de Lorraine... Ah ! pas un mot, pas un cri, pas un geste, Sire ! Je vous tiens. Bien joué, roi Guillaume, mais la patrie a sa revanche !

Et je calculais que, quelque héroïque que fût une poignée de trente-sept hommes, elle eût été rapidement cernée et écrasée dans la préfecture entourée par la garnison allemande de Versailles. Mais nous avions notre otage, le plus précieux des otages : le roi. Nous le tenions stupéfait au bout des canons de nos fusils, de ses fusils. Et nous ne le rendions que lorsque notre retraite même, assurée par sa présence au milieu de nous, eût été complète. Oui, jusqu'à ce que nous eussions regagné nos lignes, nous le gardions, le roi Guillaume. Un mouvement d'un de ses soldats, c'était fait de lui. Je me répétais bien le mot des *Funérailles de l'Honneur*, que je disais si fièrement au moment où j'allais poignarder Don Pèdre le Cruel : « On ne tue pas un homme endormi ! » A quoi je répondais, comme dans le drame : « Je le réveillerai ! » Oui. Et si, par une nécessité inattendue et qu'il faut toujours prévoir en de pareilles circonstances, il nous eût fallu, je suppose, consentir pour la mise en liberté du roi à des conditions moins rigoureuses pour lui, moins satisfaisantes pour nous, que celles que je me fixais à moi-même, notre *minimum* du moins était la levée du siège et la retraite des troupes de l'envahisseur à vingt-cinq lieues de Paris. Oh ! sur ce point, dussions-nous être contraints à prendre la vie du monarque et à y laisser la nôtre, nous ne transigions point, je ne transigeais pas !...

Et je me voyais déjà, par une nuit sombre, il fallait *choisir* une nuit sans lune, pas de feu à la rampe, je me voyais à la tête des trente-sept héros prisonniers, nous glissant comme des ombres jusqu'à la préfecture, après avoir arraché leurs armes à nos geôliers ; j'assistais en pensée à cette scène épique : l'escalade de la grille, l'irruption soudaine dans les salons du préfet et le réveil en sursaut de Guillaume sous ces lambris dorés reconquis par la France. Et le drapeau ! Nous n'avions pas de drapeau tricolore, mais du moins nous abattions le drapeau noir et blanc du roi de Prusse ou le drapeau noir, blanc et rouge de l'Allemagne qui devait flotter sur la préfecture ! C'était suffisant. Ah ! l'aigle noir, le précipiter dans la cour avec un grand cri de triomphe pendant que quelqu'un d'entre nous (il devait bien y avoir un pianiste dans le nombre) jouerait la *Marseillaise* sur le piano de la préfète ! Quelle ivresse !

Je vous le dis, c'était possible. C'était réalisable. Cela changeait la face des choses. Ce qui n'est pas arrivé semble fou, mais pas plus insensé, je vous jure, que ce qui arrive réellement. Et je me disais : « Cela sera !... Brichanteau, tu n'entreras peut-être jamais à la Comédie-Française, mais tu feras irruption dans l'histoire ! »

Seulement, je ne pouvais pas y faire irruption tout seul. Il me fallait des collaborateurs, je ne dirai pas des complices. D'abord, je ne confiai mon projet qu'à un ou deux de ceux de mes compagnons qui m'inspiraient le plus de confiance. Il pouvait y avoir des *moutons* parmi les prisonniers. Je m'ouvris cœur et âme à un vieux zouave de Crimée qui ne rêvait que plaies et bosses et remâchait dans sa grande barbe d'un gris roux sa rage de n'avoir pas *descendu* un Prussien.

Il me regarda avec ahurissement au premier moment et me demanda si c'était praticable...

— Se jeter sur un geôlier, le bâillonner, le désarmer, lui répondis-je, c'est l'enfance de l'art. Vous n'avez donc pas vu jouer *Latude ou Trente-cinq Ans de captivité* ?

— Non.

Il n'avait rien du lettré. Mais il accepta bien vite : « S'il faut cogner, j'en suis, je cogne ! J'ai pris Malakoff, ce devait être plus difficile que de prendre une préfecture ! » Ce n'était pas la même chose. Après le Criméen, j'embauchai le braconnier. Lui m'avoua tout bas qu'il avait vraiment « descendu » le uhlan, parce que le cavalier avait serré de trop près sa nièce. Nous parlions tout bas de ces choses, quelquefois en une sorte d'argot mi-parisien et troupier pour que la sentinelle, si elle écoutait, ne comprît pas. Et peu à peu, un à un, je recueillais des adhérents. Je leur disais ce que j'avais imaginé ; je faisais devant eux reluire la victoire. Je les éblouissais de leur gloire future. Je leur disais :

— Voulez-vous?

Tous répondaient :

— Oui.

Alors je leur demandais le secret, je leur disais d'attendre l'heure. Ils seraient avertis.

— Tenez-vous prêts ! *Ad augusta per angusta !*

Ils ne connaissaient pas Hugo, mais ils frissonnaient instinctivement, ce qui prouve que le drame est dans la nature.

Je disais à chaque nouvel adepte : « Bouche close, cœur muet, langue discrète, haine cachée », et je passais à un autre. Pas un refus. Mon idée faisait tache d'huile. Les yeux s'allumaient, les doigts s'agitaient comme s'ils eussent déjà pressé la gâchette d'un fusil.

Ils me disaient tous :

— Quand vous voudrez !

Je répondais :

— Confiance. Patience. Silence et mystère.

Et j'attendais. J'avais dit à Martineau, le braconnier, et au vieux zouave :

— C'est vous qui bondirez sur la première sentinelle, qui la bâillonnerez, l'étoufferez, l'étranglerez. Ça vous regarde.

Ils avaient répondu :

— Ce sera fait, et proprement fait. A vos ordres !

Un matin de janvier, mon geôlier, qui parlait français, me dit en ricanant :

— Eh bien, c'est fait. Nous n'avons plus de roi de Prusse !

Cela me donna un coup? Le destin m'avait-il prévenu? Le conquérant était-il mort ?

— Non, continua cet homme, nous avons un empereur d'Allemagne ! Sa Majesté a été proclamée hier dans la grande galerie des Glaces. Eh ! eh ! votre Louis XIV, il a dû rire !

Je ne sais pas si Louis XIV rit beaucoup, mais j'eus, moi, un éblouissement de colère. Je me rappelai *Hernani*, quatrième acte, le monologue de Charles-Quint, et il me semblait que le canon du Mont-Valérien protestait contre la proclamation du César ! D'ailleurs, cela ne changeait rien à mon projet. Rien. Au lieu d'enlever un roi, j'enlevais un empereur, voilà tout ! A nous, l'empereur ! C'était toujours le vieux Guillaume. Seulement, ce dernier affront me donna l'idée de précipiter le dénouement. Etions-nous tous prévenus? Tous. Étions-nous tous prêts? Tous. Solennellement, dans un silence mystérieux, tout avait été bien arrêté et bien répété d'oreille à oreille, entre cuir et chair, étendant la main sans dire un mot, nous avions juré de tenter l'aventure au risque d'y laisser... quoi? peu de chose, notre peau, et je me disais :

— Maintenant, à l'œuvre, Brichanteau !

Qu'est-ce que j'attendais? Je vous l'ai dit. Une nuit sans lune. L'ombre. Il me fallait de l'ombre. Je me disais : « Demain !... » A demain ! Et encore une fois je me figurais l'admirable scène : le bâillonnement des sentinelles, le poste garrotté, étranglé, la porte ouverte, la rue, la préfecture... Je l'aurais fait, nous l'aurions fait. Tous résolus. Des héros, des jaguars. Je m'étais fixé la date : 19 janvier.

Mais voilà, le gouverneur de Paris n'était pas averti. Il tenta une dernière sortie: Buzenval. Nous entendions la canonnade du fond de la prison, et nos cœurs sautaient comme des chèvres !... L'empereur d'Allemagne devait être présent, là-bas, au loin, nous ne savions où. Il ne rentrerait peut-être pas cette nuit-là à la préfecture, coucherait dans quelque maisonnette près du champ de bataille, à moins qu'il ne fût, douce hypothèse, chassé de Versailles par nos troupes victorieuses. Dans tous les cas, il fallait attendre et attendre aussi le lendemain. Quel résultat avait donné la bataille? La journée, pour nous, avait-elle été bonne ou mauvaise? Notre projet était suspendu à ce point d'interrogation.

Oh ! nous n'attendîmes pas longtemps pour savoir que c'était encore une défaite !

— Sortie manquée, me dit gaiement mon geôlier. Parisiens enfermés comme des rats. Des rats ! Ils pourront se dévorer entre eux.

Il était jovial, l'imbécile !

Alors je me dis :

« Ah ! par exemple, le destin a parlé. Maintenant, agissons ! »

Et j'allais agir. Je me demandais seulement si, au lieu de pénétrer dans la préfecture par l'avenue de Paris, nous ne ferions pas mieux d'entrer par la porte des bureaux, rue Saint-Pierre, beaucoup plus proche : cent dix-sept pas au lieu de deux cent soixante-quatre... Bah ! nous verrions ! Cela dépendait du soldat de garde qui se trouverait là... Mais le diable s'en mêlait. Mon ami le braconnier Martineau, celui que j'avais chargé, avec le zouave, de bondir sur la sentinelle, à la promenade du soir, ce braconnier, redoutable et intrépide, était transporté à l'infirmerie.

MON GEOLIER ETAIT JOVIAL.

Oh ! il se serait bien levé, prêt à marcher, même malade. Mais le geôlier m'apprenait que le chirurgien redoutait une fièvre éruptive et voulait garder l'homme à cette diablesse d'infirmerie pour éviter la contagion. Allions-nous tenter le coup sans la rude poigne de ce brave ? J'avais confiance en lui, une confiance absolue. Il était d'attaque. Pour le premier coup de collier, il me fallait Martineau ! Je me dis encore : « Ayons tous les atouts dans le jeu. Attendons à demain. »

Et tout bas, les autres répétaient encore :

— Quand vous voudrez !

J'avais ma troupe dans la main. La pièce était prête, nous pouvions passer.

Ah ! je ne me consolerai jamais d'avoir attendu ! Ah ! cette rougeole de Martineau ! Il a bien raison, M. Scribe : les petites causes, le *verre d'eau* ! Toujours les petites causes, les bouts de papier, les grains de sable ! Elles produisent de grands effets, les petites causes !

Je me disais :

— Tant pis, si Martineau ne guérit pas ; s'il ne revient pas, Martineau, nous agirons sans lui ! Je distribuerai son rôle à un autre et au rideau !

Nous serions trente-six combattants, trente-six héros au lieu de trente-sept !

Mais, hélas ! quel écroulement ! Les pourparlers, les odieux pourparlers avaient commencé entre Paris et l'armée allemande. M. Jules Favre se présentait au pont de Sèvres, les parlementaires s'abouchaient les uns avec les autres. Ils parlementaient, les parlementaires, et, lorsque, bouillant et résolu, Martineau, descendu de l'infirmerie, me dit :

— Eh bien, grand chef, me voilà ! Est-ce pour ce soir ?

Je ne lui répondis que par un geste morne et je lui montrai le sourire insultant des sentinelles. La capitulation, c'était la capitulation, l'exécrable, la féroce, la navrante capitulation, et la nouvelle qui en avait été déjà répandue parmi mes hommes en avait subitement amolli les résolutions. La paix leur souriait. Le moment psychologique était passé. Ils n'avaient plus la foi, ils n'avaient plus l'audace. Ils pensaient à rentrer chez eux. Ils se voyaient déjà libres. Le *pays*, dont je leur parlais, n'était plus que leur petit pays, leur coin de terre. Ils me disaient : « C'est fini, on va nous donner la poudre d'escampette. A quoi bon se faire casser la tête à présent ? Trop tard ! » Ah ! misère ! Et ils avaient raison. Trop tard ! Il était trop tard ! C'était bien le 19 janvier qu'il eût fallu enlever l'empereur, et, au lieu de l'infructueuse sortie de Buzenval, qui sait quel souvenir la patrie eût enregistré dans ses fastes ?

Qui sait ?... Je le sais, moi ! J'avais tout prévu. Ah ! comme je les lui aurais jetés à la face, à ce vieillard, les vers du poète :

.. Songes-tu que je te tiens encore?
Ne me rappelle pas, *nouveau* César romain,
Que je t'ai là, chétif et petit, dans ma main,
Et que, si je serrais cette main trop loyale,
J'écraserais dans l'œuf ton aigle impériale !

C'est fini. J'ai manqué ma grande journée. J'en ai manqué bien d'autres. J'ai passé à côté de l'immortalité !

Mais je mourrai, du moins, avec ce beau rêve. Et, quand le pessimisme dont souffrent les générations nouvelles menace d'envahir ma nature essentiellement sentimentale et, je ne crains pas de le dire, spiritualiste et optimiste, je me rappelle les trente-six compagnons de la prison de Versailles, détritus de la défaite, rôdeurs ou aventuriers, qui tous ont partagé mon rêve généreux, ma chimère, si vous voulez, qui tous auraient donné leur vie pour elle, qui tous étaient prêts à ce va-tout magnifique et dont pas un, pas un seul, n'a été tenté de vendre pour un peu d'or, de trahir contre l'échange de sa liberté, le projet d'un fou qui avait du moins la folie du patriotisme...

Ah ! que c'est loin ! Que c'est triste ! Que cela eût pu être beau ! Je dois dire que l'état-major allemand n'attendit même pas la conclusion de la paix pour me rendre à la liberté.

— Vous pouvez aller revoir votre Normandie, me dit le petit hussard rouge qui se retrouve là pour me donner la clef des champs et qui connaissait (ils les connaissaient tous) les romances de Frédéric Bérat que nous ne savons plus.

Je me mis à rire, bêtement :

— Ah ! *dame*, retrouver son pays, ça fait toujours plaisir, *bédame oui !*

Et je pris ma feuille de route pour Saint-Pierre-du-Vauvray. Mais j'usai de ruse pour rentrer dans Paris comme j'avais fait pour en sortir et je me retrouvai, triste et seul, dans mon logis de la rue de Bondy.

— Tiens, m'avait dit ma concierge en me regardant, on vous croyait mort. Vous revenez pour les élections ?

Les élections ? Allons donc !

Je revenais pour l'art. J'ouvris Corneille, mon vieux Corneille. Ça me consola.

Depuis, je n'ai plus pu entendre, au théâtre, un comique imiter le parler normand, sans avoir une vague envie de pleurer. Et qu'est-ce que je pleure ? Vous le devinez. L'irréparable. Un rêve perdu ! Si je ne contais pas une histoire vraie, votre patriotisme pourrait se blesser, s'irriter. On ne badine pas avec la défaite. Mais, songe de malade ou de fou, ce que je vous dis là faillit s'accomplir. Ah ! ce 19 janvier, ce 19 janvier !... Sans la sortie du général Trochu, il était à nous, l'empereur !

VI

LE PASSÉ DE BRICHANTEAU

Mais, au fait, monsieur, vous pouvez vous dire que celui qui vous parle n'est qu'un vantard, un Gascon, un décrocheur de balivernes. Vous auriez peut-être, comme disent les gens d'affaires, besoin de références. Avant d'être le vieux bavard que je suis, et fidèle comme la vérité, j'ai rêvé comme d'autres l'apothéose et les constellations.

J'ai été jeune. Et tout le monde n'a pas été jeune, non ! Si j'étais femme, je ne dirais pas mon âge. Mais il y a si longtemps, si longtemps que je trime, vais par les chemins, cherche le pain du jour après avoir cherché la gloire, oui, il y a si longtemps, si longtemps, qu'on doit me croire vétuste comme les tours Notre-Dame... Je ne suis plus de la première jeunesse, parbleu, mais, en somme, je n'ai pas encore soixante-cinq ans. Le bras est toujours solide. Demandez au rôdeur qui a voulu assommer le *bon vieillard*, boulevard de la Villette, l'autre soir. Et j'en ai vu ! J'en ai vu ! Que de souvenirs dans cette tête-là... Quand je pense que M. Beauvallet a été jaloux de moi et que Rachel n'a pas voulu m'emmener dans sa tournée d'Amérique, parce qu'elle avait peur que j'eusse trop de succès à côté d'elle ! Vous croyez que je me vante ? J'ai passé l'âge des illusions, je vous dis, aujourd'hui comme hier, comme toujours, la vérité vraie !

M. Beauvallet ? Mon professeur, du temps de M. Auber, au Conservatoire. J'y suis entré, dans cette vieille maison du faubourg Poissonnière, en 1848, avec la Révolution. J'avais dix-huit ans. Et quels rêves sous le front ! Tout petit, à Versailles, je suis, vous le savez déjà, de Versailles, je disais des vers sous les arbres du boulevard de la Reine. J'avais entendu Ligier au théâtre de la ville, Ligier dans *les Enfants d'Édouard*, et je ne voyais rien, rien, vous entendez bien, rien au-dessus de l'acteur qui domine les foules et leur jette la parole des poètes. Mon père, employé à la mairie de la ville, voulait faire de moi un plumitif comme lui, un être penché sur des papiers à en-tête officiel et passant ses journées à copier des lettres à formules toutes faites que contresignait monsieur le maire ou monsieur l'adjoint. Pauvre père ! Non, je ne consentirais jamais à user et bâiller mes jours dans un bureau : j'avais soif d'air, d'espace, d'aventures. J'aurais été marin si je n'avais été acteur.

Acteur ! Quand je parlais de monter sur les planches et de me faire comédien, ma mère, fort dévote, se signait, et mon père se demandait quel affreux bohème il avait couvé, lui qui ne connaissait de la vie que son papier administratif, ses plumes d'oie bien taillées et son encrier rond, en porcelaine, toujours rempli de la même encre, son sang, à lui, pauvre employé.

— Y as-tu songé ? Comédien ! me disait-il. Un métier de paresseux ! de meurt-de-faim ! Tu es donc, Sébastien, amoureux de la misère ?

Je laissais dire. J'apprenais des vers par cœur. Je racontais à maman la vie des comédiens célèbres, Baron, Lekain, Talma, Talma, l'ami de l'empereur, le pensionné du roi de Hollande ! Un roi du monde, Talma !

— Eh ! parbleu, disait mon père, si tu étais un Talma !

Et il hochait la tête.

Je répondais :

— Pourquoi pas ?

Mais maman, aussitôt :

— Quand même il serait un Talma, c'est un métier d'excommuniés !

Fort heureusement, mon père était un esprit libre. Il lisait Voltaire. Il avait dans sa bibliothèque *le Citateur* de Pigault-Lebrun. Il ne détestait pas la comédie, et c'est lui qui m'avait, le premier, mené au théâtre. Le pauvre homme, après tout, sentait bien que ce n'est pas le *summum* du bonheur, la vie étroite d'un employé de mairie dans une ville de province. Il se répétait à lui-même, et il répétait aux autres, son : « Parbleu ! si c'était un Talma ! » Et, peu à peu, comme en fin de compte il était maître au logis, il avait fini par faire accepter l'idée à maman, qui en soupirait tout bas.

— Après tout, disait-elle, si ce malheur arrive qu'il soit un Talma, j'en serai quitte pour prier un peu plus pour lui !

Nous demeurions dans le vieux quartier Saint-Louis et maman ne quittait pas l'église. Elle surveillait cependant, de tout son cœur, le ménage, et ces bonnes gens, avec leur fils unique, s'adoraient et étaient heureux. Quand j'ai joué, à Nantes, *le Vicaire de Wakefield*, créé par Tisserant à l'Odéon, je me suis rappelé leur coin du feu et je me suis fait la tête de mon père.

« Si c'était un Talma ! » Et pourquoi ne serait-ce pas un Talma ? J'avais de la taille, il m'en reste encore, de la voix, je l'ai toujours, et superbe, trop belle même, vous verrez pourquoi... J'étais brun, élancé, bien musclé, avec des cheveux bouclés et des yeux très doux. Très doux, mais très énergiques aussi ! Je pouvais incarner, à volonté, les héros de Corneille et ceux de Victor Hugo, ceux de Victor Hugo surtout. Il m'est resté, Dieu merci, un vieux fond de romantisme, et j'aime encore le panache, moi ; oui, je déteste les *navets* en sculpture, le *rondouillard* en peinture et le *bourgeoisisme* en littérature. Voilà.

À quatorze ans, je savais tout *Ruy Blas* et tout *Hernani* imperturbablement ; mais je piochais aussi le classique, parce qu'il fallait du classique pour passer l'examen au Conservatoire. Il en faut toujours.

Je n'oublierai jamais ce jour d'octobre où je me présentai, ému comme pour ma première communion, devant ce terrible jury. Je le vois encore. Je revois cette petite salle, peinte à la pompéienne, avec des tons vert d'eau, cernés de rose et de bleu, et la petite scène surélevée de quelques marches qui dominait la table en fer à cheval où se tenaient mes juges. Oh ! ce grand tapis vert, avec des encriers ronds en porcelaine blanche, pareils à l'encrier administratif dans lequel mon père trempait sa plume d'expéditionnaire ! Ces papiers étalés sur la table et ces têtes chauves ou grises penchées sur ces paperasses et ces notes ou encore regardant, quelques-unes à l'aide d'une lorgnette, le candidat à l'admission qui se présentait là !... Dix ou douze hommes, composant le Comité d'enseignement, tous vieux, les professeurs

L'HUISSIER DIT : M. BRICHANTEAU !

à droite et à gauche ; le président, M. Auber, tout petit, tout blanc, tout vif, au milieu. Et à ses côtés le commissaire du gouvernement, M. Edouard Monnais, M. Bazenerye, commissaire près le Théâtre-Français, M. Alexandre Maurin, commissaire près de l'Odéon, et M. Scribe, M. de Planard, M. Delavigne, M. Perrot ; puis, à côté d'eux, ceux que j'avais applaudis à la Comédie, faisant la queue, aux jours de congé, dans les galeries noires du Palais-Royal : M. Samson, M. Provost, M. Beauvallet !... Tous, me regardant, m'écoutant, prenant des notes ! Les éternelles notes !

J'ai revu bien souvent cette petite salle depuis lors ! Mais, ce jour-là, je n'aperçus tout d'abord qu'un grand vide, un grand trou au-dessous de moi, et, là-bas, de l'autre côté d'un grand piano qui me séparait d'eux et qui servait pour les examens de musique, tous ces messieurs, ce tribunal artistique, mes juges...

Ah ! quand l'huissier m'appela et jeta mon nom à ce jury, j'eus un éblouissement. Je causais tranquillement avec des jeunes gens, des jeunes filles qui, dans une sorte d'antichambre, attendaient leur tour.

L'huissier dit :

— Monsieur Brichanteau !

Une porte s'ouvrit. Je me précipitai sur la scène et j'attaquai la grande scène des fureurs d'Oreste. Chose curieuse, j'étais ému tout à l'heure en attendant de *passer*. Je ne l'étais plus en touchant du pied les planches. Je suis un homme de bataille. L'acteur, l'homme de l'action... Le public, au lieu de me démonter, m'excite. On est comédien-né ou on ne l'est pas. Je sentais la poudre. Pour la première fois je pouvais me faire entendre. Je vous réponds qu'on m'entendit.

Ma voix emplissait comme d'un tonnerre cette petite salle aux tons atténués. Je voyais M. Auber s'agiter sur son fauteuil et M. Samson, qui avait une voix un peu surette, porter ses mains à ses oreilles. Il y a, dans cette salle des examens, au premier étage, une loge, une petite loge très étroite qui semble, là-haut, toute noire, avec un appui à teinte de brique : c'est la loge d'où Napoléon Ier écoutait les concours, autrefois. Ce jour-là, la loge paraissait pleine, tout à fait remplie par une unique spectatrice, une grosse dame qui était mademoiselle Georges, ni plus ni moins, mademoiselle Georges Weymer, membre adjointe du Comité d'enseignement des études dramatiques. Je ne savais pas alors qui j'avais pour auditrice ; mais je voyais, dans ce trou sombre, osciller, probablement très émue, cette lourde masse de chair.

J'ai joué souvent Oreste, j'ai souvent exprimé ses fureurs, mais jamais, non jamais, avec autant d'ardeur et de voix que ce jour-là. Je vibrais, je pantelais. Je décrivais, avec ma main droite étendue, des mouvements de reptation pour exprimer, peindre les ondulations serpentines :

Pour qui sont ces serpents qui sifflent sur vos têtes?

Et la langue collée aux dents — *sss* !— je sifflais comme si les reptiles eussent été là, sinistres, au dessus des têtes réunies de M. Auber et de M. Scribe.

Tout à coup, le président frappa sur la table un coup d'un petit marteau d'ivoire, tel un commissaire-priseur qui adjuge, et M. Auber me dit, fort poliment d'ailleurs et avec grâce :

— Merci, monsieur.

Je saluai le Comité, je saluai l'huissier qui m'avait ouvert la porte, j'oubliai de saluer mademoiselle Georges dans sa loge, et je sortis, accompagné d'un bruit de plumes grinçant sur le papier, mes juges prenaient leurs notes, et d'une sorte de murmure flatteur. Et, descendant un escalier, je me retrouvai dans la cour du Conservatoire où attendaient, comme moi, tous les jeunes gens qui se présentaient à l'examen et grouillaient là, impatients et fiévreux.

Ah! sous ce ciel gris, tous ces jeunes visages! Des adolescents, des jeunes filles! Des mères de futures actrices, avec les châles des *mamans* de Gavarni drapés sur leurs épaules osseuses ou rebondies! Le Conservatoire, aujourd'hui, ne donne plus l'idée de ce qu'était jadis ce petit monde plein de foi du temps de ma jeunesse! Les concurrentes d'à présent ont l'air de princesses comparées aux pauvres filles de ces heures préhistoriques, rêvant toutes de devenir des Rachel, comme je comptais bien devenir un Bocage ou un Frédérick, et échappées de quelque loge de concierge, venues des hauteurs de Belleville ou de Montmartre, avec un Corneille à la main! Ah! les petites robes de quatre sous, la mousseline cousue par la maman, les petits cols plats, bien ou mal repassés, les chapeaux de paille de rien du tout et le déjeuner apporté dans le cabas des mères! Aujourd'hui, on a pour l'examen des toilettes de faille et l'on concourt en jupe de satin! On descend parfois d'un coupé pour suivre la leçon du professeur. Toutes les fillettes qui se présentent avec leurs diplômes de capacité et vont au Conservatoire en sortant de l'Hôtel de Ville, rêvent de se faire actrices comme elles se feraient institutrices. La scène est un débouché comme un autre pour les filles de négociants appauvris, d'agents de change ruinés ou de colonels en retraite! Le théâtre est un état. On calcule la part qu'un sociétaire empoche et l'on se rend à sa répétition comme à son bureau. Les hommes se disent qu'un premier prix exempte du service militaire, qu'on gagne autant à jouer Molière qu'à être chef de rayon aux magasins du Louvre et on se destine au Conservatoire comme à l'École centrale. Pauvres fous que nous étions, nous valions mieux que ça avec notre appétit de vert laurier et de vache enragée! Pas une de ces fillettes qui songeât, je parie, au petit hôtel qu'elles souhaitent toutes aujourd'hui. L'autel de l'Art, oui! Tant qu'on voudrait! Voilà ce qu'on revoyait dans ses rêves! On me dit qu'on s'en moque un peu, de l'autel de l'Art, à présent!

Et toute cette foule de concurrents m'entourait, m'interrogeait : « Est-ce bien effrayant? — Avez-vous eu *le trac*? — Comment sont-*ils*? — Sont-*ils* très *chiens*? — Faut-il parler haut? »

Je répondais :

— Parlez le plus haut possible. Moi, j'ai tonné! Littéralement tonné!

On me regardait déjà avec admiration. Un homme qui a passé son examen, ne fût-il même pas admissible, et qui a tonné devant le Comité!... Je me sentais déjà quelqu'un. J'allais et venais, à travers les groupes. Tous ces jeunes regards anxieux, inquisiteurs, fixés sur moi, me donnaient comme le sentiment d'une supériorité! Je semais des conseils, à droite et à gauche.

— Ah! que vous êtes heureux d'avoir passé, monsieur, me dit alors une jeune fille, la voix tremblante. Il me semble, moi, que je n'oserai jamais!

Je la regardai. C'était une petite blonde, toute frêle, d'aspect timide en effet, et si pauvre! Elle ramenait sur ces épaules un malheureux châle de laine noire et, sous son chapeau de paille, noire aussi et un peu élimée, elle me fit l'effet d'une de ces jolies Anglaises frileuses qui vendent des fleurs gelées aux abords des théâtres, à Londres, tout en grelottant dans le brouillard, par les soirs d'hiver et que j'avais vues dans les tableaux.

— Comment, vous n'oserez pas? Mais il faut oser, mademoiselle! J'ai bien osé, moi!

Elle me dit, en hochant la tête, un peu comme plus tard la petite Jeanne Horly, vous savez, à Perpignan :

— Oh! vous!

Et je sentais dans ce *Oh! vous!* l'instinctive admiration, je ne trouve pas d'autre mot, et je n'en tire point vanité, l'admiration qu'elle éprouvait pour cet aplomb que me donnaient la carrure de mes épaules et la qualité de ma voix. J'avais ce don et elle le subissait. Mais la force n'est pas tout en art, il y a aussi le charme. Et elle avait le charme, la pauvre fille qui, en me répondant *Oh! vous!* semblait ajouter : « Vous et moi, ce n'est pas la même chose. Vous êtes né pour la lutte, tandis que moi... »

— Ma chère enfant, lui répondis-je d'un ton cordial, la nature ne jette pas toutes les créatures dans le même moule. Elle a plusieurs *manières*, la nature. Vous avez vos qualités, j'ai les miennes. Osez!

Puis je lui demandai ce qu'elle comptait dire au Comité :

— Aricie, fit-elle.

— Aricie? Parfait. Vous êtes gracieuse, élégante, votre voix est douce, très douce. Dites-leur Aricie! Et, pour leur dire Aricie, approchez-vous le plus possible du bord de la scène. Moi, je m'en éloignais. C'est assez naturel : je prenais mon élan et je tonnais. Vous, au contraire, débitez votre morceau très près et chantez-le ! Je suis un tonnerre, vous êtes une lyre !

Elle m'écoutait avec des yeux très intelligents, bleus et profonds, et il me semblait que j'étais déjà comme un vieux maître enseignant son art à quelque élève. Cinq minutes d'audition m'avaient donné, pour la vie, un aplomb qui ne m'a jamais manqué depuis ! Et j'éprouvais, d'ailleurs, un sentiment argéable à me promener, dans cette cour du Conservatoire, avec cette enfant qui, d'instinct, était venue à moi comme au dompteur, comme au maître. Le magnétisme !

— COMMENT, VOUS N'OSEREZ PAS ?

Par les fenêtres aux vitres dépolies des classes donnant sur la cour arrivaient, étouffés mais caressants, des sons plaintifs de violons, joués par les concurrents de la musique, et cet accompagnement doux semblait fait pour ajouter je ne sais quelle tendresse à cet entretien de deux jeunes gens inconnus l'un à l'autre et s'épanchant pour la première fois.

On est, du reste, confiant à cet âge. Elle avait seize ans. C'était la fille d'un machiniste de l'Ambigu, mort à l'hôpital après être tombé d'un mât pendant une réprésentation de *la Closerie des Genêts*. Elle avait toujours vécu dans les théâtres et, ne lui voyant pas d'état en perspective, sa grand'mère, elle n'avait plus de mère, la destinait au Conservatoire. Cela lui plaisait, à elle aussi. Elle avait, comme moi, la foi, elle se disait que rien ne vaut icibas cette vie de rêve. Seulement, ce qui lui faisait peur, c'était sa timidité, le mince volume de sa voix, une bonne voix, du reste, caressante, une voix d'élégie.

— Si vous êtes admissible, lui dis-je, je vous apprendrai à donner de la voix !

— Ah ! dit-elle encore, avec l'inflexion du *Oh ! vous* ! de tout à l'heure, cela vous est facile !

Nous causions ainsi, rapprochés par une même émotion. L'intimité vient vite aux heures de danger. Au bout de dix minutes, je savais son nom, elle savait le mien. Elle s'appelait Jenny. Jenny Valadon.

— Valadon ! Il faudra vous appeler autrement, lui dis-je. Valadon ! Je ne sais pas pourquoi, mais cela me semble un nom de chanteur !

— Oh ! disait-elle, s'il ne s'agissait plus que de trouver un nom pour débuter !... Mais avant tout, il faut débuter. Voilà !

Elle m'intéressait, cette petite Jenny. Elle tremblait comme la feuille à l'idée de paraître devant le Comité. J'avais beau lui dire que M. Auber ne la mangerait pas, elle tremblait, et moi-même, du reste, à l'idée que, tout à l'heure, ces hommes assis là-haut autour du tapis vert allaient voter sur mon sort, j'avais des fourmillements dans les jambes et des bourdonnements dans les oreilles. Admissible ! Être admissible ! Hélas, ne l'être pas ! Je me récitais à moimême le monologue d'Hamlet adapté à la situation et j'arpentais la cour du Conservatoire en me disant :

— Si, en comptant les pavés, je marche sur un nombre *pair*, je serai reçu ! *Un, deux, trois, quatre !*

Et quand, au bout de la cour, j'arrivais à un nombre *impair*, je m'écriais : « J'ai dû me tromper, ça ne compte pas ! » Et je recommençais : *Un, deux, trois, quatre, cinq, six !*... Je tuais le temps !

Elle finit, enfin, la journée, et l'heure vint où, le jury ayant consulté ses notes, ses fameuses notes, et voté là-haut sur l'admissibilité des candidats, nous étions tous, sous la voûte de la porte cochère, entassés, pressés comme des brebis à l'étable, la gorge serrée, attendant la sortie des membres du Comité, avides de savoir ceux d'entre nous qu'on avait élus ! Et, dans l'ombre de la nuit tombée, sous le bec de gaz éclairant tous ces jeunes visages crispés et devenus très pâles, c'est diantrement émouvant, cette descente du jury que toutes les prunelles, fiévreuses, hagardes, interrogent !... Pendant près d'une heure on est resté là, les yeux rivés sur les marches de cet escalier par où le Comité va apparaître ! On attend, on ne dit rien, ou l'on parle bas, très bas. On les entendrait battre, ces pauvres cœurs de vingt ans, de seize ans, si l'on écoutait bien ! Dès qu'une ombre apparaît sur les marches, d'où la sentence va tomber, un grand cri, une clameur, un *Ah !* d'angoisse s'échappe de toutes les poitrines. On se pousse, on voudrait se précipiter vers l'escalier. Mais les huissiers sont là et le portier. Ils font reculer les élèves, leurs parents, les amis, les mères, toute une foule qui attend, comme un troupeau de condamnés...

Enfin, quelque membre du Comité apparaît. Il descend lentement, un peu ennuyé d'avoir à subir les interrogations de ce tas de candidats ; puis il semble prendre le parti de se jeter dans cette cohue de palpitations et de fièvre. Après lui, un autre, deux autres... Et, instinctivement, on se taît, on s'écarte devant ce juré dont on aperçoit d'abord les jambes, puis le torse, puis la tête et qui descend les dernières marches comme s'il portait la vie de ce petit monde. Et il la porte ! Mais, dès que le premier de ces juges est entré, comme englouti, au milieu de cette foule, des têtes, des doigts crispés, des regards, des lèvres se tendent vers lui, l'arrêtent, le harcèlent, l'accrochent, lui coupent la retraite :

— Suis-je reçu ? Godard, Louis Godard !

— Palmarin est-il admissible ?

— Mon fils, mon fils, Jean Bougeard, est-il admis ?

— Et Martineau ?

— Et Galabert ?

— Bonneval, monsieur, Bonneval ?

— Suberville, Suberville (Amédée) ?

L'autre se débat comme il peut, repousse les petites mains qui se cramponnent à ses vêtements, les mères qui le tirent par le pan de son habit, gagne la porte du faubourg en répondant : « Je ne sais pas. Je ne me rappelle pas. Je crois que *oui*. J'ai peur que *non*. On vous communiquera la liste ! » Et il s'échappe comme il peut. On dirait une victime livrée aux ménades. De jolies ménades, parfois. Mais ce n'est pas lui qu'il faut plaindre, non ; c'est, dans cette foule, tous les malheureux qui attendent, espèrent, ont des larmes dans les yeux et vont avoir des crises de nerfs ou des coups de sang. Ah ! les mères qui crient, les jappements des refusés, les menaces, les appels à la justice, les protestations ! « C'est une infamie ! C'est une indignité ! Des gens qui n'y connaissent rien ! Refuser ma fille ! » Tout cela grouillant et hurlant dans la tombée de nuit d'un jour d'octobre. J'ai vu depuis, bien des fois, ce spectacle. Ce soir-là, je ne le regardais pas. J'étais tout à mon anxiété, à mon *to be or not to be*.

Empereur ! Empereur ! Être empereur ! O rage ! Ne pas l'être !...

Et ce fut M. Scribe, M. Scribe que j'admirai pour la première et unique fois, ce jour-là, et que j'eusse embrassé par oubli, ce fut M. Scribe qui me tira de mon angoisse.

A ma question ardente :

— Brichanteau, monsieur, Brichanteau ?

Il me répondit, en passant, très vite :

— Oui, oui ! Brichanteau, parfaitement. Admissible !

Et il s'échappa pour gagner sa voiture.

Brave M. Scribe ! Je lui ai beaucoup pardonné, en mémoire de ce *parfaitement* qu'il me dit d'un ton rapide, mais aimable.

Admissible ! J'étais admissible ! Je n'avais plus maintenant qu'une idée : m'échapper, courir au chemin de fer, prendre le train et tomber, à Versailles, entre mon père et ma mère, en leur criant :

— Votre fils est élève du Conservatoire national de musique et de déclamation !

Mais je n'osais point partir. Si M. Scribe s'était trompé ? Il y avait parmi les concurrents un Princeteau... Princeteau, qui a fini commissaire à la gare de Melun, après avoir rêvé de jouer les Delaunay à l'Odéon. Si M. Scribe avait confondu Princeteau avec Brichanteau ? Ce n'était pas probable. Malgré tout, il faut bien reconnaître que M. Scribe avait le flair... Je suis juste, même envers lui, il avait le flair... Il ne pouvait pas confondre Brichanteau avec Princeteau, monsieur Scribe !... Mais enfin, s'il l'avait fait ?

Et je restai, dans la foule anxieuse des concurrents, des concurrentes, des parents affolés et des mères exaspérées, jusqu'à ce que j'eusse la nouvelle absolue, la confirmation officielle de mon admissibilité.

Or, pendant que j'attendais là, un peu plus rassuré que tout à l'heure, grâce à M. Scribe, mon sort se débattait, là-haut, entre les professeurs appelés à choisir, entre les élèves admissibles, ceux qui leur semblent le mieux convenir à chacune de leurs classes respectives.

Oui, quand le vote est terminé, la séance levée, les membres du Comité partis, les professeurs restent en tête à tête et se partagent, selon les qualités particulières qu'ils croient deviner, pressentent en eux, les candidats qui viennent d'être admis par le jury... Les professeurs de comédie réclament ceux des élèves qui semblent destinés à la comédie, les professeurs de tragédie prennent pour eux les futurs tragédiens. On fait un tri, à l'amiable.

Et, je l'ai su depuis, et ce petit incident a eu sur toute ma carrière une influence décisive, j'ose le dire, néfaste, voilà que, lorsque mon nom fut prononcé, M. Samson, de sa petite voix, aiguë, mordante comme un acide, s'écria :

— Ah ! celui-là, par exemple, il est destiné à la tragédie ! Classe de monsieur Beauvallet.

A quoi la voix puissante de Beauvallet répliqua, par un coup de tonnerre :

— Et pourquoi, s'il vous plaît?

— Mais, répondit M. Samson, parce qu'il a une voix d'obusier !

— La tragédie, riposta M. Beauvallet, est-elle donc un métier d'artilleur?

— Non, mais..., fit M. Samson.

Et une discussion s'engagea, entre les deux sociétaires, sur les mérites respectifs des artistes qui se destinent soit à la comédie, soit à la tragédie, et M. Provost m'a dit depuis que ses deux collègues échangèrent là un petit dialogue hérissé d'épigrammes. Après quoi, M. Beauvallet consentit, en effet, à me prendre dans sa classe, mais sans élan et comme un homme qui a quelque chose sur le cœur. Quoi ! Les plaisanteries de M. Samson? L'obusier? Non. Ce qu'il avait sur le cœur, c'était la qualité de ma voix plutôt. Cette voix, cette terrible voix, elle devait me faire un ennemi irréconciliable de mon professeur. Comme il avait une voix admirable, une voix sans égale, disait-il, il se sentait un peu agacé d'entendre cette voix juvénile, la mienne, qui grondait comme la foudre et étouffait la sienne ! Oui, voilà, il était jaloux de moi, M. Beauvallet ! Le professeur se sentait dépassé, détrôné par ce nouveau venu, son élève. Cette jalousie, si fréquente même chez les plus grands artistes, elle devait me poursuivre pendant toute ma carrière, et, quand on lui parlait de moi, fût-ce dans les derniers temps de sa vie, savez-vous ce qu'il faisait, M. Beauvallet? Il se mettait à rire et il disait :

— Brichanteau? Ah ! oui, Brichanteau ! Celui qui se vantait d'éteindre mon tonnerre !

Or éteindre est le mot. Je l'éteignais. Quand il nous enseignait à émettre un son, je l'émettais, à mon tour, mais renforcé ! Du Beauvallet à la troisième puissance ! Il criait? Je criais. Il vibrait? Je vibrais. Ces exercices de vibration : répéter *bra, bre, cra, cre, dra, dre, brabre, branbre, bribre*, c'étaient autant de duels entre M. Beauvallet et moi.

— Monsieur Brichanteau, répétez, je vous prie : *Gros doreur, quand redoreras-tu mes trente-trois raviers si rares? Je redorerai vos trente-trois raviers si rares quand j'aurai redoré les trente-quatre raviers du restaurant Romain !*

Et je répétais, sans respirer, en faisant rouler les *r* : *Gros doreur, quand redoreras-tu mes trente-trois raviers si rares?...*

Et c'était un roulement de train express, c'était un grondement d'orage dans ma bouche, tous ces *r*, et l'on eût dit une voiture de camionneur passant sous les fenêtres du Conservatoire au galop sur une plaque de fonte. Je l'éteignais, je vous dis, M. Beauvallet, je l'éteignais !

Je me rappelle un jour où, dans la leçon, il s'avisa, devant toute la classe, de me donner la réplique dans la grande scène de *Polyeucte* entre Polyeucte et Néarque... Il faisait Néarque ; moi Polyeucte. Son triomphe, Polyeucte, à M. Beauvallet ! Je dois dire qu'il y était fort bien. Mais voilà : ce jour-là, se rappelant peut-être le mot de M. Samson sur ma *voix d'obusier*, visiblement il voulut montrer à mes camarades que le volume de sa voix était supérieur au mien et il se mit à gueuler, pardon du mot, à gueuler, oh ! à me rendre sourd.

— Ah ! je me dis, tu veux gueuler pour m'étourdir? Eh bien, je gueulerai autant que toi, je gueulerai plus que toi !

Et plus il gueulait, M. Beauvallet, plus je gueulais, moi Brichanteau. A un gueulement répondait un autre gueulement. C'était une lutte de gueulements. Toute la classe semblait effarée, il y avait des élèves qui se bouchaient les oreilles. Je ne disais pas les vers, non, je le répète, je les *gueulais* :

Allons, mon cher Néarque, allons, aux yeux des hommes,
Braver l'idolâtrie et montrer qui nous sommes !

Ah ! oui, nous montrions qui nous étions !

Néarque gueulait, Polyeucte gueulait et Polyeucte gueulait plus fort que Néarque. Classe de gueulement, tant et si bien qu'à la fin je fis, sous un dernier coup de gueule, taire son gueuloir. Et j'achevai la scène sous les applaudissements instinctifs, involontaires de mes camarades. Encore des bravos que M. Beauvallet ne m'a jamais pardonnés !

Aussi, quand on lui demandait un avis sur moi, il répondait :

— Ce garçon-là n'a que de la voix !

Il entendait ma voix, il ne voyait pas mon cœur. De la voix, oui, j'en avais, mais de la foi, mais de l'ambition, mais du dévouement à l'art, j'en avais aussi. Mes pauvres parents maintenant partageaient mes espérances ; ma mère elle-même me disait qu'elle ferait, au besoin, de la couture pour m'aider à achever mes études au Conservatoire. Mon père ne pensait qu'au prix de tragédie que je pouvais remporter. Et nous nous disions quelquefois, en soupirant : « Ah ! si l'on avait un engagement à la Comédie-Française ! » Pauvres parents, ils n'ont pas eu le temps de voir tous mes déboires. Maman devait mourir cette année-là et, avant ma dernière année de Conservatoire, mon père la suivant, j'étais seul. Orphelin. Très pauvre.

Et, le jour où je comptais bien enlever mon prix au concours et où je n'obtins qu'un dernier accessit, *ex-æquo* avec trois rivaux, je me dis que mes vieux étaient peut-être plus heureux où ils étaient, n'assistant pas à l'écroulement de mes espérances. Quelle journée ! Je voulais m'aller jeter à l'eau en sortant du Conservatoire. Le second prix, il n'y avait pas de premier prix, c'était Lévi... Lévy-Sully, qui a depuis joué au boulevard... Le premier prix des femmes, mademoiselle Périga... Encore du boulevard... Je n'étais pas jaloux de leur succès, mais j'étais désolé de mon échec... Je me disais bien pour me consoler : « Ce n'est pas ta faute, Brichanteau, c'est la jalousie de M. Beauvallet qui te poursuit. Il a dû dire, dans les notes soumises au jury, oh ! ces notes ! que tu n'avais que de la voix ! C'est lui, c'est ton professeur et rival qui te condamne ! »

Tout de même, j'étais désespéré et je ne pus m'empêcher d'aller droit à M. Auber quand je le rencontrai, deux jours après, dans la cour, pour lui dire, ah ! ma foi, pour lui gueuler :

— Monsieur Auber, c'est une injustice ! Mon cher maître, c'est une iniquité !

Je le vois encore, M. Auber. Petit, souriant, avec un pardessus couleur de café au lait.

Pour toute réponse, il me demanda :

— Quel âge avez-vous?

— Vingt et un ans !

— Eh bien, fit-il en souriant, vous en verrez bien d'autres !

Il avait raison : j'en ai vu bien d'autres. Les injustices, c'est le pavé de la vie. Mais j'en avais assez du Conservatoire. J'en avais trop. Je jurai que je ne remettrais plus les pieds dans cette *boîte* et, en effet, je n'y revins pas. J'ai eu tort. Si j'étais resté, j'enlevais, l'année suivante, le premier prix à Van Oven... Emile Van Oven..., que vous ne connaissez, ni vous ni moi, et qui a pourtant été lauréat de la tragédie, comme tant d'autres ! Van Oven ! il n'est pas plus arrivé que Brichanteau, Van Oven ! Je cédai à un légitime mais imprudent mouvement de colère et, au lieu de rentrer dans la classe de M. Beauvallet, je courus les hasards des chemins et des engagements à la belle étoile de l'Art !

VOUS EN VERREZ BIEN D'AUTRES !

J'entrai à la Gaîté, puis au Cirque, où l'on donnait des pièces militaires... J'ai joué de jeunes officiers qui criaient : *Au drapeau ! En avant !* en pleine fusillade, et ma voix, qui éteignait celle de M. Beauvallet, dominait les coups de feu comme l'aigle des bataillons... C'était le bon temps des théâtres, alors et je me rappelle avec émotion ce pauvre boulevard du Temple, démoli depuis tant d'années. Quel coin charmant d'un Paris gai, bon enfant et sans façon ! Ceux qui ne l'ont pas vu ne peuvent se faire une idée de ce qu'il était. Depuis le Théâtre-Historique jusqu'au Petit-Lazari, figurez-vous une succession de théâtres où l'on jouait de tout, des drames, des vaudevilles, de la musique, de la pantomime ! Il y avait la Gaîté, le Cirque, les Folies, les Délassements, et tous ces théâtres ramassaient une clientèle. On faisait queue entre les barrières. On se bousculait au guichet, on allait de Frédérick à

AU DRAPEAU ! EN AVANT !

Deburau, on pleurait au *Vieux Caporal*, on riait à *Pierrot en Egypte*, on assiégeait les marchandes d'oranges, les marchands de coco, et, quand un théâtre avait un succès, il déversait son trop-plein dans les autres. Pas une ville du monde n'avait un coin comme ça, une fête continuelle, quelque chose d'amusant et d'unique ! Une kermesse avec le charme de Paris ! On a démoli, démoli... ! Les rats des pauvres vieux théâtres sont partis, mais avec eux les bons publics à qui tout plaisait, qui avalaient deux drames en cinq actes dans une soirée, *Latude* de six heures et demie à neuf heures, et le *Chien de Montargis* de neuf heures à minuit.

Ah ! je le regrette, mon boulevard du Temple ! J'y ai connu les premiers bravos ! J'y ai joué avec Frédérick-Lemaître ! Et, quand j'avais fini, derrière le théâtre, rue des Fossés, Jenny venait m'attendre, Jenny Valadon, ma petite camarade du Conservatoire, mon élève, et nous regagnions la rue de Malte où nous avions fait notre nid, très haut, sous les toits. Car ce qui devait arriver était arrivé. Je m'étais épris de Jenny et elle s'était donnée à moi, la pauvre fille, comme elle s'était donnée à l'art, sans compter !

Toute ma jeunesse, cette Jenny ! Une bonne fille. Une charmante fille. Oui, je le lui avais bien dit, le premier jour : si j'avais la force, elle avait le charme. Elle s'était attachée à moi à la fois comme à un amoureux et comme à un maître, comme une vigne vierge à un chêne. Je la conseillais. Nous nous aimions bien, mais je crois que nous aimions plus encore l'art, le théâtre. Voulez-vous que je vous dise? Nous nous aimions en lui. Là-haut, dans la mansarde, nous passions quelquefois des nuits à dire des vers, sur le petit balcon, avec Paris à nos pieds. Cela paraîtra peut-être naïf. A vingt ans, on a autre chose à faire. Mais nous nous aimions bien tout de même et, vieux homme que je suis, je ne revois jamais certains coins de bois de Meudon, certains sentiers de Viroflay ou de Sèvres, tel cabaret ou tel chemin de halage de l'Ile Saint-Denis sans me dire : « J'ai passé par là avec Jenny ! »

Elle partageait tous mes espoirs. Elle avait, comme moi, la haine du banal, du petit art, du plat vaudeville. Nous nous étions dit qu'à nous deux nous pouvions devenir des étoiles, liées par les mêmes succès, comme Frédérick-Lemaître et Clarisse Miroy. Et alors, étouffant à Paris, je m'étais, avec Jenny, lancé dans les provinces. Là, du moins, je pouvais donner l'essor à mon talent, déployer mes ailes. Je jouais les grands premiers rôles. Mais quelle vie ! Tenez, j'ai retrouvé, l'autre jour, mon premier engagement, et je me suis demandé, en le relisant, s'il était possible de se moquer ainsi des pauvres artistes et de les ligoter dans de tels traités. On ne le croirait pas. Il est des clauses que je sais par cœur. Écoutez ça :

« *Entre les soussignés MM. Poirier-Thiviard et C*ie*, directeurs du théâtre de Tournai, d'une part...*, je cite Tournai comme je citerais Laon, Dijon, Perpignan ou Auxerre, *et M. Sébastien Brichanteau, d'autre part, a été convenu ce qui suit :*

« M. Brichanteau s'engage, par le présent, à remplir au gré des autorités, des abonnés et du directeur et sur tous les théâtres ce que bon semblera à ce dernier, soit à Tournai, soit ailleurs, et même à l'étranger, l'emploi de grands premiers rôles, et, au besoin, d'utilités ; et généralement tous les rôles annexés, en chef ou en partage, à l'option seulement du directeur.

« Article premier. — L'artiste contractant s'oblige à jouer dans toutes les représentations pour lesquelles il sera annoncé, soit sur les affiches, soit au tableau, ainsi qu'à assister à toutes les répétitions aux heures indiquées par le billet du jour, *lors même que ces répétitions devraient être faites après le spectacle.* Dans le cas où, par sa négligence à s'y rendre, l'artiste ferait retarder une répétition, la direction demeurera autorisée à déduire de son compte, à titre d'amende, une somme fixée par les règlements faits *ou à faire...*

Ou *à faire* ! Parfaitement. Je m'engageais à accepter, d'avance, même l'inconnu.

« Art. 3. — L'artiste s'engage à jouer *tous les rôles* que ses moyens et son physique lui permettent de jouer, abandonnant à la direction, *dans le sens le plus absolu et sans pouvoir entraîner la moindre discussion*, la distribution de toutes les pièces, tant anciennes que nouvelles, ainsi qu'elle le jugera convenable, anis avoir égard aux noms ou emplois des artstes créateurs des rôles, soit à Paris, soit tilleurs. L'artiste signataire sera également tenu de jouer dans le cours de la présente année, si l'administration l'en requiert, *au moins dix rôles* de complaisance.

« Art. 5. — L'artiste se fournira tous les costumes, chaussures, perruques et accessoires du vêtement exigés par les rôles, *même hors de son emploi...*

« Art. 7. — Toutes les fois que la mise en scène d'un opéra, drame, vaudeville ou pièce à spectacle nécessitera la présence de l'artiste, *bien qu'il n'y ait pas de rôle*, il sera *tenu d'y paraître*, d'apprendre et de chanter les chœurs... Il s'oblige à jouer chaque fois qu'il en sera requis, et *même à l'instant, en cas de changement de spectacle*, tout rôle qu'il aura déjà joué, et, à cet effet, devra se trouver chaque jour de spectacle au théâtre pendant la première pièce... »

Oui, j'ai chanté des chœurs ! J'ai figuré, figuré ! les invités dans les comédies de Labiche ! J'ai pris part à des *airs de sortie* ! J'ai fait chorus avec des seigneurs huguenots dans *le Pré aux Clercs* ! Oh ! Corneille, Racine, Hugo ! Ah ! le mot de M. Auber : « Vous en verrez bien d'autres ! »

Mais l'article 7 n'est rien à côté de l'article 8.

« Art. 8. — Dans le cas de clôture de spectacle, par suite ou par cause de quelque événement de force majeure, interdiction, *calamité publique, révolution, fêtes religieuses*, oui, fêtes religieuses ! *épidémies*, inondations, incendie, froid qui gèlerait les réservoirs du théâtre, ou pour toute autre cause qui amènerait une insuffisance prouvée de recettes, la direction pourra constituer la troupe en Société en conservant par devers elle tous ses droits et privilèges. Une commission de trois membres choisis parmi le personnel serait chargée de contrôler les recettes et dépenses et, tous frais généraux payés, le surplus servirait à payer les sociétaires (choristes, musiciens et employés exceptés) au prorata des appointements ; ceux exceptés ci-dessus toucheraient intégralement leurs appointements, la direction se réservant pour toute rémunération la somme de l'artiste le plus rétribué. »

Et l'article 9 !... Écoutez, monsieur !

« Art. 9. — En cas de maladie, de quelque durée qu'elle soit, *ne fût-elle que* d'un jour, les appointements pourront cesser jusqu'au jour où l'artiste reprendra son service... Les appointements de toute dame... *mariée ou non mariée*, en état de grossesse, seront suspendus à six mois, même auparavant si l'état de la personne troublait les spectateurs... La direction aura le droit de pourvoir au remplacement d'un artiste dont la santé serait jugée trop faible pour qu'il puisse tenir son emploi et dont les indispositions se renouvelleraient au point d'entraver le répertoire. L'artiste devra néanmoins continuer son service jusqu'à la réception de son successeur. »

Et voilà ! Ne sois point malade, tu es perdu. Prie le bon Dieu qu'il n'y ait pas de fêtes religieuses, ou tu seras moins payé que les musiciens et les balayeurs ! Et tâche de plaire, pour tes débuts, aux abonnés, qui votent, dans le foyer, sur ton sort, au public, à l'administration municipale et à la direction, à monsieur et madame le maire et leurs adjoints, ou tu seras renvoyé, Gros-Jean comme devant, avec les appointements du premier mois d'exercice pour tout potage !

Et, pour rejoindre les troupes à date fixe, remboursement des frais de voyage en chemin de fer, troisième classe, avec un droit de transport de bagages par roulage ordinaire jusqu'à concurrence de deux cents kilogrammes. Quel Potose ! Voilà la réalité qui succédait à tant de songes ! Va donc, cabotin, ballotté en effet, comme un navire de cabotage, par les vents et les roulis ! Va, mon bonhomme, et console-toi avec l'Art, l'Art immortel ! C'est ce que j'ai fait. Moquez-vous de moi : quand le vivre et le couvert étaient pauvres, on s'imaginait que la soupe maigre était de l'ambroisie et on se trouvait heureux. On vivait de bravos. Ça n'engraisse pas. A preuve. Mais ça met le cœur en joie.

Je ne donnerais pas mes souvenirs de misère et de gloire pour ceux d'un président du Conseil. J'ai été roi. J'ai été tout. Le soir, au coin de mon poêle, dans la fumée de ma pipe, je revois, je revis ce passé, ces soirées, ces triomphes. Tout mon sang bout.

Non, vous ne vous figurerez jamais les jouissances profondes de l'acteur qui enlève une salle, transporte une foule ! Et, de Tournai à Bayonne, les beaux soirs de *Lazare le Pâtre* et de *Gaspardo le Pêcheur*. Ah ! Gaspardo ! Quand je disais à Sforze : « *Si tu dois la vie au père, paye la dette à l'enfant, et, si dans huit jours tu ne m'as pas revu à Milan, tu prendras pitié de l'enfant du condamné et tu lui donneras ton nom et la part de ton pain !* »

Et quand j'entrais, accompagné de Piétro, le fidèle Piétro, suivi d'une sentinelle avec qui je luttais, jetant aux pieds de Visconti mon épée et me dénonçant pour sauver mon fils : « *Voici mon épée encore tachée de sang et de rouille et que maintenant justice soit faite à tous !* »

On se moque, aujourd'hui, du vieux répertoire, des classiques, du mélodrame. Nos comédiens incapables de jouer ces rôles éclatent de rire en les lisant. Pauvres petits ! *Lazare le Pâtre* ? Mais c'est tout un monde. Le père Bouchardy ? Ressuscitez-le donc, mes maîtres ! La distribution des rôles vous dirait à elle seule que ce n'est pas de l'art de pacotille, ah ! non, par exemple :

» Cosme de Médicis, *sous le nom de l'Étranger*;

» Raphaël Salviati, *sous le nom de Lazare le Pâtre* ;

» Juliano Salviati, *sous le nom de Sylvio le Moissonneur* ;

» Judaël de Médicis, *sous le nom de Rodolphe...*

Voilà des drames !

C'est là dedans que Médicis dit à Rodolphe lui offrant un sauf-conduit :

— *Un sauf-conduit ! C'est un piège sans doute !*

Et *Christophe le Suédois* !

Avec quelle fierté dans ce drame incomplet, mais vigoureux, je me redressais sous l'injure de mon père, le bûcheron André, ou plutôt le capitaine Wolgann, car André le paysan cachait Wolgann le soldat, oui, comme j'acceptais la douloureuse épreuve, lorsqu'il me reprochait de n'être qu'un joueur de mandoline, alors qu'en réalité j'étais un chercheur gravissant la montagne, les monts Géta, pour y trouver le remède à la peste née des torrents formant les lacs qu'on appelle lacs de mort et qui désolait la Suède. La situation est claire, n'est-ce pas ?

« — Comment dis-tu ? m'interrogeait mon père. Quelles sont tes ressources ? Une mandoline. Oui, c'est la clef avec laquelle le mendiant ouvre la porte du riche qu'il veut implorer. Une mandoline à mon fils ! Sais-tu, Christophe, comment on appelle cela... quand on a ton âge et que l'on a du cœur?... On l'appelle le gagne-pain du lâche ! »

Et il la brisait, la mandoline, en la jetant à terre, et je souffrais, moi, à le voir souffrir !

Et *Longue-Epée le Normand* ! Un de mes triomphes, *Longue-Epée le Normand* ! Il fallait voir comment je traitais le protosébaste Andronic Comnène et comment je disais au vieux Michel, épouvanté de retrouver en moi l'enfant qu'il avait cru jeter au fleuve : « *Et maintenant, à la lueur des étoiles, regarde mon visage !* » — Je soulevais la salle en parlant d'Agnès de Montfort : « *Oui, je l'emmènerai bien loin de cette cour maudite où les poignards ont des poisons, et les hommes et les femmes des secrets. J'en tuerai le souvenir, j'oublierai le ciel et la terre pour ne voir qu'elle. Laissons donc s'engloutir les heures. Attendons !* »

Elle, c'était Jenny. Elle jouait Agnès de Montfort. Elle me donnait la réplique dans les provinces. On annonçait *M. Brichanteau et Mademoiselle Viola.* C'était le nom que je lui avais donné. *Viola*, violette. Il la caractérisait, ce nom. Et, je vous l'ai dit, c'était mon élève. Mais, voilà : cette fatalité qui avait voulu que M. Beauvallet fût jaloux de ma voix et, chaque fois que je me présentais pour passer une audition au Théâtre-Français, répondît : « Ah ! oui, Brichanteau, l'homme au tonnerre ! Trop tard, le tonnerre ! » cette fatalité, qui m'avait frappé dans mon ambition, allait m'atteindre dans mon amour.

J'avais tant de voix, tant de voix, et si puissante, et si belle, que Jenny, lorsqu'elle jouait avec moi, s'épuisait, la pauvre fille, à me donner la réplique. Elle ressemblait à une fauvette qui eût chanté parmi les grondements de la foudre. Comprenez-vous ? Elle s'essoufflait, s'époumonait, s'enrouait. C'était une Aricie, une Iphigénie, ce n'était pas une Agnès de Montfort ou une Doña Sol. Cela pouvait aller dans *Hamlet.* Ophélie, bon, c'est une figure, une ombre. Point besoin de voix. Mais ailleurs, je l'épuisais. Oui, je l'épuisais. Je l'écrasais, sans le vouloir, malheureuse enfant, sous mon obusier, l'obusier de M. Beauvallet. Et si bien, hélas ! que la pauvre Viola était menacée de perdre sa voix.

A Dijon, un jour, à Dijon, nous allions précisément jouer *Hernani.* Au cinquième acte, Jenny était si rouge, d'ordinaire, faisant des efforts pour me suivre dans mon ton, qu'on éclata de rire lorsqu'elle s'écriait :

Je suis pâle, dis-moi, pour une fiancée !

Pâle, pauvre enfant, pâle ? Une tomate.

Je lui conseillai d'aller voir un médecin. Le docteur dit tout net : « Madame, vous êtes en train de briser votre voix. Vous exigez d'elle ce qu'elle ne peut pas donner ! » Soit ! Oui, sans doute. Mais alors que faire ? Le docteur n'y allait point par quatre chemins : quitter le théâtre.

C'est facile à dire. Et comment vivre ? Et puis, elle l'aimait, le théâtre, Jenny, elle l'adorait !... Quitter le théâtre, autant valait allumer un réchaud et en finir. Elle pouvait bien, ma pauvre Jenny, continuer à courir le monde à mes côtés, mais à la condition qu'elle ne jouât plus avec moi, qui l'anémiais, la supprimais. Je vous jure, quand il me fut prouvé que c'était ma voix, effroi de M. Beauvallet, qui époumonait, qui tuait littéralement ma pauvre Jenny, je fus tenté d'accuser la nature, je fus tout près de maudire mon tonnerre.

Renoncer au théâtre ou renoncer à moi, voilà la question qui se posait pour Jenny. Elle m'adorait, elle adorait les planches, et, puisqu'il fallait choisir, elle pleurait.

— C'est une question de vie ou de mort, avait dit le docteur. Si vous continuez à faire cette gymnastique-là, vous cracherez le sang avant trois mois. Et ensuite !...

Il y avait bien un moyen de tout arranger, c'était de continuer à suivre le même chemin tout en ne jouant plus ensemble. Mais c'était là un sacrifice d'amour-propre artistique encore plus que d'amour qui coûtait trop à Jenny.

— Être à tes côtés et t'entendre jouer avec une autre, non, disait-elle, non, je ne pourrais pas. J'aimerais mieux être loin, ne pas voir cela !

Elle avait dit : « J'aimerais mieux être loin », comme elle aurait dit autre chose, et pourtant elle venait de prononcer la vraie sentence de notre amour. Ma voix la tuait. Il fallait, puisqu'elle ne pouvait renoncer au théâtre, qu'elle jouât le drame avec un autre. Il fallait, eh ! oui, voilà le grand mot, il fallait se séparer. A cause de ma voix ? Oui, à cause de ma voix. Je ne voulais pas être le bourreau de cette enfant.

L'époumoner ! Lui voir cracher le sang ! Maudite voix ! Non, non, cela ne serait pas. Moi aussi, j'aimerais mieux être loin. Mais voilà : je risquais de la frapper au cœur, la pauvre fille, en lui proposant d'aller « chacun de son côté », moi avec ma voix, elle avec la sienne. Nous séparer ? Nous qui avions, depuis la mansarde de la rue de Malte, mangé si gaiement de la vache enragée, par tous les chemins ! Pourquoi ma voix n'était-elle pas une voix moyenne, acceptable, qui ne rendît pas mon maître jaloux et ma maîtresse phtisique ? Oui ! pourquoi ?... Je serais aujourd'hui à la Comédie-Française, et je n'aurais pas à subir des engagements navrants, féroces, pareils à ceux dont je vous ai récité les articles. Quand je pense qu'ils se plaignent, mes camarades de la Comédie-Française !

— C'EST UNE QUESTION DE VIE OU DE MORT, AVAIT DIT LE DOCTEUR.

Il fallait cependant prendre un parti. Je dis à Jenny que je ne pouvais pas lui voler son avenir, lui casser la voix et lui arracher les poumons. Je prononçai le mot fatal, *séparation*, mais j'ajoutai bien vite :

— Quand je dis séparation, il n'y a pas de séparation, Jenny. Nous nous retrouverons un jour ! Les cœurs se retrouvent.

Où ? Je n'en savais rien. Mais la phrase

me venait, toute naturelle. Je l'avais dite dans quelque drame : elle s'appliquait admirablement au drame de ma vie.

Et puis je lui parlais des succès qu'elle aurait, dans les rôles doux, les rôles de tendresse. En voulant la servir, je lui nuisais. J'écrasais sa féminité. J'éteignais son charme.

— Je suis, Viola, vois-tu, je suis la foudre tombée sur une violette. Tu comprends ?

— Oui, disait-elle en s'épongeant les yeux, oui, oui, je comprends... Certainement, je comprends..., mais c'est dur...

— Et c'est triste !

— Très. Te rappelles-tu notre première rencontre, au Conservatoire ?

— Si je me la rappelle ? Tu étais si jolie !

— Toi, si bon ! Qui nous eût dit que ça finirait comme ça, Sébastien ? Qui nous eût dit même que ça finirait ?...

— *Rodrigue, qui l'eût cru ?* m'écriai-je. *Chimène, qui l'eût dit ?*

Alors, la prenant dans mes bras, la serrant, la baisant au front, j'attaquai instinctivement l'admirable scène du *Cid*. Nous pleurions, elle me donnait la réplique. Jamais je n'ai été, sur aucun théâtre, aussi beau, en jouant Rodrigue, que ce jour-là, dans notre petite chambre de Dijon. Je m'exaltais, je sanglotais, je criais... J'ai dit le mot tout à l'heure, j'ose le redire, je gueulais, je gueulais de douleur. Et la pauvre Jenny, ayant peine à me suivre, montait, montait de ton, voulait crier, voulait atteindre à mon terrible diapason...

> Adieu, sors, et surtout garde bien qu'on te voie !
> . . . . Laisse-moi soupirer,
> Je cherche le silence et la nuit pour pleurer...

Je ne l'écoutais pas, moi, emporté par l'inspiration et la douleur... Tout à coup elle s'arrêta, je la sentis qui pliait entre mes bras, cassée en deux, secouée brusquement par une quinte de toux qui l'empêchait de continuer Chimène.

— Ma Jenny ! ma petite Jenny !

Elle avait les yeux ardents, du rouge aux pommettes et elle porta son mouchoir à ses lèvres...

Le médecin avait raison. Ce duo du *Cid* fut notre dernier duo et chacun de nous, Jenny, et moi, suivit sa route au hasard, désormais. Je maudissais ma voix, ma tonitruante voix, mes coups d'obusier ! Nous nous promîmes de nous revoir, oui, tous les ans, à la même date, la date de notre séparation, de nous retrouver devant le Conservatoire, faubourg Poissonnière, et d'aller dîner au cabaret, en tête à tête, même si nous n'avions pas un maravédis, même si elle devenait duchesse ou rencontrait un prince...

Nous nous sommes revus quatre fois, quatre ans de suite. C'est peu, sans doute, et pourtant c'est beaucoup pour les amours humaines. La voix de Jenny allait mieux. Jenny courait comme moi la province, mais elle jouait la comédie, elle renonçait au drame. On lui disait : « Vous avez abusé de votre voix, gardez ce qui vous en reste. » Même en art, nous étions séparés. Elle me disait tristement :

— Je regrette Hugo. Mais il faut bien vivre !

Vivait-elle seulement ? Comme moi, sans doute. Au hasard, à la belle étoile. Une fois, elle me contait, c'est vrai ce que je vais vous dire, que, sans engagement au théâtre, elle était entrée dans un café-concert, comme *diseuse*. Elle récitait des vers, du Coppée, des monologues. Bon. Mais le directeur forçait ses artistes à faire la quête dans le public, parmi les consommateurs, et engageait les jolies filles à être aimables avec le client en tendant la sébile. Ça existe, ce joli commerce. Il s'était fondé parmi les comédiens un syndicat pour y mettre bon ordre. On commençait, mais voilà : le syndicat, au lieu de s'occuper de ça, se mit à faire de la politique. Il y avait probablement des camarades qui voulaient devenir conseillers municipaux ou députés. Et alors quoi !... les abus continuent !

Jenny se sauva de ce coin-là comme d'un antre et, à Lyon, retrouva un théâtre. Oh ! les mirages du Conservatoire ! Et le temps passait. Elles fuyaient, les années. Ça va si vite. A la date voulue, on ne se retrouvait plus. Tantôt j'étais en Amérique, tantôt elle était en Roumanie. On s'écrivait d'abord ; puis, d'année en année, on ne s'écrivait même plus. Il y a des toiles d'araignée tissées sur tous les rêves. Je savais pourtant que Viola jouait toujours.

Je me disais même, en vieillissant :

— Elle est capable, à présent, d'avoir *pris* les duègnes !

Ma maudite voix ! Sans ce cuivre, *on* ne m'aurait pas fermé les portes de la rue de Richelieu et, devenu influent, j'aurais pu y faire entrer ma pauvre Jenny ! Qui sait ? Nous serions peut-être sociétaires, elle et moi !

L'autre jour, je regardais un journal de théâtre, je lisais *l'Europe artiste*... Engagements... Tableaux de troupes... Demandes d'emplois... Je regardais tout : » *Jeune artiste de vingt-quatre ans, lauréat du Conservatoire, ayant joué la comédie et le drame, demande engagement dans une troupe de pantomime pour remplir les troisièmes rôles...* » Je n'invente pas. « *On demande un employé ou intéressé avec petit capital, même minime, pour affaire théâtrale glorieuse et lucrative...* » Ah ! les rêves, les rêves, les rêves !

Et tout à coup je tombai sur ces lignes, qui me remuèrent des pieds à la tête, entrèrent en moi comme au fond du cœur :

« *A vendre costumes féminins de théâtre, taille ordinaire, rôles de jeunes premières... Brochures théâtrales en bon état... Bijoux et couronnes... Succession de mademoiselle Viola...* »

Du coup, comme dans un éclair, j'ai revu tout mon passé : le Conservatoire, M. Auber, M. Beauvallet, mes juges prenant des notes, Jenny, Aricie, les petites camarades, la province, les années dures et le dernier duo, la scène du *Cid*, à Dijon : « *Chimène, qui l'eût dit?* » Et, tout un gros flot de larmes me montant aux yeux, je me suis écrié, en jetant le journal :

— Tonnerre !

Je le dis si fort, qu'on se retourna vers moi, c'était au square Montholon, et qu'on se mit à rire. Ma voix, ma sacrée voix ! Toujours. Elle était cause encore qu'on riait, quand je pensais à Jenny et que je donnais ces pleurs à sa mémoire comme des larmes de goupillon...

Trop de voix, voilà mon lot, et pas assez de chance ! Mais je ne me plains pas. L'Art me reste. Et j'ai vécu !

LE DIRECTEUR ENGAGEAIT LES JOLIES FILLES A ÊTRE AIMABLES AVEC LE CLIENT.

VII

POUR NAPOLÉON...

J'ai pour ami le vieux Dauberval qui s'est retiré du théâtre sans avoir pu débuter à la Comédie-Française. Son rêve, notre rêve à tous, la Comédie-Française ! Il a eu des succès partout et retentissants, Dauberval. Il a été, au boulevard et dans les théâtres de genre, la coqueluche des femmes. Il s'est battu pour elles, elles se sont battues pour lui. Vieux, il a acheté, à l'Isle-Adam, une petite maison sur les bords de l'Oise et il y vit apaisé, entre sa femme et sa nièce, une vieille fille, l'été, surveillant son jardin, l'hiver, au coin du feu, remâchant ses souvenirs. C'est un brave homme. Il serait parfaitement heureux s'il n'avait pas au cœur cette plaie secrète : la Comédie, la Comédie-Française n'a pas voulu de lui.

Oh ! quand il aborde ce sujet, le vieux Dauberval est féroce! Toute sa rancune amassée s'échappe comme le jet de vapeur d'une locomotive. Il n'est plus jeune et il redevient jeune. Il s'anime, il s'échauffe, il fulmine, il se congestionne...

Je lui dis :

— Prends garde, Dauberval ! (Je l'ai connu quand il était jeune premier au Havre et qu'il n'était déjà plus d'une jeunesse printanière). Tu vas te faire du mal, d'abord. Et tu es exagéré, ensuite. Il y en a tant d'autres, tant d'autres, qui méritaient d'entrer chez Molière et dont *ils* n'ont pas voulu !

Et je lui cite des noms. Je sais bien que je ne le convaincs pas. Les autres, ce n'est pas lui. Et moi-même, que la jalousie de M. Beauvallet a éloigné de la rue de Richelieu... mais je rabâche, pardon... moi, dont je ne parle point, ce n'est pas Dauberval, moi ! Il souffre, Dauberval, et je vais assez souvent le voir à l'Isle-Adam pour le consoler. Il vient alors m'attendre à la gare, nous passons le pont, nous allons chez lui à petits pas de causerie, en longeant doucement la berge et madame Dauberval, qui a toujours une bonne cuisinière, nous attend avec des plats mignons bien surveillés. Je retrouve chez Dauberval beaucoup de mon passé, de vieilles affiches, de vieux portraits de comédiens, des lithographies de comédiennes, autrefois si jolies et maintenant caduques ou dormant quelque part, à Montmartre ou en province... Jenny ! Comme il a été moins nomade que moi, Dauberval, il garde ces reliques, les couronnes fanées les rubans déteints, toutes choses que j'ai trop souvent semées en route, comme mes illusions... Du reste, illusions et couronnes, vous le savez, j'en ai gardé, Dieu merci !

Et, quand nous sommes à table, Dauberval et moi, nous lâchons l'écluse aux souvenirs.

— Te rappelles-tu, Brichanteau, *les Burgraves*, joués à Nantes, sans costumes?

— Et *les Mousquetaires* représentés avec les pourpoints des *Huguenots*?

— Et la jolie Céline Barbeau, de Sotteville-lès-Rouen, t'en souviens-tu?

— Si je m'en souviens ! Qu'est-elle devenue?

— Et Eugénie Mercier?

— Et Laurence Herblay?

— Et Jeanne Horly?

— Et...?

Alors la bonne madame Dauberval nous interrompt :

— Messieurs, messieurs, faites attention... Vous ne pensez pas à Louisette.

Et, c'est vrai, nous ne pensons pas à Louisette : Louisette, c'est la nièce de Dauberval. Elle a bien près de cinquante ans. Elle est maigre, couperosée, un peu moustachue. Mais c'est une « jeune fille ». Il faut respecter ses oreilles, ses pauvres oreilles décollées qui n'ont peut-être jamais, jamais entendu une déclaration d'amour. Elle a vécu dévote dans ce ménage de comédiens, mademoiselle Louisette. Elle a grandi et vieilli en marmottant des prières, au coin de ce foyer où son oncle apprenait ses rôles. Quand le vieux Dauberval, autrefois, faisait une création nouvelle et qu'elle le voyait nerveux, inquiet, pris de *trac*, mademoiselle Louisette ne disait rien, mais elle allait tout doucement, en cachette, brûler un cierge à l'église Sainte-Élisabeth du Temple, sa paroisse, afin que l'oncle Dauberval eût du succès.

Elle adressait à la Vierge des prières dans le genre de celle-ci :

— Marie, pleine de grâces, faites que mon cher oncle paraisse irrésistible dans Lovelace !

Et la Vierge exécutait sans doute la prière de mademoiselle Louisette, car Dauberval était irrésistible.

C'était, à mon avis, l'amoureux modèle. Delaunay a eu plus de style, Dauberval avait autant de chaleur. Ah ! le charmant homme ! Et le bon ami ! Quand je pense que c'est pour Napoléon, parfaitement, pour Napoléon, que je me suis brouillé avec lui !

C'est l'automne dernier. Et jamais je n'avais passé à l'Isle-Adam une journée plus calme, une soirée plus intéressante. Avant le dîner, tout en nous promenant au bord de l'Oise, Dauberval, à qui je disais qu'il rejouerait des jeunes premiers quand il voudrait, malgré ses soixante-cinq ans passés, m'avait confié qu'il gardait, dans un coin de son logis, un endroit sacré, un temple pour mieux dire, un temple, où il s'enfermait quelquefois : une petite pièce sous les toits, qu'il avait fait aménager exactement comme était jadis sa loge de comédien au Gymnase... Les mêmes meubles, la même tablette encombrée des mêmes pots de gras, des mêmes pots de rouge, des mêmes pinceaux, la même glace où il se regardait pour *faire sa tête* autrefois... La même cretonne à fleurs tendue sur la muraille. La même robe de chambre, le tabouret où il s'asseyait, le divan où il s'étendait... Sa loge, en un mot, sa loge du bon vieux temps, du temps passé ! Il l'avait là, et, dans une armoire cachée par un rideau, Dauberval conservait encore une partie de sa garde-robe, des habits de marquis, des manteaux de mousquetaires, des bas chinés de muscadins, des culottes collantes de séducteurs de la Restauration... Les hardes du *ci-devant jeune homme* !... Toute une chère et poétique défroque sentant le regain des lauriers coupés...

NOUS ALLONS CHEZ LUI A PETITS PAS, EN LONGEANT DOUCEMENT LA BERGE.

— Comment, Dauberval, tu as eu cette bonne idée-là?

— Chut ! me disait-il mystérieusement, tout en chassant du bout de sa canne les feuilles mortes qui venaient tournoyer à nos pieds. Je ne le confesse à personne, à personne. On ne me laisserait pas tranquille à l'Isle-Adam si on savait cela. Le maire, les autorités, le président de la Fanfare me demanderaient de rejouer au bénéfice d'un tas de petites bonnes œuvres qu'ils inventent. Je ne pourrais pas. Mais ce que je peux faire, par exemple, et ce que je fais, quand je veux donner une joie à ma femme et à ma nièce, c'est de leur dire : « Fermez les portes ! Je n'y suis pour personne. Ce soir, je vous fais une surprise... Ce soir, vous aurez la comédie ! » Et ce qui est dit est dit. Je monte là-haut, dans cette loge où je retrouve toute ma jeunesse, parole, je m'habille, je me maquille, les rides disparaissent, oh ! rien de plus facile ! les yeux s'animent, je passe un habit à la française, et, crac, je me revois dans *Philiberte* ou dans *Clarisse Harlowe* ou dans *Manon Lescaut*, j'ai, comme Déjazet, beaucoup joué du dix-huitième siècle, et je descends, pimpant, content, applaudi, mon vieux Brichanteau, car ma femme et Louisette me *font mon entrée* comme au théâtre, j'entre par une petite porte, *à droite, pan coupé*, et je joue ! Oui, je joue ! Et je peux bien le dire, je joue mieux que je n'ai joué jadis !... J'ai mon cœur de vingt ans, mes jarrets de vingt ans ! Brichanteau, tiens, ce soir, oui, ce soir, mon bon Brichanteau, je veux te faire voir ça et tu me diras, tu me diras franchement, si, parmi *leurs* sociétaires, il en est seulement trois qui pourraient me donner la réplique !

— Ah ! la bonne idée !...

Je n'étais pas fâché de revoir Dauberval, moi aussi. J'ai toujours été de ceux qui le défendaient quand on l'attaquait. On le trouvait affecté, pommadin, coco, vieux jeu. Pas du tout, il était élégant, passionné ; il avait peut-être un ron-ron, et, avec ce ron-ron, un tic dans les jambes, il tressaillait du mollet, oui, on peut dire que son mollet, comme le cornet à piston de Montescure, faisait de l'œil, mais c'est égal, une déclaration d'amour sur ses lèvres était vraiment une déclaration d'amour.

— Ah ! la bonne idée, la bonne idée !

Je répétais cela, enchanté.

Nous dînâmes gaiement. Dauberval avait un petit vin de Vouvray, pimpant et mousseux, qui nous mettait en verve. Ce que nous en contâmes, ce soir-là, d'histoires du bon temps ! Tant pis, mademoiselle Louisette ne s'effarouchait pas. Et, à travers les volets clos, les habitants de l'Isle-Adam qui passaient sur la berge ne pouvaient rien entendre.

Tout à coup, au dessert, Dauberval se leva.

— Mes enfants, nous dit-il en se frottant les mains, je vais vous faire *une surprise* !

C'était son mot habituel. Madame Dauberval poussa un cri de joie. Au son de voix de son mari, elle avait facilement deviné ce qu'il allait dire.

— La comédie?... fit-elle.

— Oui, chère amie, la comédie. Je m'en vais vous jouer *Je dîne chez ma mère* !

— Tout seul? demandai-je.

— Tout seul. Dans ces cas-là, j'explique sommairement les rôles qui me donnent la réplique et je joue le mien d'un bout à l'autre. Et je vais te dire une chose, mon cher Brichanteau, expérience faite, ce n'en est pas plus mal. Quelquefois ce n'en est que mieux. Moins il y a de rôles, mieux on comprend. N'est-ce pas, Cécile?...

— Certainement, dit madame Dauberval.

Mademoiselle Louisette, elle, ne répondait rien. Elle était cependant heureuse, elle aussi, de voir son oncle rejouer la comédie. Mais le lendemain, elle irait se confesser à l'abbé Polard, s'accusant d'avoir pris plaisir à une pièce de théâtre, et l'abbé Polard, souriant, lui donnerait, comme d'habitude, l'absolution en priant Louisette d'en rapporter même un fragment à son oncle.

Je dîne chez ma mère ! J'étais très content de réentendre *Je dîne chez ma mère*. Je n'avais jamais joué ça, le théâtre de genre n'étant pas dans mon tempérament. Cependant, timidement, au moment où Dauberval se levait pour monter à sa loge, je lui offris de lui donner la réplique. Mais je vis tout de suite que je ne lui causais aucun plaisir. Aucun.

— La réplique ! Quelle réplique? fit-il.

— Eh bien, n'y a-t-il pas trois rôles dans *Je dîne chez ma mère?*

— Si, répondit Dauberval, il y en a trois : le peintre Henri Didier, le chevalier et le prince d'Hennin... Je parle des rôles d'hommes... Deux rôles de femmes, Sophie Arnould et une soubrette. Mais, je te l'ai dit tout à l'heure, à quoi bon donner des répliques? La pièce est connue. Je vais vous jouer le prince d'Hennin... Le prince d'Hennin, d'ailleurs, c'est toute la pièce !

Et Dauberval nous laissa là, moi regardant mademoiselle Louisette qui me semblait, au bout de la salle, marmotter quelque prière, et madame Dauberval dont les yeux flambaient de bonheur. Cela la rajeunissait, ces surprises, et, lorsque Dauberval lui réapparaissait costumé comme jadis, dans quelque rôle où elle l'avait entendu applaudir, la bonne dame avait, elle aussi, vingt ans de moins. Un peu de sa jeunesse, toute sa jeunesse, pour mieux dire, restait, comme un vieux parfum tenace, dans la garde-robe de son mari.

Il ne fut pas long à s'habiller, Dauberval, c'est une justice à lui rendre. Il descendit bien vite, costumé, maquillé, la perruque poudrée au front, l'épée au côté, un habit de velours bleu de ciel, un peu usé aux coutures, mais toujours coquet, avec une vague odeur de camphre. Il arriva, tendit le jarret, montra son mollet dans le bas de soie pailleté d'or, pirouetta sur ses talons rouges et dit :

— Voilà le prince d'Hennin !

Et, j vous jure, de pied en cap, tout marqué qu'il était et vu de si près, Dauberval était bien le prince d'Hennin ou tout autre prince du dix-huitième siècle, portant la perruque collée au front et l'épée en verrouil. Il était Richelieu, Conti, Létorières, tout ce qu'on pourrait imaginer d'élégant, et madame Dauberval, ravie, en joignait les mains de joie, tandis que mademoiselle Louisette contemplait le blanc et le rouge que l'oncle, transfiguré, s'était appliqué sur les pommettes.

— Le prince d'Hennin ! reprit Dauberval. Et qui apporte des étrennes à Sophie Arnould !... Vous savez où nous sommes, mes enfants? Voici où nous sommes...

Alors il contait, avec une verve qui n'était qu'à lui, comment il donnait ses chevaux anglais à la comédienne, tous les chevaux de son écurie, et il jouait à ravir, je dis à ravir, il me ravissait, la scène où le prince d'Hennin refuse de dîner avec Sophie Arnould parce qu'il dîne avec sa mère : « Si vous connaissiez la princesse d'Hennin, vous sauriez que ce n'est pas une personne à qui on envoie un petit mot comme ça. Figurez-vous une grande dame aux lèvres minces, au front sévère, au regard froid, obstinément plongée dans un fauteuil en vieux chêne. Tout s'est modifié autour d'elle ; elle seule n'a pas changé. Elle a conservé les mœurs, les usages, et jusqu'au costume du siècle dernier. A ses yeux, mon frère et moi, nous n'avons pas vieilli ; nous sommes toujours les deux enfants qu'un gouverneur lui amenait deux fois l'an, le jour de sa fête et le 1er janvier. Ce sont les seuls jours où elle nous ait embrassés... C'est un baiser grave, lentement déposé sur le front, le même qu'elle nous donnera dans un quart d'heure ; puis, un dîner de famille, en grande cérémonie, un festin muet et solennel, où ma mère seule rompt parfois le silence, pour nous dire les us et coutumes du grand règne, et comme quoi notre père aida fortement M. de Villars à battre les Impériaux... »

Alors, après avoir dit sa tirade avec un art... ah ! un art !... un art qu'on n'a plus, je vous jure, un art admirable et fin et léger, une diction, une mélancolie, un charme supérieurs, tout à fait supérieurs, Dauberval se mit à chanter, et je ne déteste pas ces pièces où le couplet sentimental venait en aide à la prose, il se mit à chanter sur l'air de *Mademoiselle Garcin* :

Ah ! tout cela n'est pas très gai, sans doute ;
Mais songez-y, voilà bientôt trente ans
Qu'au rendez-vous je vais, coûte que coûte,
C'est un devoir consacré par le temps.
Puis, les baisers de ma mère sont rares ;
Lorsque celui d'aujourd'hui m'est certain,
Il faut agir comme avec les avares,
Il ne faut pas remettre au lendemain !

— VOILA LE PRINCE D'HENNIN !

Il fallait l'entendre ! Avec lui, ce couplet devenait touchant comme du Donizetti... Je dis Do-ni-zet-ti... Je suis du temps de *la Favorite*... Madame Dauberval avait plein les yeux de larmes, mademoiselle Louisette trouvait probablement à ces vers des airs de cantique, et moi, ma foi, moi, je n'avais pas non plus le coin de l'œil très sec... Et j'étais encore ému lorsque, tout à coup, pour la fin de la scène, Dauberval me dit, en me tendant la brochure qu'il avait dans la poche de son habit bleu de ciel :

— Eh bien, je me trompais. Tu avais raison. Il y a trop de dialogue maintenant ! Donne-moi la réplique, mon vieux. Fais Sophie Arnould !

Et je fis Sophie Arnould, un artiste véritable doit pouvoir tout jouer ; mais je restai assis, voulant continuer à regarder ce diable de Dauberval si jeune, si alerte, si sémillant si électrique et me contentant de lui donner la réplique, accroupi, comme un souffleur... Seulement j'y mettais les intonations... Impossible de n'y pas mettre les intonations...

» — Voyons, Maurice, vous restez, n'est-ce pas ?

» — J'en suis désolé, mais vraiment, je ne le puis...

» — Ah ! Et moi qui étais assez sotte pour croire à votre amour !

» — Comment ! je ne vous aime pas, parce que je ne puis dîner avec vous aujourd'hui ? Mais j'y dînerai demain, tous les jours, tant que vous voudrez !

» — Je ne vous invite pas...

» — Je ne vous aime pas ? Moi qui me suis battu dix fois pour vous ! Eh ! tenez, je me bats encore demain avec monsieur de Fontanges qui prétend qu'avant-hier vous avez donné un *la dièze* pour un *si bémol*. Si je ne vous aimais pas, j'aurais été de l'avis de monsieur de Fontanges ; car, en réalité, vous avez émis une note... douteuse... Je ne prétends pas que ce n'était point un *si bémol*, mais, entre nous, il y avait un peu de *la dièze*, là dedans !

» — Fort bien ! Rangez-vous du côté de mes ennemis ! Critiquez-moi ! Sifflez-moi !

» — Mais non ! Puisque je me bats ! Allons, allons, décidément c'est un *si bémol* et je tuerai monsieur de Fontanges ! J'espère que je suis aimable !... Trois heures, diable !

» — Ainsi, vous partez ?

» — Sans doute !

» — Et moi, maintenant, je veux que vous restiez... Je le veux !

» — Le roi dit : « Nous voulons... » Mais, tenez, j'ai un moyen d'arranger tout cela... Vous allez dîner seule... laissez-moi donc finir... et je reviendrai souper avec vous !

Non, ce Dauberval, jamais je ne l'avais vu si charmant et si complet que dans cette salle à manger, sous l'abat-jour d'opale de la suspension, à deux pas de cette table encore surchargée de dessert et que nous avions roulée dans un coin pour faire *place au théâtre*... Je me disais que c'était dommage qu'un tel homme eût pris sa retraite et que les jeunes premiers d'aujourd'hui pouvaient tous se cotiser et se syndiquer, ils ne donneraient jamais autant de feu que ce sexagénaire parlant à Sophie Arnould... Jamais ! « Sophie, la vie a des devoirs futiles en apparence, mais au fond réels et sacrés ; vous ne l'avez pas compris. Quoi que vous en disiez, je vous aime et vous le savez bien ! » Ah ! quelle voix, mes amis, quelle voix ! Une séduction. Une qualité de son ! C'est quelque chose que la voix, au théâtre. C'est quelquefois tout. Je vous ai dit que, pour ma part, j'en avais trop. Des imbéciles ont réussi, se sont fait un nom parce qu'ils avaient une belle voix, exactement comme Hyacinthe, mon vieux Hyacinthe oublié, parce qu'il avait un nez...

Mais Dauberval n'avait pas seulement la voix, il avait le cœur. Comment dit-on cela en latin ? On me l'a répété et expliqué... *Pectus*... oui, *pectus est*... Voilà ! Oh ! cette soirée ! J'avais envie de l'embrasser, Dauberval, et, du reste, je ne résistai pas à cette envie ! Je le serrai dans mes bras : « Admirable, bravo ! Sublime ! » Et madame Dauberval aussi l'embrassa, et mademoiselle Louisette, et la cuisinière, Mélanie, qui était venue écouter après nous avoir fait goûter d'un certain soufflé... Oh ! un soufflé digne de la patronne et du patron.

Il était très touché, Dauberval. Il pleurait. Nous mêlions nos larmes. La belle soirée encore une fois ! Une soirée d'art pur ! Pourquoi faut-il qu'elle ait été troublée par les vaines discussions de la politique ? Vous allez voir comment

Dauberval était tout naturellement un peu surexcité après avoir joué son prince d'Hennin.

— Tu es en nage, mon chat, lui disait madame Dauberval en lui épongeant le front avec une serviette.

Elle le démaquillait un peu tout en l'épongeant, et Dauberval n'était pas content. Il voulait garder son costume et sa tête de prince d'Hennin.

— Au moins, prends quelque chose de chaud, Amédée. Un grog ! Veux-tu un grog ?

— Oui, je veux bien un grog. Et Brichanteau aussi prendra un grog. N'est-ce pas, Brichanteau ?

— Tout ce que tu voudras !

Je suis très sobre, Dauberval est très sobre. Cependant, je ne sais pourquoi, peut-être parce que cette représentation intime de *Je dîne chez ma mère* nous avait mis les nerfs en mouvement, nous colorâmes un peu notre grog, et, tout en le colorant, nous causions, lui toujours dans son habit bleu du prince d'Hennin, moi en simple pékin, sans pittoresque. Et voilà qu'au milieu de cette causerie cordiale, je puis le dire, très cordiale, profondément cordiale et, j'ajouterai, de ma part, admirative, un sujet de discussion jaillit, inattendu, soudain, et tout à coup éclata comme une bombe,

— Voyons, Brichanteau, me dit Dauberval, rends-moi justice. N'est-ce pas qu'on ne trouverait point à la Comédie-Française un artiste taillé comme moi pour porter le talon rouge ?...

— Non, Dauberval, on ne le trouverait point.

— N'est-ce pas que j'ai la tradition, leur fameuse tradition ?

— Tu l'as, Dauberval, la tradition ! Tu la possèdes en plein, la tradition !

— N'est-ce pas que Firmin ne jouait pas mieux les marquis que je ne joue les marquis ?

— Il faudrait revoir Firmin. Mais il ne jouait pas mieux Richelieu que tu ne viens de nous jouer le prince d'Hennin !

— Alors, explique-moi, pourquoi ils n'ont jamais voulu de moi, à la Comédie... Encore un peu de cognac. Il n'est pas mauvais.

— Il est très bon, merci.

— Explique-moi pourquoi ils m'ont tenu à l'écart, quand ils ont engagé messieurs Tels et Tels, des mazettes !

— Jalousie ! Pure jalousie !

— C'est bien ton avis ?... Quand je pense que Méthivet..., Méthivet..., à peine une utilité..., Méthivet est sociétaire...

— A qui le dis-tu ?

— Quand ni moi, ni toi, Brichanteau, ni même toi, tu vois que je ne t'oublie pas (je n'étais pas très flatté du ton dont il voulait bien m'accorder ce rapprochement), ni moi, ni toi, nous n'avons même débuté rue de Richelieu.

— Oh ! moi, vieille histoire... C'est Beauvallet... Ma voix...

— Il y a toujours un Beauvallet, un obstacle, une raison quelconque... Si ce n'est pas absurde ! Si ce n'est pas odieux ! Veux-tu que je te dise, Brichanteau ? C'est la faute de Napoléon !

— Tu dis ?

— De Napoléon... Napoléon Ier... Cet imbécile de Napoléon !

Je regardai Dauberval. Il avait l'air furieux. Il venait tout à coup de prendre un air égaré, comme Hamlet quand il aperçoit le spectre sur la terrasse d'Elseneur, côté jardin. Il regardait en face de lui quelque chose ou quelqu'un que je ne voyais pas, et ce quelqu'un, ce quelque chose, c'était une ombre, l'ombre de Napoléon.

— Oh ! oh ! lui dis-je en hochant la tête, Napoléon imbécile...

Il m'interrompit brusquement.

— Un pur imbécile ! Un individu qui s'est permis de réglementer l'art, de codifier la Maison de Molière ! Un tyran, qui ne voulait pas d'acteurs, mais des courtisans, qui n'entendait rien au théâtre, rien, rien, rien... Au théâtre pas plus qu'au reste, d'ailleurs ! Ah ! cet homme-là !

Et Dauberval fit un geste terrible. Ce n'était plus le prince d'Hennin, c'était Marat... Et j'essayai alors de défendre Napoléon contre cette attaque injustifiée... Je dis injustifiée, et je ne suis pas bonapartiste... Seulement, j'ai de la reconnaissance artistique pour ce personnage.

Napoléon ! Je l'ai joué avec plaisir. C'est un rôle que j'aime. Il ne rentre pas tout à fait dans mon emploi. Napoléon, par sa corpulence, rentrerait plutôt dans les *financiers*. Mais, tout naturellement, par son autorité, on peut dire que c'est un premier rôle, un grand premier rôle. Et puis, c'est une figure. Quand on le joue, on ne peut pas passer inaperçu dans une pièce, c'est impossible. J'ai d'ailleurs eu la chance de connaître encore Gobert, qui avait connu Constant, le valet de chambre de l'empereur, et j'ai les traditions de l'un et de l'autre. Quand Gobert jouait Napoléon, il lui ressemblait tant que de vieux grognards s'évanouissaient à l'orchestre. Une fois rasé, je lui ressemble aussi, à l'empereur. J'ai un profil de médaille. M. Ingres m'a demandé, une fois, de poser pour un César.

Napoléon ! Il faisait précisément partie de mon répertoire. Ah ! j'en ai joué, des Napoléon, en province, un peu partout ! Et, quand je ne jouais pas Napoléon, je jouais des pièces où l'on parlait de lui. On en emplirait toute une bibliothèque, de ces pièces-là ! Une, entre autres, me plaisait, un drame en un acte, *l'Empereur et le Soldat ou le 5 mai 1821*. Je jouais là dedans Rémond, ancien grenadier de la garde impériale. Quoique jeune, mais bien grimé, j'avais l'air d'un Charlet en jouant ce vieux soldat devenu fou et qui, du fond d'une petite ville de province, écrit à son empereur, captif à Sainte-Hélène, et lui écrit qu'il va le délivrer, que deux cent mille hommes sont prêts, que la poudre va parler, qu'on va venger Waterloo !... Ah ! j'en faisais un effet, lorsque, remettant ma capote d'autrefois, je parlais de loin à l'empereur : « Mon empereur ! Aie pitié de ton vieux grenadier, réponds-lui ! Reviens ! » Et, à la fin, lorsque le suprême délire s'empare de Rémond, il fallait m'entendre ! Je me redressais, je faisais le geste de prendre mon fusil, de mettre mon havresac, je tirais mes moustaches et me mettais en ligne, car il allait passer sa dernière revue ! Et, avec ce couplet sur l'air des *Trois Couleurs*, je faisais pleurer la salle, que dis-je ? je pleurais moi-même :

Il va venir, rangeons-nous en silence,
Au rendez-vous qu'il nous retrouve tous ;
Il veut, enfin, combler notre espérance :
Ainsi que moi, de bonheur, tremblez, vous !
Nous la verrons. notre idole si chère :
Ah ! comme moi, vous pleurez tous déjà...
Il va venir, lui, soldats, notre père !
Napoléon ! l'empereur ! le voilà !

Alors, je faisais le geste de présenter les armes et, dans une hallucination que je n'hésite pas à qualifier d'extraordinaire, je m'écriais, comme si la figure de Napoléon eût été là : « Ah ! comme il est changé ! Comme il est pâle ! Il porte une couronne de lauriers !... Ses généraux l'entourent, Kléber, Desaix, Montebello ! Silence, écoutez, camarades... Il fait l'appel de tous ses braves (Et je prêtais l'oreille). La Tour-d'Auvergne. (Alors je m'écriais : *Mort au champ d'honneur !*)... Il me regarde ! Il me reconnaît !... »

Un moment de silence, je tressaillais comme si l'œil d'aigle de Napoléon se fût arrêté sur moi et je disais : *Présent, Sire* !... Et je tombais mort. Oh ! raide !... Aussi, quels rappels ! Ah ! cette pièce, *l'Empereur et le Soldat*, cela ne vaut pas *le Cid*, mais j'y ai eu autant de succès que dans le répertoire !

Et *Napoléon à l'île d'Elbe* ! Et *la République, l'Empire et les Cent-Jours* ! Et toutes ces pièces où l'on me jetait des palmes et m'offrait des couronnes ! Moi, romantique et chauvin, je les aimais. Aussi, quand j'entendis Dauberval attaquer le grand homme que j'avais incarné si souvent, le héros qui m'avait valu un banquet donné par les étudiants de Toulouse à la suite d'une représentation de *l'Empereur et le Soldat* sur la scène du Capitole, je ne pus m'empêcher de dire ma pensée et j'arrêtais de temps en temps le camarade pour répliquer :

— Pardon, pardon, Amédée, tu deviens injuste !

Mais cela ne faisait que l'éperonner.

— Injuste, moi ? Injuste ? Injuste envers un animal qui m'a empêché d'être sociétaire ? Oui, Brichanteau, tout vient de ce Corse ! Tout !

— Comment, s'écriait Dauberval, c'est au décret d'un tyran que nous sommes soumis, nous, les libres serviteurs d'un art supérieur à tous les autres arts ?... De toutes les institutions de l'empire, il ne reste rien, et nous subissons la fantaisie d'un homme qui, au lieu de s'occuper d'éteindre le feu à Moscou, nous soumettait à des chefs d'emplois !...

PRÉSENT, SIRE !... ET JE TOMBAIS MORT.

J'essayais toujours de l'arrêter. Impossible. Il était lancé.

— Sois juste, Dauberval, il reste encore le Code Napoléon !

— Le Code ! Eh bien, soit, le Code. Mais il s'applique à tous les Français, le Code. Tandis que le décret de Moscou, il ne s'applique qu'à nous seuls, le décret de Moscou, à nous, pauvres comédiens. Il institue un privilège au profit de quelques-uns, le décret de Moscou, et une tyrannie au détriment de tous !

— Dans tous les cas, cher ami, il a été abrogé en grande partie par le décret de 1850. On parle toujours du décret de Moscou. Il n'existe plus. C'est le décret de 1850 qui fait loi !

— Je laisse de côté le décret de 1850, ripostait Dauberval, je ne m'en prends qu'au décret de Moscou, mais, par exemple, ah ! par exemple, j'y enfonce mes dents et mes ongles ! Voyez-vous ce monsieur qui, du fond de la Russie nous impose l'aristrocatie des sociétaires ! Il n'avait qu'un décret à signer, Napoléon, s'il avait voulu à toute force promulguer un décret de Moscou, et il était bien simple, ce décret-là !

— Voyons le décret !

— Oh ! simple comme bonjour : « *Tout comédien français a le droit de débuter à la Comédie-Française !* »

— Diable !... Eh bien, et les auteurs ? Est-ce que les auteurs n'auraient pas aussi le droit ?...

— Les auteurs sont moins intéressants que les acteurs ; mais, si tu y tiens, Napoléon aurait pu ajouter un article deux : « Article deux : *Tout citoyen français a le droit d'être représenté à la Comédie-Française !* »

— Mais, Dauberval, réfléchis, Dauberval, combien y a-t-il de comédiens en France ? Et combien de citoyens français ?

— Ça ne me regarde pas, ça, c'est de l'arithmétique, c'est de la statistique. Je dis quel e droit est le droit et que je méritais moi de débuter rue de Richelieu tout comme les autres...

— Parfaitement.

— Plus que les autres !

— Certainement. Cependant, mon ami, sans défendre la Comédie-Française, où ma place était aussi marquée, je pense, laisse-moi te dire que, si tout le monde y débutait, si tout le monde y était joué...

Dauberval m'interrompait, ne me laissait plus placer d'objections et, agitant ses mains où pendaient les dentelles du costume du prince d'Hennin :

— Je n'attaque pas la Comédie-Française, j'attaque l'homme, l'homme néfaste, qui l'a mal organisée. Quoi ! après combien de révolutions, le calcul en serait facile à faire, nous supportons encore le joug d'un caprice de César !... Un fou, car tu sais qu'il était fou, Napoléon... Lis les savants...

— Oh ! les savants !

— Il était fou et il est surfait, ce qui est plus grave.

— Surfait?

— Surfait.

Je le trouvais décidément injuste, absurde même, Dauberval, mais allez donc le lui prouver ! Il était lancé. Un cheval échappé. Un taureau dans la *plaza* et fonçant sur la redingote grise comme sur la *muleta* rouge...

— Note qu'il n'avait pas même le courage physique, ton Napoléon !

— Oh ! la bonne blague !

— Ce n'est pas une blague, c'est un fait !

— Voyons, voyons, disait Dauberval qui s'exaltait, tu ne me feras pas croire qu'il a fait son devoir à Waterloo !... Cambronne, oui, Cambronne a fait son devoir. Ney a fait son devoir. Lobau, l'homme aux pompes, Lobau a fait son devoir. Mais lui? Napoléon? Il a fait demi-tour pendant qu'on se battait encore !

— Tu vas peut-être me dire qu'il avait le trac? D'abord, les plus braves peuvent avoir le trac. Bouffé, qui était un très grand artiste, mourait de trac un soir de première. Moi-même, qui ne crains rien, moi-même, je me souviens d'avoir eu des tracs abominables! Tiens, un soir d'*Henri III*... Je jouais Saint-Mégrin... Je me demandais si j'allais entrer en scène !

— On a le trac avant, on ne doit pas l'avoir après, ni pendant !... Le trac avant le lever du rideau, oui ; mais, quand on est devant la rampe, non ! La veille de Waterloo, on lui passerait d'avoir été angoissé... Mais le jour de la bataille, mais pendant que les grenadiers de la garde se faisaient écraser... Nous vois-tu quittant la scène et laissant les figurants exposés aux sifflets? Non, nous vois-tu, Brichanteau, nous vois-tu?

J'aime mon état et j'admire ma profession. Je fais plus, je l'honore. Je peux dire que je l'honore dans les deux sens et par mon respect pour elle et par la dignité de ma vie. Mais c'est égal, comparer un comédien sur les planches à l'empereur sur un champ de bataille, j'ai beau être fier d'être comédien, je trouvais ça raide.

Et je le dis à Dauberval, je le lui dis tout net :

— Je trouve ça raide !

J'eus tort, je vis tout de suite que j'avais eu tort.

— Ah! s'écria Dauberval, tu estimes qu'un artiste qui fait battre de toutes les nobles passions le cœur de ses contemporains est inférieur à un homme dont tout le génie consiste à faire casser la tête aux gens? Eh bien, tu es poli pour tes confrères !

— Mes confrères, mes confrères ! Ils n'auraient pas, répondis-je, gagné la bataille d'Austerlitz, mes confrères !

— On n'en sait rien, fit Dauberval.

— Tu crois que Talma, à Austerlitz...

— Talma aurait tout aussi bien monté à cheval et Rapp, le front cicatrisé, serait tout aussi bien venu lui dire que la garde russe était enfoncée. Oh ! je connais cette histoire-là, tu sais, je la connais fort bien !

— Tu vois Talma à cheval, toi?

— Oui, je vois Talma à cheval.

— Et gagnant la bataille d'Austerlitz?

— Et gagnant la bataille d'Austerlitz !

— Et Napoléon, qu'est-ce que tu en fais, pendant ce temps-là?

— Ce que j'en fais? Mais je n'en fais rien, dit Dauberval. Je ne m'occupe pas de lui, puisque la bataille serait gagnée sans lui !

— Par Talma?

— Par Talma ou par un autre Puisque c'est Rapp qui l'a gagnée, ou Soult, ou un autre, mais pas lui !

— Parfait ! Et les plans de Napoléon, qu'est-ce que tu en fais aussi de ça ? Car, enfin, c'était un rude faiseur de plans, Napoléon. Il savait ce que vaut un bon *scenario*, celui-là !

— Eh bien, avec ses bons *scenarios*, s'il avait fait du théâtre, il aurait fait du mauvais théâtre, car ce qu'il aimait ! ah, Dieu, ce qu'il aimait ! De vieilles tragédies ! des panades !

— Dauberval, je te le répète, tu es injuste, il prenait ce qu'on lui apportait.Ce n'est pas sa faute si Victor Hugo est venu plus tard !

— Victor Hugo? Il l'aurait fait tuer à Moscou, tout en signant le fameux décret ! Victor Hugo? Mais, s'il ne l'avait pas fait tuer comme un simple voltigeur, il n'en aurait pas compris un mot !

— Tu n'en sais rien !

— Je sais qu'en littérature il avait des idées de notaire et qu'en art stratégique il est contesté... Parfaitement... As-tu lu Charras?

— Le colonel Charras? Un colonel qui en remontre à un empereur?

— Le moindre journaliste nous en remontre bien, à nous autres !... Mais, sans parler de Victor Hugo, pour en revenir à Talma, à Talma je ne fais plus de stratégie, je pense, Napoléon a-t-il osé décorer Talma? L'a-t-il osé? Voyons, franchement, l'a-t-il osé?

— Non, je dois l'avouer, il ne l'a pas osé... C'est une faiblesse... Mais, à cette époque-là...

— Oui, oui, je sais, le préjugé !... Est ce que s'il avait été le grand homme dont on nous rebat les oreilles, il n'aurait pas dû en faire litière, du préjugé, le fouler aux pieds, le préjugé?... Je ne suis pas un buveur de sang, mais Robespierre en avait piétiné bien d'autres, des préjugés.

— Enfin, il n'a pas décoré Talma, Robespierre !

— Non, mais... qui sait?... il l'aurait peut-être fait s'il avait vécu. Pourquoi pas? Louis XIV l'aurait fait, lui.

— Louis XIV?

— Enfin, il n'a pas décoré Molière, parce qu'il n'avait pas fondé la Légion d'honneur, Louis XIV, mais il l'a invité à déjeuner... Napoléon a-t-il invité Talma à déjeuner?

— Probablement. Certainement. Talma l'a invité, du reste, lui, quand il était officier d'artillerie ! Et puis Talma, tout Talma qu'il est n'est pas Molière !

— Il vaut Molière, dans son genre. Il y a deux hommes dans Molière, l'auteur comique et le comédien. Comme acteur, Talma était peut-être supérieur à lui. Du reste, veux-tu que je te dise? (Et ici je crus que Dauberval devenait fou.) Tu m'ennuies, avec ton Napoléon ! Tu le défends, Napoléon, tu crois à la légende !... Tu ne lui gardes pas rancune de nous avoir jeté son décret à la tête ! Tu n'es qu'un bonapartiste !

— Dauberval !

— Un courtisan... Je ne sais pas pourquoi tu n'es pas à la Comédie Française, comme Giraudet... Tu le mériterais !

Marat, je vous dis, il devenait Marat. Il me regardait avec des yeux fous. Ce n'était plus Létorières ou Richelieu ou le prince d'Hennin, c'était un pur énergumène. Et madame Dauberval, qui écoutait, muette, depuis quelque temps, s'était levée, essayant de le calmer, pendant que mademoiselle Louisette, dans un coin, disait, plus rapides, précipitées, des prières.

— Amédée, mon cher Amédée !

— Laissez-moi tranquille, répondait-il. Quand un homme peut jouer, à mon âge, comme je vous l'ai joué, un rôle de son emploi et qu'il est méconnu par la faute d'un empereur, tous ceux qui défendent cet homme-là sont de faux amis !... De faux amis !... je le répète !

— Dauberval, dis-je alors en me levant avec dignité, voilà un mot que le remords te fera, je pense, entendre plus d'une fois dans tes rêves... Quant à moi, je pars et, je t'en préviens, ce n'est pas une fausse sortie...

Vainement madame Dauberval me suppliait de rester.

— Faux ami, madame, faux ami ! répondais-je.

Et, comme je me dirigeais vers la porte, les deux femmes essayèrent de m'arrêter, répétant aussi à Dauberval :

— Dis-lui un mot, un seul mot, il restera !

Et c'est vrai, je serais resté.

Mais savez-vous le mot qu'il dit, Dauberval, le mot qu'il trouva :

— Eh bien, soit, que Brichanteau déclare que Napoléon était un idiot !...

Je ne suis pas Bonapartiste, je l'ai dit. Mais j'ai la mémoire du cœur. Tant de rappels dans ce rôle ! Moi qui avais joué Rémond, *l'Empereur et le Soldat*, dire que Napoléon était un idiot ! Biffer mon passé d'un seul coup ! Et pour obéir à qui? A un camarade vieilli, oui, vieilli et surexcité peut-être par l'eau de feu.

— Dauberval, m'écriai-je (et j'entends encore ma voix retentir dans la petite maison de l'Isle-Adam, dont elle faisait sur les dressoirs vibrer les faïences), tu me demandes une lâcheté ! Adieu !

J'avais fait le geste du départ et je ne voulais pas précisément partir. Mais j'étais lancé. D'un bond je franchis le seuil et je me trouvai sur le quai, le quai de l'Oise... Seul !

— EH BIEN, SOIT, QUE BRICHANTEAU DÉCLARE QUE NAPOLÉON ÉTAIT UN IDIOT...!

Un moment, j'attendis, dans la nuit, qu'on me rappelât. Après tout, Dauberval était

JE ME TROUVAI SUR LE QUAI... SEUL !

bateau dont la lanterne luisait. On ne me rappela point. J'ai appris depuis que les deux femmes étaient occupées à bassiner les tempes de Dauberval.

Elles craignaient une congestion. Je serais rentré si j'avais su. Mais machinalement j'allai vers la gare ; le train arrivait, je montai en wagon. A Paris, j'eus l'idée d'envoyer une dépêche, puis, je me dis : « Attendons. » Et j'attendis. Dauberval ne me donna plus signe de vie. Je me blessai, je m'entêtai... Nous ne nous sommes plus revus. Jamais ! Jamais !

Et Napoléon doit être content, là haut. Oui, là-bas, aux Invalides. C'est pour lui que j'ai perdu un ami. Un vieil ami. Pour lui, pour ne pas déclarer que c'était une bête quand ma conviction profonde est qu'il n'était pas une bête. Imbécile ! Si l'empire, revenait il ne me décorerait pas pour ça. Du reste, je ne lui demanderais rien, il peut en être sûr.

Ah ! cette soirée, cette soirée ! Je la regrette ! C'est une des dates tristes de ma vie. Se brouiller avec un ami, à cause de Napoléon ! Perdre un vieux camarade à cause de ce diable de décret de Moscou ! C'est désolant. Je ne m'en console pas. Et, quand je songe à Dauberval, c'est comme à une maîtresse perdue. Nous nous retrouverons peut-être. Nous ne reparlerons plus de l'empereur. Je laisserai Dauberval exprimer ses opinions, fussent-elles paradoxales. Je ne répondrai pas, je m'abstiendrai de parler. Pauvre Dauberval !

peut-être irresponsable. Un peu d'alcool, à son âge !... Je regardais l'eau couler, les nuages courir, des chevaux de halage qui tiraient un

Absent ou présent, je peux dire de lui qu'il a fait et fera toujours le maximum dans mon cœur !...

VIII

LA FONTE

Mais, vous savez, monsieur, je n'oublie pas mon serment, le serment que j'ai fait devant le plâtre de Montescure.

Une de mes sensations les plus extraordinaires, c'est même le jour où j'ai assisté à la fonte de mon image. Oui, ma statue, vous vous rappelez bien, celle que Montescure avait sculptée d'après moi, le *Romain passant sous le joug*. Pauvre garçon !

Le Conseil municipal de sa ville natale, poussé par l'adjoint Cazenave que j'avais stylé, vous vous rappelez Cazenave, vous m'avez vu causer avec lui, au Salon, devant l'envoi, devant le legs de Montescure, le Conseil municipal donc avait résolu d'acquérir cette œuvre, de la faire couler en bronze et de l'ériger sur la place de Garigat-sur-Garonne. J'aurais voulu taire le nom de la ville. La nommer, c'est désigner son principal magistrat, oui, le maire, qui ne pensait à la statue que pour amener un ministre à l'inauguration et lui faire sortir une croix de sa poche. C'est un procédé tout moderne, un truc. Il réussit presque toujours. Moi, j'utilisais pour la justice, la réparation à rendre à Montescure cette fièvre d'honneurs qui faisait battre le pouls du maire de Garigat-sur-Garonne. Et l'adjoint Cazenave, je dois le dire, me secondait avec un dévouement, une abnégation dignes d'un poète. Je vous ai dit qu'il fait des vers, Cazenave. Il est *félibre*. Du malheureux Montescure, élève de l'École de Toulouse, et du *Romain passant sous le joug*, le maire, M..., j'allais vous le nommer, mais il ne mérite que l'anonymat, ne se souciait pas plus qu'un poisson d'une pomme, comme dit Hugo. On l'avait parfaitement laissé crever de faim quand il vivait, Montescure ; mais, lui, mort, on se rappelait qu'il était né à Garigat-sur-Garonne, à deux pas de Toulouse, on se disait qu'une inauguration donnerait du relief à la ville et à son premier magistrat. De là l'achat du *Romain passant sous le joug* et la fonte de la statue. Et encore, je vous le répète, avait-il fallu que je me démenasse comme un beau diable et que M. Cazenave me vînt en aide avec une ardeur toute félibréenne. Je le poussais, je le poussais. Je lui ai écrit la valeur de deux volumes in-octavo de lettres éloquentes. Mais j'avais juré ! Vous vous le rappelez, j'avais dit à la statue de plâtre (nº 3773 du livret) : « Montescure, tu seras vengé !... »

Quand j'appris, un matin, que l'œuvre de Claude-André Montescure, mon portrait, au total mon portrait à moi Brichanteau, mon portrait en pied, allait être érigé sur une place publique de France, je vous avoue que je ne pus retenir un mouvement d'orgueil involontaire. Moi, de mon vivant, devenu statue ! C'était un beau songe. Cela n'arrive pas à tout le monde. Wellington seul pouvait, en ouvrant ses fenêtres, se contempler sous le casque d'Achille. Moi, si le cœur m'en disait, je pouvais aller quand je voudrais à Garigat-sur-Garonne et regarder face à face mon image de bronze. C'est flatteur, vous l'avouerez. C'est autrement flatteur qu'une photographie.

Mais, dans mon âme et conscience, je ne me souciais pas de moi et de cette apothéose

L'ADJOINT CAZENAVE.

en plein soleil de Gascogne. Non. Je ne pensais qu'à Montescure, je ne m'inquiétais que de la mémoire du pauvre musicien phtisique du théâtre de Montmartre, auteur d'une *figure* digne d'un sculpteur de la Renaissance. Vous me connaissez maintenant, vous savez si je dissimule le fond de mon âme. Limpide, je m'en vante, je suis un limpide.

J'étais donc très légitimement préoccupé de la question de savoir où et quand on fondrait la statue. Je connaissais beaucoup un contremaître de la maison Thibaut, Laurençot. C'était dans son atelier que le *Romain* serait fondu et il m'avait promis de me faire signe. Je n'en dormais pas. La fonte ! Voir de près une fonte ! J'en avais vu une, parbleu ! J'avais même joué avec Mélingue l'acte de la fonte dans *Benvenuto Cellini*.

C'est moi qui lui apportais la coupe dont il avait besoin pour compléter son Jupiter, parce que le métal manquait, volé par Pagolo, comme vous savez, le petit Pagolo, une canaille... Et moi-même j'avais joué Benvenuto à Perpignan, et ç'avait été, malgré Baculard, un de mes triomphes ! Ah ! quand je m'écriais : « Ma vie pour cent livres d'étain !... Du métal, où en trouver ?... On fait du bois avec des poutres, avec des

JE ME NOMME, ME RECOMMANDANT DE LAURENÇOT.

meubles. Mais du cuivre ?... » Je vous réponds que la salle frémissait. Elle frémissait comme un seul homme. Mais, en dehors du théâtre, je n'avais pas vu de fonte. On a toujours tort de ne pas étudier toutes choses d'après nature. Maintenant, après avoir vu le métal en fusion, je donnerais à Benvenuto des accents inattendus, d'une douleur plus humaine et plus profonde. « *Ah ! si le sang pouvait se liquéfier en bronze !* » Comme je dirais ça aujourd'hui !

Une fonte ! mais c'est tout un drame ! Mon ami m'avait averti. Je devais me trouver du côté de l'Arc de triomphe, à l'atelier Thibaut, à huit heures du matin. J'y étais. J'arrive, je traverse une longue cour toute peuplée de moulages, de bustes de bas reliefs ; un employé me demande ce que je désire ; je me nomme, me recommandant de Laurençot, le contremaître, et, à travers un immense hangar servant de magasin et où j'aperçois encore, par fragments, des choses incomplètes, jambes de généraux, bras de génies tenant un flambeau, torses d'anges avec des ailes, têtes de magistrats coiffées d'une toque, tout un amalgame de personnalités ou de divinités, des détritus de gloires, plâtres de vieilles statues inaugurées déjà ou morceaux de statues à inaugurer, débris de monuments et de grands hommes, j'arrive à l'atelier où doit avoir lieu l'opération de la fonte.

Il y avait là, comme pour une répétition générale, quelques spectateurs curieux, invités par le fondeur ou délégués du maire de Garigat-sur-Garonne, je ne sais.

Mais je songeais qu'aucun d'eux n'éprouvait la même émotion que moi : d'abord parce que je songeais au pauvre Montescure, envoyant son *Romain* au Salon, ensuite parce que je me disais que c'était moi, Sébastien Brichanteau, qu'on allait fondre ! Je vis bien un des assistants faire un mouvement et me regarder d'une façon soutenue. Et je devinai sa pensée :

— Voilà quelqu'un qui ressemble étrangement au guerrier romain de Claude-André Montescure ! songeait-il.

Et j'avais envie d'aller lui dire :

— Ce n'est pas étonnant : ce guerrier, c'est moi !

Vous n'avez peut-être jamais vu de fonte, monsieur ? Dans une sorte de four, chauffé à blanc depuis de longues heures, le cuivre et le zinc sont liquéfiés et, comme une coulée de lave, percent la couche de sable qui les a supportés d'abord, puis, par une sorte de rigole, viennent s'écouler, en liquide, dans une espèce de cuve, de réceptacle qu'une grue mécanique enlève et va verser, comme par un seau, au moule creux préparé près de là, dans une autre couche de sable. Ce moule, on ne l'apperçoit même pas, il est comme enseveli sous une couverture de briques et de terre. La statue naît, se forme dans une sorte de tombeau.

Un vieil ouvrier, habitué à la manœuvre, fouillait, interrogeait du bout d'une barre de fer le four où le métal se liquéfiait. Il avait la main et l'avant-bras protégés par un gant énorme, la brûlure étant facile en pareil cas, vous concevez, et redoutable. Et l'on attendait, nous attendions, tous les yeux fixés sur cette rigole d'où, tout à l'heure, devait s'échapper le liquide en fusion.

Quelles que soient les actions de la vie, elles ressemblent au théâtre. Vous aurez beau faire, la vie, c'est du théâtre non écrit. Je regardais la rigole comme j'eusse interrogé le rideau avant qu'il se levât. Était-il en fusion, ce métal ? Allait-il venir ou manquer son entrée, je veux dire sa sortie ? Allons, place au théâtre ! Et personne ne parlait. Tout le monde était anxieux. Enfin quelques gouttes de fonte apparaissent, crevant la couche de sable, des espèces de grumeaux incandescents, et, tout à coup, ce ne sont plus des gouttes, c'est un jet lumineux, tout blanc, avec des vapeurs rouges ou vertes ou jaunes, vapeurs cuivrées, un jet énorme qui saute dans la cuve au milieu de fumées colorées, d'une illumination fantastique, d'un éclaboussement de gouttelettes embrasées, jaunes ou pourpres. J'avais toujours regretté de n'avoir pas assisté à une éruption du Vésuve. Eh bien, mais voilà... j'en ai vu une éruption de volcan ! Ce jet de fonte, c'était un cratère en petit, une coulée de lave ardente.

Et je me disais :

« Ce métal, Brichanteau, c'est ton image, encore liquide ! Ce bronze en fusion, c'est ta statue ! Ce jet qui brûle, c'est peut-être ton front ; ces flambées sont celles de tes yeux ! »

Sensation toute particulière. La coulée projetait sous le toit de l'atelier, sur les machines énormes, sur les poutres, des reflets fantastiques. Bel éclairage pour un décor du Brocken, si jamais je jouais *Faust*. Et les têtes robustes d'ouvriers, de ces fondeurs aux bras nus, très calmes dans ce labeur dur, se rougissaient ou devenaient blêmes, restant impassibles, aux lueurs de ces vapeurs d'enfer.

Puis le réceptacle tout entier de la fonte était enlevé, au bout d'un énorme crochet de fer, par une grue tournante qui, arrivant juste au-dessus de la fosse où le moule attendait, versait enfin, d'un mouvement automatique et régulier, par un entonnoir, toute cette lave dans le creux formé, en terre, par la statue, et la fonte liquide se moulait aux parois de ce creux, le trou prenait dans cette fosse forme humaine ; mon image naissait parmi d'autres flots de vapeurs vertes ou rouges, parmi les éclats de fonte qui sautaient, bondissaient, roulaient à chaque mouvement de l'espèce de seau immense versant là, vivement, ce liquide embrasé...

Et, à chaque seau que la grue enlevait en l'air, roulant à travers l'atelier le métal incandescent, pour le déverser ensuite dans l'entonnoir, je me disais :

« Pourvu qu'il y ait assez de fonte ! La statue est grande ! Elle est énorme, la statue ! La fonte va-t-elle manquer, comme dans *Benvenuto* ? Si elle manquait, la fonte ! »

Et, chose curieuse, tout mon rôle me revenait, moi qui n'avais pas ouvert la brochure depuis des années, mon rôle entier, comme si je l'avais repassé le matin même :

« Ah ! mon Dieu, la tête me tourne, mes genoux chancellent, mes yeux se troublent. Est-ce qu'il va m'arriver ce que je craignais tant ? Est-ce que mes forces seront à bout avant mon œuvre ? Non, non, je t'ordonne de résister, corps de fer ! Veux-tu m'obéir, inerte matière ! »

Je n'étais plus chez le fondeur, j'étais sur la scène. Je me réincarnais en Benvenuto. Je n'assistais pas à un labeur dont j'étais le spectateur anxieux, mais à un drame dont je devenais le premier rôle. J'aurais brûlé les poutres de l'atelier, jeté ma canne à la fournaise pour que le métal ne manquât pas. Il ne manqua pas. Il y en eut même trop, qu'on laissa refroidir dans les moules. Mon ami le contremaître dit :

— Excellent. Ça sera pour le général brésilien !

Un général brésilien qu'on honorait pour avoir renversé le gouvernement qu'il avait fondé. Statue équestre, celle-là, comme de juste. Quand on a renversé son propre gouvernement !...

Bref, rien ne manqua. Ni la fonte ni les statues ne manquent aujourd'hui.

— Eh bien, voilà, votre effigie est complète, Brichanteau, me fit tout bas le contremaître en me donnant un coup de coude.

J'étais fondu comme le Jupiter de Cellini. C'était pour moi un spectacle unique. Je me voyais figuré en creux sous le lutage de briques et de pierres ; je me disais qu'enterré sous cette maçonnerie, je reparaîtrais bientôt, oui, quand la fonte serait refroidie, dans toute la fierté de la pose que m'avait donnée Montescure. Et cette fonte embrasée, il me semblait que c'était le sang, la lave de mes veines, tout ce que j'ai donné à l'art, tout ce que l'art m'a pris, tout ce que l'art ne m'a pas rendu

Mais enfin, qu'importe ? J'ai eu mes heures, je vous l'ai dit souvent, et la fonte du *Romain passant sous le joug* est une de ces heures-là, inoubliable entre toutes. J'ai été bien aimé dans ma vie, souvent trahi, je pourrais presque dire toujours trahi, mais bien aimé. Applaudi, je l'ai été aussi. Beaucoup. Frénétiquement quelquefois. Mais ni l'amour ni les bravos ne m'ont donné la sensation délicieuse que j'ai éprouvée une première fois lorsque je me suis vu à l'état de lave, la seconde fois à l'état de statue.

Oui, quelques jours après, lorsque, la fonte refroidie, on a brisé le moule de maçonnerie qui l'enserrait. Laurençot m'avait encore invité à voir ça. Je peux dire qu'après avoir, en regardant le tertre où mon image était enfouie, éprouvé une sensation analogue à celle de Charles-Quint assistant à son enterrement, j'ai ressenti une satisfaction que le tout-puissant rival d'Hernani n'a pas eue, n'a pas pu avoir. Pensez à cela, concevez cela : plus heureux que les plus illustres contemporains, je me suis vu sortir de terre à l'état de statue.

Je me suis penché sur la fosse où gisait ce *Romain* de Montescure, et, regardant le front pur et ces sourcils froncés, je me suis dit à moi-même, mieux que cela, je me suis écrié devant tout l'atelier Thibaut :

— C'est moi !

Et c'était bien moi ! Et tout le monde l'a reconnu et m'a reconnu ; tout le monde, depuis M. Thibaut jusqu'à Laurençot, son contremaître. C'était le protestataire de l'Art représenté par un sculpteur vaincu sous les traits d'un protestataire de la Défaite. C'était moi avec toutes mes ardeurs indomptées et tout l'entêtement de mon courage.

Je me penchais sur cette grande image de bronze couchée là, dans la fosse ouverte, telle que j'avais vu, après la Commune, le César français couché sur le lit de fumier de la place Vendôme, mais intacte, mon image, et je me répétais, me consolant de mes déboires :

« Brichanteau, essuie tes yeux ! Ou si jamais tu pleures de rage, sois fier, Brichanteau, mon ami, tu as là une gloire que Musset ne connaît pas encore et qu'il ne connaîtra peut-être jamais. Soldat de l'art, tu te dresseras en place publique sous les traits d'un soldat de la patrie. »

Ah ! quelle joie, ce jour-là ! Joie mêlée de tristesse, car je songeais, je songeais toujours au pauvre Montescure, et j'avais, voilant mes prunelles, non pas des larmes de colère, mais des larmes de pitié. Oh ! on aurait pu regarder : elles y étaient, je vous le jure, elles y étaient. Là, tenez !...

Et j'avais alors l'illusion d'assister bientôt, après la fonte, à l'inauguration du monument à Garigat-sur-Garonne. J'y croyais, moi, à l'inauguration. Mais il faut que la politique se mêle de tout et écrase les manifestations artistiques les plus nobles.

Le maire de Garigat-sur-Garonne, soupçonné de je ne sais quelles gabegies, fut révoqué par le ministre de l'Intérieur, et le Conseil municipal protesta contre tous les projets du magistrat infidèle, tous ses projets, *même*, dit le texte de la délibération, *contre les meilleurs*.

Et le meilleur de tous ces projets, c'était assurément l'érection de la statue de Montescure sur la place de sa ville natale. C'eût été superbe. On avait demandé à M. Falguière de venir présider la cérémonie en costume et le préfet avait promis de s'y rendre avec un général de division. J'avais obtenu une pièce de vers d'un rédacteur de la *Dépêche de Toulouse*, et il l'avait faite, comptant bien recevoir pour ça le ruban d'officier d'Académie. De plus, Cazenave, l'adjoint Cazenave composait tout exprès un à-propos à deux personnes : *la Muse et le Sculpteur*, pour jouer dans une salle de la mairie.

Moi qui n'ambitionnais rien, je me promettais cependant de réciter des vers devant ma propre image dans le plein air de la fête publique, et j'avais même pris des notes pour une conférence que j'aurais volontiers faite au théâtre de Garigat-sur-Garonne, ou chez un traiteur quelconque, s'il n'y a pas de théâtre à Garigat-sur Garonne :

« *Un Vaincu de l'Art, étude par un protestataire du théâtre. La Sculpture et la Scène. Le Marbre et les Planches.* »

Et j'aurais dit, je crois, ce jour-là, quelques vérités à mon temps !

On m'eût demandé de quel droit je réclamais la parole :

— Comment, de quel droit ? Regardez le *Romain* de Montescure, aurais-je répondu. Ce Romain, c'est moi-même !

Et, de face, de profil, en effet, c'est moi. Je symbolise toutes les douleurs, toutes les résistances, toutes les revanches.

La haine que le Conseil municipal portait au maire a jusqu'ici empêché toute cérémonie. De plus, une question, de celles qu'on appelle misérablement primordiales, a surgi tout à coup, vulgaire mais décisive. La ville natale de Montescure n'a plus d'argent. Elle n'a pas d'argent pour payer les derniers frais, solder le devis du socle à l'architecte. Il s'agit d'une misère, mais la question de la statue étant devenue une question politique, tout est suspendu. On aurait les derniers fonds qu'on ne les voterait pas, simplement pour donner un dernier camouflet au maire panamiste ! Le malheureux qui rêvait le ruban rouge ! Ainsi, le socle est posé à Garigat-sur-Garonne, mais il n'y a pas de Romain sur le socle. La malechance poursuit Montescure jusqu'au delà de la tombe et mon image ne se dresse pas, comme elle le mérite, dans la lumière et dans le soleil.

Ah ! la politique et l'argent, l'affreux et inévitable argent !

Et la statue demeure à Garigat-sur-Garonne, dans un hangar, comme celle de lord Byron est restée et reste peut-être encore à la Douane de Londres, comme celle de M. Thiers est reléguée, tristement, dans un coin du Musée de Marseille.

Et j'attends la réparation due à ce malheureux Montescure ; j'attends que mon image, d'abord voilée, apparaisse enfin sous le ciel du Midi, aux accents de la *Marseillaise*. Mais j'ai une idée. Je veux organiser, j'organise au théâtre des Batignolles un gala au bénéfice de la statue de Montescure. C'est décidé. J'ai mon programme. Tous les grands noms y figureront. Je solliciterai, j'intriguerai, je monterai les escaliers couverts de tapis de mes camarades *arrivés !* Je jouerai, pour autrui, le rôle essoufflant du bénéficiaire ! Je tendrai pour les autres cette main loyale qui n'a jamais rien demandé à personne ! Je me ferai mendiant du vaincu (ce serait un beau titre !), comme j'ai joué *le Médecin des enfants* et *l'Avocat des pauvres !*

LE SOCLE EST POSÉ, MAIS IL N'Y A PAS DE ROMAIN SUR LE SOCLE.

Et, quand j'aurai fourni à la commune de Garigat-sur-Garonne les derniers fonds dont elle manque, je pourrai me reposer satisfait sur ma tâche et dire au spectre du musicien de Montmartre :

— Es-tu content, Montescure ? Brichanteau le comédien n'a-t-il pas tenu son serment ?

Ce jour-là, qui se lèvera, car je l'ai juré, j'oublierai tous les déboires de ma vie. Je serai payé. Et j'espère bien qu'on m'entendra ajoutant à ma conférence un dernier paragraphe :

« *Le Bronze et le Drame.* Étude sur les œuvres de Claude-André Montescure, statuaire, et de Sébastien Brichanteau, son modèle. »

IL AVAIT LUI-MÊME EXAMINÉ LES DEVIS.

IX

FEU PANAZOL

Il est mort, le pauvre Panazol ! Nous l'avons conduit, l'autre matin, au cimetière Montmartre où il s'était acheté un terrain depuis longtemps et fait bâtir un petit monument à son gré, un monument gai, dont il avait examiné les devis lui-même et surveillé l'exécution, allant au chantier du marbrier comme il serait allé à des répétitions, exactement. Panazol, qui avait toujours été coquet, recherché dans sa mise, tenait essentiellement à ce que ce dernier vêtement de pierre fût à sa convenance.

Un grand talent, Panazol ! Pour ma part, je l'aimais beaucoup. Un peu *vieux jeu*, avec des trémolos dans la voix et la main inévitablement passée dans les cheveux lorsqu'il faisait une déclaration d'amour ; mais un vrai jeune premier, sachant, comme pas un, baiser les doigts d'une femme et se mettre à genoux sans être ridicule. Ah ! si j'ai fait des passions, Panazol là-dessus pouvait me rendre des points ! Rivaux au théâtre, rivaux à la ville, mais toujours amis. Bons amis.

Et il est mort. Il avait quitté le théâtre en pleine vigueur. Ce diable d'homme, qui pouvait fournir une longue carrière, ne voulait pas vieillir. Changer d'emploi lui eût semblé un déshonneur. Il était habitué à être aimé, il voulait toujours être aimé. Le jour où il s'aperçut qu'il avait un peu trop de cheveux blancs et une dent qui se gâtait, il donna sa représentation d'adieux, salua le public, pleura un peu et se retira à Asnières dans une maison toute petite, mais coquette, comme lui, et il y vécut en se disant :

« Il n'y a plus de jeunes premiers ! »

Son monument, à Montmartre, l'intéressait infiniment. Il se préoccupait d'y faire graver la liste de ses meilleurs rôles, en deux colonnes divisées par un flambeau éteint. Flambeau de la gloire ou flambeau de l'amour, je ne sais ; Panazol n'est plus là pour nous l'expliquer. Il est mort la semaine passée, dans sa petite maison d'Asnières, et on a beau dire que les camarades de théâtre sont ingrats, nous étions là, en assez grand nombre, devant le portail drapé de noir et nous l'avons presque tous accompagné d'Asnières au cimetière Montmartre.

Il faut tout dire, le temps était doux, et l'hiver semblait faire trêve. On retrouvait là des anciens amis, de vieux, très vieux camarades, des vieilles aussi, de bonnes vieilles en cheveux blancs, qui avaient été autrefois de jolies brunettes ou de belles blondes. On se disait : « Tiens, Angèle ! Ou Irène ! Ou Martinard ! Ou Durandel ! Ce bon Chevrier ! Ce cher Duverdy ! » Car ils étaient tous là, je vous dis, presque tous, les camarades de feu Panazol ! Panazol n'avait jamais été ni jaloux, ni chien, ni rosse. On lui gardait un souvenir et nous lui apportions des fleurs.

Ah ! il a eu un bel enterrement ! Avec des épisodes imprévus, je dois le dire. Pour aller d'Asnières à Montmartre, la famille (elle ne se compose que d'un neveu) avait mis à notre disposition deux omnibus funéraires. Très moderne, cette invention-là. Et très commode, quand on se trouve entre gens de connaissance. Si la route est longue, on peut causer. Nous nous connaissions tous, heureusement. Oui, il y avait là Duverdy, l'ancien troisième rôle de la Gaîté, Martinard, qui jouait les comiques, Topinet, excellent dans les grimes, et des femmes, *marquées* ou jeunes, les vieilles parce qu'elles avaient connu, qui sait? aimé peut-être Panazol, les jeunes parce qu'elles étaient curieuses et qu'elles espéraient que quelque reporter mettrait leur nom dans le journal.

Nous voilà donc en route, en omnibus, coude à coude, genou contre genou, un peu empilés.

— Complet ! dit Duverdy.

— Et pas de correspondance ! fit Topinet.

Nous n'étions pas gais, tout d'abord. Nous apercevions, à travers les vitres de l'omnibus et par-dessus la croupe noire des chevaux, le char funèbre qui avançait lentement, lentement, chargé de couronnes que les cahots du pavé faisaient osciller. En traversant le pont, nous regardâmes la Seine qui roulait des eaux grises, salies par les pluies.

Quelqu'un lança un :

— Il ne ferait pas bon canoter aujourd'hui !

Une des femmes répliqua :

— Oh ! on ne canote plus guère à présent ! On fait de la bicyclette !

— Très mauvais exercice pour les femmes, dit Chevrier. On s'en apercevra plus tard.

— Et pour les hommes donc, pour les jeunes gens surtout, ajouta Martinard. Ça les rend bossus !

Je ne disais rien, moi, volontiers parleur ; j'écoutais. Pensif. J'écoutais et je songeais à Panazol. Je le revoyais jeune, brillant, passionné, l'œil en feu, jouant Montéclain, de *la Closerie des Genêts*, à Versailles, et me donnant la réplique dans *Hernani*, à Montpellier. Moi, Hernani, lui ; don Carlos ! Belle soirée ! Et maintenant, ce pauvre Panazol, si acclamé du public, adoré des femmes, il s'en allait lentement, cahoté dans son dernier lit de chêne, vers la petite maison de pierre dont il avait discuté le « plan », coupe et fondation avec l'architecte...

Et je trouvais qu'on ne parlait pas beaucoup de lui, dans cet omnibus funéraire qui maintenant, les fortifications franchies, suivait les longues, larges, tristes rues de la banlieue... Non, on n'en parlait même pas assez.

— Pauvre Panazol ! dis-je tout à coup en montrant les gens qui se découvraient sur le passage du cortège. C'est la dernière fois qu'on le salue !

— Ah ! oui, par exemple, ces saluts-là, fit Martinard en riant, ils m'ont donné, l'autre jour, une crâne leçon de modestie ! Figure-toi que je descendais l'avenue de l'Opéra, allant du côté du Palais-Royal, mon ancien temple, lorsque je rencontre un monsieur qui m'ôte son chapeau... Bon. « Voilà quelqu'un qui me connaît », me dis-je. Je lui rends son salut et je continue mon chemin. Deux pas plus loin, autre monsieur, autre salut. Je me découvre poliment. Troisième monsieur, arrivant vers moi, troisième salut. « Ah çà, mais, me disais-je, c'est donc la gloire, la pure gloire? » Et je pensais : « Tout de même, Martinard, le public ne t'a pas oublié, quoique les photographies des jeunes aient remplacé les tiennes aux devantures des papetiers ! » Et j'étais fier, oui, ma foi, assez fier. Tout à coup, voilà que je croise une dame qui, en venant vers moi, fait le signe de la croix. Trait de lumière. Je me retourne. Mes enfants, savez-vous ce que je faisais?... Je précédais de quelques pas seulement un corbillard fleuri comme celui-ci et qui descendait en même temps que moi l'avenue de l'Opéra pour aller à Montparnasse. Les saluts, c'était au mort qu'ils s'adressaient. Ma gloire, c'était de la politesse pour le défunt. Et voilà : ça m'a, je vous le répète, donné un renfoncement dans la modestie !

— Elle est bien bonne, fit alors Torinet. Ce vieux Martinard !... Il a toujours sa verve ! Il tient le récit,... oh ! il le tient !

Et les femmes commençaient à rire.

Souvenirs de théâtre. Évocations des années d'autrefois. Et les : « Te rappelles-tu? Te souviens-tu? M'as-tu vu? » Ou : « L'as-tu vu? »

On cherchait des anecdotes sur Panazol, ses débuts, sa jeunesse. Duverdy rappelait les années de vache enragée de notre Panazol, qui devait être, plus tard, si applaudi !

— Quand je pense que j'ai joué *la Tour de Nesle* avec lui !

— *La Tour de Nesle?*

— *La Tour de Nesle.* Et Panazol jouait Gaultier d'Aulnay !

— En maillot, Panazol, lui, le roi de la mode ! En souliers à la poulaine !... J'aurais voulu le voir

Ce maillot venait là si drôlement, poussé comme un soupir par Irène Gauthier, autrefois si jolie, ah ! oui, la mâtine ! que tout l'omnibus se mit à rire. En pourpoint et en maillot Moyen âge, mi-parti rose et violet, le pauvre mort qu'on cahotait, là-bas, sur le pavé des rues !

Et Duverdy, content de se remettre en scène, un licencié ès lettres, ce Duverdy, qui avait lâché la proie pour l'ombre et cabotiné avec rage, Duverdy de conter son histoire de *la Tour de Nesle*. Elle était drôle, du reste.

— Cette représentation de *la Tour de Nesle*, à Lille, un de nos bons souvenirs, à Panazol et à moi ! Bon, parce que je l'ai rendu bon, car la soirée avait commencé froidement, très froidement. D'abord, il y avait de la neige dans l'air, et la neige, oh ! la neige ! c'est la mort du théâtre, c'est une machine pneumatique pour le bureau de location et ça donne des rhumatismes à toute une salle. Nous jouions donc *la Tour de Nesle*... 30 janvier... J'ai une mémoire de compteur kilométrique... J'avais accepté Orsini... Mon emploi, à cette époque-là, c'était Buridan ; mais je laissais jouer Dalvimar, qui m'avait demandé ça comme un service... La fille d'un huissier de la rue Esquermoise, éprise de lui, voulait l'épouser malgré sa famille, et elle amenait ses parents au théâtre pour leur prouver que Dalvimar avait de l'avenir !

Tout l'omnibus s'amusait déjà de l'histoire.

— Elle est bien bonne ! L'audition au mariage !

— Et a-t-il été engagé par l'huissier, Dalvimar?

— Parfaitement. Et, après l'avoir épousé, sa femme a filé avec un ténor du Grand Théâtre !

— Méfiez-vous des huissières !

Et, pendant qu'on saluait le char funèbre de Panazol, Duverdy continuait son récit, le disait, le mettait en scène, le mimait un peu dans *ma manière*, quand je bavarde.

— Je jouais donc Orsini. Je le jouais bien. Mais ce public de carton, ce public de pierre, il semblait gelé. Il ne bronchait pas. J'avais beau rouler les yeux, rouler les *r*, il ne « grouillait non plus qu'une pièce de bois ». Ce pauvre Panazol me disait : « Si on leur passait des chaufferettes? » Pas un effet. Le deuxième tableau, dans la tour, s'était achevé sans qu'on eût frémi. Et pourtant! C'est dans ce tableau-là que je disais, avec un certain accent, je m'en vante : « La belle nuit pour une orgie à la tour ! Le ciel est noir, la pluie tombe, la ville dort ! Le fleuve grossit comme pour aller au-devant des cadavres ! C'est un beau temps pour aimer ! Au dehors, le bruit de la foudre ! Au dedans, le choc des verres et les baisers et les propos d'amour ! Étrange concert où Dieu et Satan font chacun leur partie ! » Ça vous a du zinc, du panache, ces phrases-là. Mais, baste !... les Lillois n'y entendaient rien. Ils ne le voyaient pas, le panache. Ils ne sentaient pas. J'étais furieux ! Oh ! furieux ! Panazol essayait de me calmer, dans la coulisse. Inutile ! Je rageais, je rageais. Lorsque tout à coup une idée me vint : « Il faut les intéresser, ces gens là ! Le Paris de Louis le Hutin et d'Enguerrand de Marigny ne leur dit rien, eh bien, nous allons leur parler de Lille, à ces *ch'tiots* ! Et tu vas voir, bon public flamand, tu vas voir ! » J'attends donc le quatrième tableau, la taverne d'Orsini, même décor qu'au premier acte et, au lever du rideau, comme Orsini est seul et s'écrie : « Allons, il paraît qu'il n'y a rien à faire, ce soir, à la tour de Nesle ; tant mieux, car il faudra bien que ce sang versé retombe sur quelqu'un et malheur à celui qui sera choisi de Dieu pour cette expiation ! », je ne fais ni une ni deux, j'improvise un texte, à moi, je le couds à celui du père Dumas et de Gaillardet et *j'enchaîne* : « Oui, malheur à celui qui sera choisi pour cette expiation, car l'heure de la justice arrive, et, lorsque les boulets autrichiens pleuvaient sur les faubourgs de Lille, lorsque dans un siège mémorable les canonniers lillois de 1792 résistaient héroïquement à l'étranger, ils pouvaient croire que Dieu ne punirait pas plus l'envahisseur qu'il n'a puni jusqu'ici Marguerite de Bourgogne ; mais la fière archiduchesse d'Autriche qui espérait réduire Lille en cendres a été déçue et dans l'histoire et devant l'avenir, je le déclare, moi Orsini, l'humble tavernier de la porte Saint-Honoré, Lille, l'héroïque cité de Lille a bien mérité de la patrie !... » Ah ! mes enfants, c'est alors qu'il fallut voir l'effet !... La salle s'emballa, comme excitée, allumée par une étincelle électrique. Bravos, trépignements. Et les cris : *Bis ! bis ! Vive le siège de Lille ! Bravo, Orsini !...* Je voulais parler. Impossible. On me répétait : *Encore ! encore !* Ma foi, je ne fis pas de façons. Je repris ma phrase. Je reparlai des canonniers lillois, des bombes de 92, et la même acclamation retentit, étourdissante, lorsque j'eus fini. A ce moment, ma camarade Lardenoy, Marie Lardenoy qui jouait Marguerite, frappait et refrappait contre le portant. C'était son entrée. Je dis : « *Qui va là? — Ouvrez ! — La reine... Seule à cette heure?* » Et la reine entra. Elle se mit à parler de la pièce. Elle attendait Buridan. Elle congédiait Orsini. « *Laissez-moi seule.* » Et je répondais : « *Si la reine a besoin de moi, son serviteur sera là ! — C'est bien. Que le serviteur se rappelle seulement qu'il ne doit rien entendre!* » C'était la réplique. A quoi j'avais à riposter : « *Il sera sourd, comme il sera muet* », puis ma sortie. Mais je la trouvais froide, la sortie, sur cette phrase-là, et j'ajoutai encore aux acclamations de toute la salle : « Il sera sourd comme il sera muet, excepté lorsque le souvenir du siège de Lille viendra glorieusement faire palpiter son cœur !... » Alors, mes enfants, il arriva ce fait, unique peut-être dans l'histoire du théâtre, qu'Orsini, second troisième rôle, passa immédiatement au premier plan dans la préoccupation du public et que toute cette salle trépignant et acclamant redemandait : *Orsini ! Orsini !* pendant les grandes scènes entre Marguerite et Buridan. « Ce n'est point le bohémien, disait Marguerite en reculant. — Non, c'est le capitaine ! » répondait Buridan. Mais le public : *Pas de bohémien ! Pas de capitaine ! Orsini ! Orsini ! Orsini ! Or-si-ni !...* Il leur fallait Orsini, ils redemandaient Orsini. Orsini, tout le temps ! Orsini *for ever !* Notez qu'Orsini ne reparaît plus que pour dire : *Oui, madame*, et escorter Marguerite dans le cachot du Grand-Châtelet où Buridan est enchaîné, au *quatre* pour recevoir un ordre et au *cinq* pour commettre un dernier crime. Mais il fallut, cette fois, qu'il reparût à chaque tableau, presque à chaque scène et qu'il jetât, même dans le Louvre, quelque souvenir du siège de Lille... C'est ainsi qu'au défilé de Louis X, lorsque l'officier des gardes crie tour à tour : « Place au roi ! Place à la reine ! Place au premier ministre ! » Orsini ajouta : « Place au souvenir de notre chère cité lilloise intrépide sous les bombes ! » Ah ! ce fut, mes enfants, une soirée unique, une soirée inoubliable ! Je vous en souhaite de pareilles ! Notre pauvre Panazol m'en parlait et reparlait éternellement quand je le revoyais. J'ai toujours eu l'art de dégeler une salle glacée !

— Et de l'érudition ! dis-je machinalement en pensant à Compiègne et à la fameuse représentation de *Louis XI*.

— Et du toupet, fit Martinard.

— Voilà, conclut Topinet.

Et ce n'était pas seulement la salle du théâtre de Lille que Duverdy avait dégelée, c'était l'omnibus funéraire tout entier. On en était maintenant sur le chapitre des vieux souvenirs. Ils se levaient comme des volées de perdreaux. Martinard racontait ses tournées en province, Topinet imitait les camarades du temps passé. Il avait connu Grassot, qui amusa toute une génération en secouant sa main droite comme un agité et en disant : *Gnouf ! gnouf !* Topinet répétait : *Gnouf ! gnouf !* comme Grassot. Et l'on riait. Chacun racontait la sienne. Comme on discutait sur un ancien couplet que chantait Arnal dans *Riche d'amour*, Irène Gauthier, qui avait eu une jolie voix, se mit à le chanter à son tour. Et Durandot, s'attendrissant sur les couplets de facture qu'on avait le tort de négliger, en citait des tas : des couplets de sentiment, des couplets drôles, si bien que tout l'omnibus applaudissait et, de temps en temps, s'emplissait de rires.

— Vous rappelez-vous comme il phrasait dans *le Piano de Berthe*?

Et on détaillait le couplet.

— Et celui-là, le connaissez-vous?

Alors Durandot en chantait un autre. Sur l'air de *J'en guette un petit de mon âge* ou du *Carillon de Dunkerque* :

> Mes bons amis,
> Mes chers amis,
> Vive la vie
> Et la folie !

On reprenait en chœur. On oubliait Panazol ! On était là comme en partie de campagne. Si ç'avait été l'été, on aurait fait halte pour se rafraîchir dans quelque bouchon. C'était très gai.

— Et voilà, disait Topinet sur l'air de *Voilà le vrai troupier français* :

> Voilà, voilà, voilà, voilà,
> Voilà l'enterrement parfait !...

A mesure qu'on approchait, pourtant, on riait moins. Nous arrivons au cimetière Montmartre. Très graves maintenant, la démarche lente, avec nos fronts de douleur, nous suivons à pas comptés le char funèbre jusqu'au coin de terre où nous allons nous séparer pour jamais de notre ami. Nous nous dirigeons, ne perdant point de vue les porteurs, à travers les tombes, jusqu'à l'endroit où se dresse le monument bâti, de son vivant, par le bon Panazol. Une pierre, laissant maintenant la fosse béante, et une stèle de marbre, coquettement découpée, avec les deux colonnes de rôles séparées par le fameux flambeau éteint et, au-dessus, parmi les lauriers sculptés, ce nom, ce simple nom, gravé en lettres d'or, avec un *alpha* et un *omega* audessus (ce sont deux lettres grecques, vous le savez peut-être), ce nom tant de fois imprimé sur les affiches des colonnes Morris : *Panazol*.

C'est là !

Le cortège s'arrête. On fait cercle, les assistants se bousculent pour être placés près des orateurs qui vont parler. Je les regarde, les orateurs. C'est Valbousquet, le jeune premier comique des Folies-Dramatiques, qui doit parler au nom des *jeunes* et saluer le vétéran des batailles théâtrales d'autrefois, et Maurevel, qui d'abord prendra la parole au nom de l'Association des artistes dramatiques. Un lettré, Maurevel, littérateur à ses heures, et qui a publié un volume de souvenirs : *Pendant les entr'actes, opinions et études.* Je vous le recommande.

Je les observe, je les étudie. Quand on n'est plus en scène, on est spectateur, à son tour.

Il a l'air grave, Maurevel, et le petit Valbousquet est très pâle, pâle comme sa cravate blanche. C'est la première fois qu'il enterre quelqu'un ; il est ému. Maurevel, vieux routier, a plus d'aplomb. Il en a tant suivi, de ces convois funèbres ! Et puis, il sait parler. Il a fait, sur l'art de la diction et la pensée des poètes, des conférences à l'Athénée des Batignolles et des rapports à l'Association des artistes.

Le prêtre dit les prières, bénit la fosse. Les orateurs s'avancent. Panazol, étendu dans sa bière, va assister à l'apothéose de sa vie de labeur...

Nous étions tous émus, je dois le dire. Oui, tous. Autant que le petit Valbousquet. Même ceux qui avaient ri le plus, tout à l'heure, dans l'omnibus funéraire, oui, même ceux-là se sentaient le cœur serré. En voyant Maurevel s'avancer, droit et digne, son papier à la main, avec le bras étendu, un bras immense orné, comme le collet du pardessus, d'astrakan, je me disais :

« Mon cher Panazol, écoute, et sois content ! C'est *ta dernière !* »

Bon. Voilà que Maurevel commence. Ce qu'il nous dit là, je ne l'oublierai de ma vie. Sa voix est belle, sonore, moins éclatante que la mienne : elle n'aurait pas rendu M. Beauvallet jaloux, mais elle est belle. « Messieurs, dit-il, et ce *Messieurs* emplit le cimetière, imposa le silence, messieurs...

» L'homme de bien que nous pleurons, le camarade de talent du talent le plus rare, que nous accompagnons à sa dernière demeure fut, dans toute la force du terme, un artiste, un créateur, un comédien. Il ne se contenta point d'illustrer sa profession, il l'honora. Si Panazol meurt la tête couronnée de lauriers verts, mais la boutonnière vide du ruban rouge, c'est qu'il fut un artiste et non un fonctionnaire, et qu'il ne sollicita jamais cette marque factice d'une valeur transitoire qui va s'abattre, portée sur les ailes de la faveur, sur trop de poitrines contestables.

(La phrase fit de l'effet. On est généralement froid au cimetière, mais il y a des frissons muets qui valent des murmures flatteurs.)

« C'est donc, messieurs, un acteur, et rien qu'un acteur, un camarade et rien qu'un camarade, que nous escortons aujourd'hui dans ce voyage au champ du repos où nous irons tous... Témoin de la vie et des succès de ce camarade glorieux, il m'appartient de rendre hautement à Panazol, à son mérite, à sa valeur, un hommage impartial. Refusé à tous les examens du Conservatoire, Jean-Jacques-Edgar Panazol fut, on peut le dire, le fils de son labeur et de son talent. Il se fit, se créa lui-même.

« Je l'ai connu aux heures de sa jeunesse et, je peux le dire, j'ai, sans jalousie, sans vanité, sans résistance, partagé mes rôles avec lui. Il était alors dans cette période d'hésitation que nous avons tous traversée, ou presque tous, et où nous nous cherchons, dans une étude attentive de nos qualités et de nos défauts. Ces défauts étaient nombreux chez Panazol. Une prononciation souvent défectueuse, une démarche que je qualifierai d'incorrecte, une timidité qui confinait à la gaucherie n'annonçaient pas encore le comédien que devint plus tard notre Panazol. Tu me le pardonneras, mon cher camarade, tu pardonneras à ma loyale franchise, ou plutôt tu me l'aurais recommandée, tu l'aurais exigée toi-même. En ce temps-là, je ne t'étonnerai pas, je n'étonnerai personne en disant (on peut le reconnaître après tant de glorieuses revanches) que tu étais, à de rares occasions près, franchement mauvais ! »

Stupéfaction dans l'auditoire. Nous nous regardions, un peu effarés.

Mais Maurevel, dominant toutes les stupeurs, et dressant son grand bras cerclé d'astrakan :

» Et si je le constate, mon vieil ami, c'est pour mieux proclamer quelles victoires tu as remportées après cet e période d'hésitation et de malechance. Quelles belles soirées nous te devons ! Quelles émotions ! Quels nobles souvenirs !

» Sans doute, messieurs, Panazol eut souvent le tort d'aborder certains rôles pour lesquels il n'était point fait. On se souvient de l'insuccès, d'ailleurs exagéré et injuste, qu'il rencontra dans d'Artagnan. Mais de quel sceau tout personnel il marqua le rôle du patriote soupçonné de trahison dans *le Bourgeois de Gand* ! Il eut le tort, étant de par son physique un jeune premier fait pour la comédie de genre, la petite comédie factice, de vouloir, un beau jour, par caprice, aborder le répertoire classique. Là apparut avec trop d'évidence le manque absolu de toute étude préalable. Mais, en revanche, que de dons exquis, quelles trouvailles originales lorsqu'il se livrait à ses propres instincts et à ses inventions que je qualifierais de géniales, oui, messieurs, de géniales, si elles n'avaient pas été si désordonnées !

» D'ailleurs, comme il savait élégamment costumer ses rôles ! Quelles coupes savantes dans ses habits ! Et comme avec vérité on a pu dire, par malice peut-être, que le meilleur de son talent il le devait à son tailleur ! Comme s'il était facile, messieurs, d'associer un tailleur à nos bravos !

» Tous ces souvenirs de triomphe, tous

ces noms de victoires, Jean-Jacques Panazol avait voulu les faire tenir dans cette liste marmoréenne qui resplendit sur son tombeau. Mêlant à ces fantômes de la gloire le flambeau et la fumée de l'amour, il a voulu lui-même, par un touchant souci de sa propre renommée, graver dans la pierre la liste de ses succès. Peut-être y a-t-il des rôles que la postérité effacerait de cette stèle. Oui, sans doute. Mais ce n'est pas à nous d'y toucher. Le Temps seul peut gratter les inscriptions des hommes. Lorsqu'il s'agit d'un ami, de sa gloire et de sa vanité, nous devons avant tout les respecter.

» Et c'est pourquoi, conclut Maurevel, sans prolonger plus longtemps l'étude d'une carrière honorée, je me contenterai de donner à celui que nous avons perdu le souvenir ému et profondément sincère et les larmes de ceux qui lui survivent. Adieu, Panazol ! Au revoir, toi qui fus avant les inévitables rides le modèle des jeunes premiers ! A bientôt, mon vieil ami ! »

Là-dessus, Maurevel essuya du revers de sa manche une larme qui se perdit dans la fourrure d'astrakan et, roulant les feuillets qu'il avait lus, rentra parmi les spectateurs groupés autour de la fosse en quêtant du regard une approbation qui ne venait point.

— Mais ce n'est pas une oraison funèbre, c'est un éreintement, disait Duverdy.

— Il a mis du vinaigre dans son eau bénite, faisait Irène Gauthier.

J'étais stupéfait, moi. Pauvre Panazol ! La voilà donc, ton apothéose ! Il en entendait de sévères, ton mausolée ! Je regardais le neveu du mort, un gros garçon rougeaud, pataud, venu de province. Il remerciait Maurevel. Il trouvait que Maurevel avait bien parlé de son oncle. Il n'avait pas compris. Ah ! les héritiers !

Nous échangions des regards navrés, les vieux amis et moi. Mais ce fut bien pis lorsque, parlant au nom de la Société des artistes dramatiques, le petit Valbousquet s'avança vers la tombe.

Il était plus pâle encore que tout à l'heure, ce petit Valbousquet, atrocement ému, et on ne voyait plus que son long nez, rouge et pointu, dans son visage ovale. Sa figure blême sortait d'un foulard de soie blanche, comme le visage de Pierrot de sa collerette. Il s'avança en faisant *hum ! hum !* pour assurer sa voix et, fouillant dans la poche de son pardessus, il en tira un rouleau de papier qu'il déplia machinalement, la lèvre relevée par un rictus de malaise.

En le dépliant, ce papier, le pauvre garçon tremblait comme la feuille.

» — Il ne pourra pas lire, dit quelqu'un derrière moi, il ne pourra pas. »

Valbousquet ne regardait même pas son papier ; il roulait autour de lui des yeux agrandis, comme un débutant qui interroge, étranglé d'angoisse, une salle prête à le dévorer. Il tardait même un peu trop à prendre la

TU ÉTAIS FRANCHEMENT MAUVAIS !

parole, et l'on commençait à battre des pieds dans la terre humide. Mais brusquement Valbousquet se résolut à parler et, jetant les yeux sur son papier déroulé :

» — Qui je suis? s'écria-t-il... Qui je suis?.. Vous ne le voyez donc pas? Je suis le Dictionnaire... Parfaitement ! Le *Dictionnaire de l'Académie* ! »

Quoi? Comment? Qu'est-ce qu'il disait? Valbousquet n'avait pas plus tôt prononcé ces paroles que nous nous entre-regardions, d'un air stupéfait.

Le Dictionnaire ! Valbousquet devenait

donc fou? Le *Dictionnaire de l'Académie*? A propos de Panazol, de notre camarade Panazol? Nous ne savions plus que penser. Un obus, oui, un obus, tombant là, au milieu de nous, ne nous aurait pas rendus plus stupides.

ses doigts rageurs, à y amener une large tache rouge et s'excusant avec un grand cri :

— Pardon ! Oh ! je vous demande pardon ! Je me suis trompé !... Ah ! c'est insensé ! Pardonnez-moi ! Je vous demande pardon,

NOUS DÉFILAMES DEVANT LE NEVEU...

Et Valbousquet continuait :

» — Ah ! on ne m'achève pas souvent ! Mais il faut tout dire ; quand je suis fini, on me recommence. Je suis le *Dictionnaire perpétuel*, le *Dictionnaire éternel*, le *Diction...*

Mais Valbousquet s'arrêta tout à coup, se frappa le front violemment, le cogna, de

mesdames et messieurs !... C'est mon rôle, ce n'est pas mon discours, c'est mon rôle !...

Valbousquet s'était trompé de poche. Il venait de déplier, au lieu de l'adieu à Panazol qu'il avait rédigé, un des rôles qu'il répétait dans la revue des Folies-Dramatiques, où il jouait à la fois le *Dictionnaire de l'Aca-*

démie, le *Microbe* et le *Phonographe*. Et maintenant il avait beau parler du talent de Panazol, des vertus de Panazol, de l'exemple donné par Panazol, on ne l'écoutait plus. Il était coulé, fini comme orateur, Valbousquet. On ne devait plus l'appeler désormais que le *Petit Dictionnaire*.

Duverdy, derrière moi, disait :

— Tout de même, cette erreur-là, c'est divertissant, c'est drôle, c'est du bon théâtre !

— Et c'est moins méchant que le petit papier de Maurevel, répondait Irène Gauthier. Quelle potence, ce Maurevel !

Voilà pourtant comment on a enterré Panazol, le pauvre Panazol, un bon ami, une de nos gloires !

J'avais, tandis que Valbousquet parlait, entendu çà et là des rires étouffés par le respect du cimetière. Mais il s'en était fallu de peu qu'on n'emplît d'éclats joyeux, de fusées de gaieté, ce coin de Montmartre, comme on en avait rempli l'omnibus funéraire. Drôle d'enterrement ! Valbousquet avait beau sombrer sa voix, dire avec des chevrotements attendris des « Adieu cher et vénéré maître ! » on ne l'écoutait plus, on ne le voyait plus que sous les traits du personnage de revue : « Qui je suis? Je suis le Dictionnaire ! »

Nous jetâmes le coup de goupillon à la fosse ouverte, et nous défilâmes devant le neveu qui ne connaissait pas un seul d'entre nous et nous regardait avec la défiance hargneuse qu'ont les bons bourgeois pour les gens de théâtre.

Et, pour finir, nous allâmes, dans le voisinage, voir les tombes : celles de Régnier, de Samson, de Lockroy, de Laferrière... Il en est beaucoup, de ceux d'autrefois, qui dorment là-bas, sous les pierres grises. On ne va pas les visiter souvent, mais, quand l'occasion se présente, on en use.

En partant, j'offris mon bras à Irène Gauthier, qui marchait difficilement, à cause de ses rhumatismes.

— Vois-tu, me dit-elle, quand je m'en irai, je ne veux pas de ces flots d'éloquence !...

— MON PAUVRE PANAZOL ! C'EST LA PREMIÈRE FOIS QU'ON TE SIFFLE !

Porte-moi seulement, si tu me survis, mon vieux Brichanteau, un bouquet de violettes de deux sous ! Ça vaut mieux que tout ça !... Ce pauvre Panazol !

Il l'avait aimée, je crois. Elle l'avait aimé, peut-être.

A la porte du cimetière, elle me dit encore :

» — Je te quitte. C'est l'heure de la répétition. Moi aussi, je suis de la revue des Folies, comme cet imbécile de Valbousquet !

Je regardai la vieille femme, grosse, écrasée, bouffie, tremblotante, avec des cheveux blancs, tachés de jaune.

» — Oui, me dit-elle, comprenant ce que je pensais. Je suis de la pièce. Mais je ne joue pas : je suis essayeuse. On vit comme on peut, je suis costumière ! Qu'est-ce que tu veux, mon pauvre vieux? Ça vaut encore mieux que d'être ouvreuse ou chiffonnière !

Et elle remonta dans l'omnibus funéraire en donnant au cocher l'adresse des Folies-Dramatiques. Il était aux invités pour toute la journée, l'omnibus funéraire. Le neveu de Panazol avait payé d'avance.

Pauvre Panazol !... Je suis de l'avis d'Irène Gauthier : quand on m'enterrera, on ne fera pas de discours sur ma tombe ou on se contentera de lire (sans se tromper de papier) celui que j'aurai composé moi-même. C'est plus sûr !

Mais, attendez : il restait à Panazol une dernière humiliation posthume à subir. Comme j'allais quitter le seuil du champ des morts, un nouveau convoi arrivait, un char quelconque, avec des fleurs banales et les tentures réglementaires et, quand il l'aperçut, le gardien du cimetière fit entendre un signal avec un sifflet porté à ses lèvres.

Ce bruit strident, qui déchira l'air, me frappa au cœur. Et, instinctivement, monsieur, me tournant vers les allées que nous venions de quitter et cherchant du regard, à travers les arbres et les tombes, la place lointaine et invisible où reposait notre camarade disparu, mon indignation se traduisit par ce cri qui fut la meilleure des oraisons funèbres, la protestation du cœur d'un vieil ami :

— Mon pauvre Panazol ! C'est la première fois qu'on te siffle !

Seulement, comme elle est vraie, la pensée de Shakspeare que je détaillais de ma voix la plus profonde dans *Hamlet*, en jouant Gonzague :

> Oh ! la réalité trahit toujours le rêve,
> Et, contraire à nos vœux, notre destin s'achève
> En ce monde changeant où, sans exagérer,
> Les larmes savent rire et les rires pleurer !

Ce qui signifie, en simple prose, que le vaudeville est bien près du drame dans notre existence de fous errants et que l'opérette, à chaque pas, y coudoie la tragédie. Voilà.

X

ÉTOILES FILANTES

Shakspeare?... Je ne mentais pas, lorsque je disais à lady Maud, sur la terrasse du château de Pau, que mon rêve était de jouer Shakspeare. C'est, du reste, une joie que je me suis donnée, entre deux mélodrames de Pixérécourt, de Bouchardy ou de d'Ennery. Mais, je ne devais pas, tout romanesque que je suis, être injuste pour notre Molière ! Je suis moliériste aussi, monsieur ! Molière et Shakspeare, ce sont les deux pôles de notre art. Molière plus clair, Shakspeare plus grouillant. Je proclamerais volontiers que le grand Will et le grand Poquelin sont les deux grands-pères du théâtre : entre eux, Racine et Corneille dont je dirais encore, comme ce critique dont j'oublie le nom : Racine plus féminin, Corneille plus romain, Corneille c'est *papa* et Racine c'est *maman*. Est-ce clair?

J'ai même un moment, je dois le reconnaître, sacrifié Shakspeare à Molière. J'ai eu une *moliérite* aiguë. Ce fut lorsque, sentant le terrain se dérober sous mes pieds dans ma patrie, je songeai à demander à l'étranger le pain de gloire. L'Américain Duncan m'avait dit : « Dans le Nord, le *mélo* français ne réussit pas. Vous pourriez jouer votre répertoire au Brésil, au Pérou, dans l'Argentine. Le Nord aime le rire. Joueriez-vous Molière? »

La belle demande ! Je jouerais tout. Les emplois sont des chaînes imposées aux tempéraments personnels par les médiocrités. Jouer Molière? Avec cela que je ne l'avais pas répété et joué au Conservatoire, du temps de M. Beauvallet ! J'avais même *passé* dans Alceste aux examens semestriels. On peut tout aussi bien articuler et étonner dans le monologue de l'*Avare* que dans les *Stances* du *Cid*. Jouer Molière? M. Beauvallet, qui voulait sans doute se débarrasser de moi en me déversant dans la comédie, trouvait même que je le jouais bien. « Vous ne vous imaginez pas, me disait souvent sa grosse voix, combien vous êtes comique ! Vous êtes un comique inconscient, Brichanteau ! » Je me disais : « Il est jaloux. Il a peur. » Je me trompais peut-être. Je me demande parfois souvent si mon professeur n'avait pas raison.

Toujours est-il que je répondis à M. Duncan que Molière, c'était aussi mon affaire. Il voulait un répertoire gai. Il aurait un répertoire gai.

— Oh ! le plus gai possible, faisait mon Yankee.

— Vous n'espérez pourtant pas que je chante la chansonnette?

— Eh ! eh ! disait-il encore, ce ne serait pas si bête !

Je ne chantai pas la chansonnette, mais je me replongeai dans Molière. Je m'essayai d'abord dans *l'École des femmes* à Chartres. Éclatant succès. Je vous campai un Arnolphe qui avait du zinc comme un don Diègue. Du reste, le génie est un. Alceste est un Othello qu'Arsinoé rend jaloux comme le fait Yago. Ces titans de même race savent tout. Un vieux maître d'armes ne m'a-t-il pas dit que la meilleure leçon d'escrime était celle que le maître de l'épée enseigne à M. Jourdain dans *le Bourgeois gentilhomme*? Et c'est vrai. Où ai-je lu que Shakspeare a étudié la démence aussi sûrement que l'a fait M. Charcot? Et ce doit être exact. Voyez encore les conseils donnés aux comédiens par Molière dans *l'Impromptu de Versailles* et par Shakspeare dans *Hamlet*. Quel dommage qu'ils n'aient pas été, l'un et l'autre, professeurs au Conservatoire !... Ils auraient bouleversé le vieil enseignement. Donc je fis un Arnolphe shakspearien. Mais je gardai à Molière son caractère gaulois. Je terrifiais en m'arrachant les cheveux devant Agnès, mais je faisais rire. Et ce grand Molière, il m'empoigna tellement que je devins, pendant un temps, injuste pour Shakspeare. Je ne voyais plus que Molière. J'avais le chauvinisme de Poquelin. Je disais aux jeunes actrices que je voyais courtisées par les godelureaux, autour de moi :

— N'ayez qu'un amour, mes enfants. Aimez Molière ! Celui-là ne trompe pas !

Je lui dus, du moins, pour ma part, d'avoir été engagé par M. Duncan et d'avoir fait, joie que je n'avais pu me donner lorsque Rachel refusa de me prendre dans sa troupe, ma première tournée ! O mes journées de voyages après mes années de province !

Des tournées? Oui, j'en ai fait, parbleu, comme tout le monde. La tournée, mais c'est la preuve de la popularité. Quand la patrie vous a donné la gloire, on lui demande son *exeat* et l'on va se faire plébisciter par l'étranger. Vous croyez peut-être que l'étranger ne s'y connaît pas? Il est souvent plus fin que nous, l'étranger, et j'ai eu, dans l'Amérique du Sud, des succès, je ne vous dis que ça, qui n'auraient pas été compris par les gommeux du boulevard. Non. J'ai fait vibrer l'âme latine de Mexico et l'âme saxonne de New-York. C'est même mon bon temps.

Que de fois je me disais :

« Quand on pense qu'en France ils ne m'ont pas toujours compris !

Tenez, j'ai été sifflé à Mont-de-Marsan dans *Marino Faliero*... Eh bien, ce même *Marino Faliero* a été un de mes triomphes à Valparaiso. On m'a rappelé dix-huit fois dans la soirée. Dix-huit fois. Et c'était du délire au *cinq*, quand je m'écriais, après la lecture de ma condamnation par Léoni, patricien, un des Dix :

> Bords sacrés, ciel natal, palais que j'élevai.
> Flots rougis de mon sang, où mon bras a sauvé
> Ces fiers patriciens qui, sans moi, dans les chaînes,
> Rameraient aujourd'hui sur les flottes de Gênes,
> De ma voix qui s'éteint recueillez les accents !

Il faut dire que j'avais une façon à moi de montrer ces patriciens ramant, comme

JE VOUS CAMPAI UN ARNOLPHE...

des forçats, sur les galères génoises ! Je me courbais, je peinais, je faisais le geste, ma pantomime valait ma diction. Et il faut de la pantomime, à l'étranger.

Ah ! le bon temps !

Quelle joie, les voyages ! C'est si tentant de changer d'air, de secouer la lourde chaîne de ses habitudes et de ses préjugés ! Si j'étais jeune, je remonterais encore en steamer, j'en referais des tournées !...

Et puis, je ne suis ni superstitieux, ni sot, je vous prie de le croire, mais cependant je ne puis m'empêcher de remarquer, de noter un fait significatif et singulier, qui m'est personnel. Chaque fois que, partant pour l'Amérique ou revenant en France, j'ai dû prendre la mer, chaque fois, vous m'entendez bien, s'il y avait eu gros temps auparavant, mer démontée ou une tempête la veille, les flots se calmaient lorsque je montais à bord du paquebot. Par hasard, je le reconnais, mais hasard étrange, vous l'avouerez. Et ce fait avait été si bien observé par d'autres que des passagers demandaient à la Compagnie transatlantique de s'embarquer avec moi, oui, je n'exagère pas, et que, l'ambassadeur de France prenant passage sur la *Champagne*, l'employé lui dit : « Ah ! Excellence, vous avez de la chance ; la traversée sera bonne, vous voyagez avec Brichanteau ! »

Et puis, ces tournées, voyez-vous, cela a encore un autre avantage. On oublie son ruisseau de la rue du Bac, on élargit son horizon. On pense à pleins poumons. C'est la vraie vie !

Les voyages ! Mais c'est ça qui fait connaître les hommes et les choses, les voyages ! Voilà qui forme et, je dirai, qui trempe une intelligence ! J'en ai plus appris en deux ans de tournées qu'en vingt ans de Paris. Je ne parle pas de la mise en scène, un peu bizarre. Ils crèvent des tubes de couleur rouge pour simuler du sang dans les duels, et j'ai vu dans la kermesse de *Faust* figurer un ours, un ours véritable, un ours muselé qui eût donné une crise de nerfs à M. Gounod. Je ne parle pas non plus de la géographie, qu'on peut apprendre chez soi, je parle de la politique, de la philosophie et, pour tout dire, de l'humanité.

Par exemple, tenez, j'étais bien républicain quand je suis parti. Mon Dieu, je le suis tout autant, mais j'ai comparé. Je ne porte pas aux rois la même haine, depuis que je les ai vus de près. Il y en a qui sont fort bien. Non, je n'exagère pas. J'en ai rencontré plus d'un. J'ai pu juger de leur érudition et elle m'a même surpris plus d'une fois. En général, ils connaissent bien notre littérature. On sent qu'ils sont instruits. Plusieurs même m'ont consulté sur des œuvres de leur cru. Je leur ai répondu avec la franchise d'Alceste parlant à Oronte. Oh ! je ne suis pas un courtisan, ou, si je le suis, je suis le courtisan de l'Art.

En Ruthénie, tenez, sans aller plus loin, en Ruthénie, le roi qui, la veille, avait pu m'entendre et m'apprécier dans le répertoire, j'en étais à ma seconde manière, la manière moliéresque, le roi eut la politesse de m'inviter à déjeuner. Il voulait me voir de près. Je n'étais pas fâché de l'étudier à mon tour. J'acceptai l'invitation.

Je dois dire qu'il me reçut avec une amabilité toute particulière. Je n'aurais pas, conduit par un chambellan, traversé tant de salons, après avoir pénétré dans un palais gardé par des sentinelles, que je ne me serais pas cru dans une demeure souveraine et devant un roi. Déjeuner charmant, où l'on causa de tout, de Paris, du théâtre, de nos peintres, de nos poètes. J'aurais souhaité que la conversation inclinât vers la politique, voulant savoir ce que pouvait penser un roi de tous les points noirs européens ; mais, à chaque allusion que je faisais, mon hôte laissait tomber le propos, et je devinai que je l'inquiétais, le troublais. Il se dérobait, visiblement ; il se dérobait, affectant de ne parler que de questions littéraires.

Va donc pour la littérature ! A un moment donné, le roi me dit :

— Monsieur Brichanteau, il faut que je vous consulte !

Je risquai une dernière allusion :

— Sur le conflit russo-turc?

Il y avait alors un conflit entre la Sublime-Porte et la Sainte Russie.

Le roi me répondit :

— Non ; sur une traduction que j'ai commencée. Une traduction de Shakspeare !

Je le regardai un moment, avant de répondre. C'était à moi, Français, qu'il parlait de cet Anglais ! A moi qui venais, après tant de mélodrames joués çà et là, de me retremper tout à coup, ayant été engagé pour cela, dans l'art français par excellence, la comédie classique, le rire clair de Molière ! « Vais-je lui dire toute mon opinion? » me demandai-je mentalement. Et mentalement je me répondis : « Pourquoi pas? » Et je la dis, mon opinion, je l'exprimai avec une franchise toute républicaine qui eût peut-être choqué nos républicains.

— Sire, m'écriai-je, vous traduisez Shakspeare, vous avez tort !

— Oh ! monsieur Brichanteau, permettez.

— Savez-vous ce que c'est que Shakspeare? Le savez-vous, Sire?

— Mais, il me semble, monsieur Brichanteau !

— Mon Dieu, Sire, ayant fort admiré et admirant le grand Will, je n'irai pas jusqu'à rééditer le mot de Voltaire. Non, Shakspeare n'est pas un *sauvage ivre*, mais, avouons-le, entre nous, c'est un génie fumeux, exagéré, fantasque. Voilà le mot, il est fantasque. Il lui faut des changements de décors, des tableaux à l'infini, des spectres, des apparitions, une mise en scène extraordinaire. Je connais bien son répertoire, je l'ai joué ! Sans costumes et sans jeux de lumière à la rampe, que devient cet art-là? Tandis que Molière ! Ah ! Molière ! Parlez-moi de Molière ! Molière fait tenir toute l'humanité, toute, vous entendez, dans une chambre de malade. Il n'a pas besoin de sorcières, de fantômes, de tempêtes ;

non, un vieux fauteuil, Argan dedans, des hommes et des femmes autour, et c'est, sous son rire, la grande tragédie humaine qui se joue. C'est une découverte que j'ai faite. On n'a pas besoin de pourpoints ni d'épées pour l'interpréter, ce divin Molière. Une souquenille et une toque rayée et tout est dit. Je donnerais, à présent, Sire, tous les drames de Shakspeare, vous entendez, tous (et Dieu sait s'ils sont sublimes! oui, sublimes !), je les donnerais en bloc pour la tirade de Gros-René ou le monologue d'Harpagon ! Vous le voyez : *la Moliérite* !

Le roi m'avait écouté, pensif. Il était, comme moi-même, ébranlé dans son culte de Shakspeare. Je le voyais bien. Et c'est vainement qu'il risqua une objection :

— Mais *Don Juan*, monsieur Brichanteau?

— Quel *Don Juan* ?

— Le *Don Juan* de Molière ! Il y a bien des spectres dans *Don Juan*. La statue du Commandeur !

— C'est vrai, Sire ; mais, quand il écrit *Don Juan*, Molière n'est plus un génie français, il devient presque un génie castillan, comme Hugo. Et son Commandeur de marbre est en carton ! Ce n'est point par là qu'il est grand. Dans la scène du pauvre, à la bonne heure ; si je n'étais devant Votre Majesté, je dirais que la scène du pauvre, ça, c'est du bon socialisme, Sire...

Mais je sentais que j'irais trop loin et je m'arrêtai.

Cette fois, le roi ne répondit pas. Il demeura un moment songeur. Je le vois et le verrai toujours, son manuscrit à la main, le manuscrit de sa traduction de Shakspeare. Il avait ouvert le cahier, il le referma, et savez-vous ce qu'il me dit? Oui, lui, le roi, le roi de Ruthénie? Le roi à qui j'avais parlé presque du ton de Saint-Vallier s'adressant au roi de Marignan?

Il me dit :

— Monsieur Brichanteau, vous avez raison. Je laisse là aujourd'hui la traduction de Shakspeare et demain, demain, monsieur Brichanteau, je commence la traduction de Molière !

CONDUIT PAR UN CHAMBELLAN...

Voilà qui m'a donné sur les rois des idées nouvelles et, entre nous, ce n'est pas un ministre républicain de l'Instruction publique qui, me consultant pendant une audience sur un de ses projets littéraires, m'eût répondu : « Monsieur Brichanteau, j'y renonce et je vais suivre vos conseils ! » Non, je le déplore pour notre patrie : mais ce qu'a fait un roi d'une maison aussi vieille et aussi noble que Bragance, m'écouter, un tribun de notre pays peut-être ne le ferait point, lui !... Et je ne croirais pas cela possible, voyez-vous, non, je ne le croirais pas, si je n'avais pas voyagé !

Malheureusement, engagé pour jouer le répertoire, le répertoire ne fit point d'argent et je me vis forcé de rejouer, en Amérique, les drames de ma jeunesse, sous les costumes adéquats aux personnages. Tristes aventures! J'ai interprété Triboulet en manteau de Mascarille. Mais qu'importait? Les Américains du Sud n'en demandaient pas davantage et d'ailleurs l'âme était toujours là ; elle transformait tout, l'âme ! Elle se moquait des costumes, l'âme ! J'aurais joué Triboulet en habit noir que j'aurais été, jusqu'aux entrailles, jusqu'au tuf, le Triboulet du poète.

Donc, j'étais mûr pour l'Amérique et j'y allai. La première fois, je vous l'ai dit, avec l'Américain Duncan (plein succès), la dernière fois avec Marchandier. Le malheur voulut, en ce suprême voyage, j'ai toujours eu de la malchance, qu'au milieu de mes triomphes d'outre-Atlantique, la fièvre jaune vînt s'abattre sur moi. Oui, terrible. Et en plein théâtre. Sur la scène. Une attaque presque foudroyante de *vomito negro*. A la Havane. Je tombai raide sur les planches, le public eut peur, la salle se vida. Je n'en mourus pas, mais la compagnie Marchandier, à laquelle j'appartenais, étant forcée de continuer sa route, Marchandier me laissa à l'hôtel ma note réglée, mes appointements payés, et le prix de mon rapatriement convenu avec un capitaine dont le navire partait pour France...

Ah ! l'écroulement de tous mes rêves ! Je me disais déjà : « Je plais à l'Amérique. Visiblement, je plais. Cette année, je ne gagne pas lourd, parce qu'après avoir été exploité par Duncan, je suis subalternisé par Marchandier ; mais je sème ! Je sème pour l'avenir ! Dans deux ou trois ans, je reviendrai ici, à mon compte, j'y reviendrai connu, classé, coté. J'aurai ma troupe. On affichera la *Tournée Brichanteau... Sébastien Brichanteau, de tous les théâtres de Paris et des départements !* Et je ferai fortune !

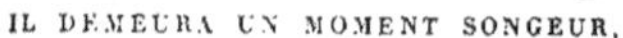

IL DEMEURA UN MOMENT SONGEUR.

Et voilà. La fièvre jaune me coupait sous le pied tous mes espoirs. En un jour, en une heure, elle changeait le triomphateur en valétudinaire. Les camarades continuaient la tournée, la chasse aux dollars (je dois avouer que Marchandier fit faillite en route). Moi, j'étais abandonné dans une chambre d'hôtel comme un colis laissé en gare. Aujourd'hui ces souvenirs de voyage me paraissent charmants. C'est la perspective. Mais, de près, je n'étais pas joyeux. Peste, non! Peste, c'est le cas de le dire. J'étais désolé, j'étais furieux.

Que faire? Rattraper la troupe? Marchandier était au diable. Jouer pour mon compte? Mais jouer, quoi? J'étais tout seul. Alors, dire des monologues, réciter des drôleries? Chanter des chansonnettes, comme le voulait Duncan?... Me dégrader, moi, Brichanteau, qui n'abandonnais Hugo que pour aller à Molière et qui ne délaissais Molière que pour revenir à Hugo, m'abaisser jusqu'à la farce de café-concert? Jamais! Vous entendez, jamais !

Non. Puisque le sort avait prononcé, je me réembarquerais. Je reviendrais en France. J'attendrais une occasion meilleure de reprendre mes voyages, de causer littérature et esthétique avec les rois et de conquérir les dollars des Américains. L'occasion, parbleu, viendrait bien !

L'occasion? Ventre-Saint-Gris, comme je disais en jouant *le Béarnais*, on a bien raison de dire qu'elle est chauve, l'occasion ! Elle ne m'offrit plus un seul de ses cheveux. Pas un. Oh ! calvitie complète, mon pauvre Brichanteau ! Ce satané *vomito negro* m'avait secoué, anémié, et je rentrai au pays, brebis au bercail, pour m'y soigner.

J'en avais besoin. Et puis, et puis, quoi? il faut bien le dire, je vieillissais. Les chênes eux-mêmes vieillissent. Je me sentais ou croyais me sentir toujours aussi fort, aussi ardent et vigoureux, mesurant mes muscles à mon âme. Mais le miroir me disait la vérité quand je l'interrogeais, cherchant et trouvant dans mes cheveux épais, drus comme des herbes jadis, des éclaircies faites par la pensée, l'ébullition du cerveau ou par l'âge. J'avais des rides. Oui, je l'avoue, oui, j'avais des rides. Mes dents perdaient leur émail accoutumé et les dents sont les diamants des artistes mâles.

Je me disais alors, en hochant la tête :

« Brichanteau, mon ami, l'automne vient, les feuilles tombent, il faut songer à changer d'emploi, Brichanteau ! »

Changer d'emploi? Eh, oui ! passer aux pères nobles. Être la basse après avoir été le ténor !... Devenir Ruy Gomez après avoir été Hernani ! Il n'y a ni à se rebeller ni à faire le malin contre la nature. C'est comme ça.

« Eh bien, me répondais-je, c'est convenu, Brichanteau, tu changeras d'emploi ! »

Mais, pour changer d'emploi, encore faut-il avoir un emploi, même quand on les a tous, et, pour jouer Ruy Gomez ou les autres vieilles barbes, avoir un théâtre. Et voilà. Je n'avais pas de théâtre. Je n'en avais plus. J'étais un errant, un déclassé, un aboli, un acteur du boulevard, un comédien vieux jeu. J'étais d'un autre bateau, comme ils disent, et mon bateau à moi, c'était une barque déchiquetée et pourrie qui prenait l'eau. J'étais d'une autre époque. Une momie. Un romantique mâtiné de classique, pas naturaliste et ibsénien pour un sou, rococo, pendule, aussi usé que Malek-Adel !... L'opérette avait passé sur mon art, bafoué mes idoles, démoli mes dieux. Comment jouer *Marino Faliero* après *le Pont des Soupirs*? C'est plus gai, *le Pont des Soupirs* ! Rien de plus gai. M. Ludovic Halévy a tant d'esprit ! « Lâchez les doges ! » Hélas, ils étaient plus que lâchés, les doges, ils étaient étranglés, jetés au canal Orfano, finis, finis, finis !

Et avec eux mon répertoire, *Don Sébastien de Portugal*, *Guillaume Collmann*, *Perrinet Leclerc*, tout ! A peine pouvais-je jouer mes vieilleries dans la banlieue, les dimanches ! J'ai accepté les *utilités* à Montparnasse. J'ai figuré aux Bouffes du Nord. Moi qui dictais mes avis aux souverains, j'ai descendu, un à un, les degrés d'une échelle tenue par la guigne. Et les années passaient, les années dures, les années tristes, les années où les rhumatismes poussent et où les canines tombent sans que la faim s'apaise...

Je dis la faim d'idéal aussi, l'appétit des bravos, du triomphe ! Je me faisais l'effet d'une épave parmi les nouveaux, ceux qui croient tout savoir en sortant du Conservatoire, les comédiens-banquiers qui vont dire des saynètes dans les maisons, les comiques pour noces, les réalistes qui se croient des artistes parce qu'ils jouent avec leurs gestes de tous les jours, il faut ennoblir, endimancher son geste, messeigneurs ! ou encore ceux qui disent : « L'art? Où loge-t-il? C'est par le café-concert qu'on arrive ! », et qui y vont. Et je ne peux pas dire que je souffrais de tout ça. Non. Je me redressais dans ma fierté :

— Brichanteau, tu n'es pas semblable aux autres ! Tu as la foi, Brichanteau ! Tu n'as pas pactisé ! Tu es irréductible ! Même en figurant, tu figures sur les théâtres et dans des œuvres d'art. Tu mourras avec le drame, Brichanteau ! Brichanteau, fier vaincu, tu as (et c'est quelque chose, tu sais)... tu as, tu gardes immaculée, ta propre estime !

Seulement l'estime de soi-même, cela n'empêche pas de vieillir.

Alors, sentant le terrain me manquer et les années s'accumuler, n'ayant même pas, dans mon dégoût pour tout syndicat, dans mon humeur individualiste, eu la précaution de me faire recevoir autrefois de la Société des artistes dramatiques (j'aurais une pension aujourd'hui, imbécile !), je me suis inquiété de ma vieillesse, et, ne pouvant obtenir justice des directeurs qui m'ignorent et me font faire antichambre, j'ai accepté la place dont, un jour, me parla un bicycliste enragé qui demeure sur le même palier que moi.

Une place? Quelle place? Je n'ose pas le dire. Faut-il vous l'avouer, monsieur? Je suis *starter* dans les courses de bicyclettes. C'est moi qui donne le signal du départ. Quelquefois c'est en tirant un coup de pistolet, *pan !* d'autres fois c'est en criant : « Allez ! » de cette belle voix que jalousait M. Beauvallet et qui est demeurée superbe. « Allez ! » Vous entendez ce creux. « Allez ! » Oui, la voix a toujours son cuivre.

Et voilà : je collabore, moi, le serviteur de l'idée, à la décadence de l'art par la bicyclette. Car c'est la fin du théâtre, la bicyclette. On rentre épuisé. Va-t-on s'habiller pour écouter Corneille? On passe ses journées sur la machine de fer, on n'a plus le temps de lire. Ou on lit des journaux de tourisme. Égalité des sexes. Hommes et femmes se ressemblent. Il est vrai que cela fait des muscles. Mais, vive

C'EST MOI QUI DONNE LE SIGNAL DU DÉPART.

Dieu, nous en avions, nous aussi, des muscles et, de plus, du cerveau, des enthousiasmes, des idées !

Et voulez-vous que je vous dise? La musique aussi, unie au cyclisme, tuera la littérature. On sent en musique, on ne pense pas. Richard Wagner, colosse d'ailleurs, les cloches de *Parsifal* m'ont fait pleurer tout comme un autre, Wagner a détrôné Hugo, Wagner est le Shakspeare vague et nébuleux des snobs qui n'ont pas lu Shakspeare et qui croient que tout date du géant Bayreuth. Cet Allemand a conquis la Gaule par une infiltration lente et sûre. Plus de musique française, de la musique wagnérienne. Plus de cafés où l'on cause, de brasseries où l'on fume. La liqueur verte et le germanisme. Adieu la vendange et le sang de France ! Je rabâche et je ne me pique pas d'être un connaisseur en musique, mais je mets la littérature au-dessus de tout, et le théâtre, roi des lettres, c'est l'action, c'est la vie. Aux mythologies scandinaves, au Brocken et au Venusberg, je préfère le vin pur du vieux Pierre de Rouen, le cru de Gascogne du père Dumas, et le tonneau tourangeau de Balzac. Voulez-vous que je vous dise? Ce qui me semble prouver l'infériorité de l'Allemagne, c'est sa supériorité en musique. M. Hugo, oui, Victor Hugo, nous a dit ça un jour que nous lui présentions une liste de souscription pour un canon à offrir à l'artillerie de la garde nationale. Ça ne m'a pas, en creusant, paru si bête que ça !

Et j'assiste à ces fêtes de la décadence. Concerts et vélodromes. Comment, si j'y assiste, à ces déliquescences? Je fais bien pis : je vous l'ai dit, je les dirige. *Starter*, moi ! Starter de vélodromes. Voilà où j'en suis. Quelquefois, je ferme les yeux, quand je dis : *Allez !* et il me semble que je donne le signal non pas d'une course, mais d'un duel, d'un duel épique, comme dans *le Bossu* ou *la Dame de Monsoreau*. « Allez ! » Et j'attends à la fois le cliquetis émouvant des épées et le bruit retentissant des bravos. Ou encore, lorsque le signal est un coup de pistolet, j'ai l'illusion d'être toujours Andrès et de jouer *les Pirates de la Savane* ou *le Gaucho* comme à Perpignan. Je respire encore la poudre d'autrefois. Autrefois !...

Autrefois, je tenais, comme ils disent, le record de l'espérance. J'étais à la fois, dans mes rêves, Bocage, Ligier... Talma... Talma II, comme disait M. Ingres ! J'étais tout ! Je m'endormais sur des matelas de lauriers, comme ces généraux qui couchaient sur les drapeaux conquis. J'étais glorieux, j'étais aimé ! Les magistrats des villes où j'allais jouer seraient venus m'apporter sur un coussin de velours les clefs de leur cité que j'aurais trouvé cela tout simple. *Autrefois !* C'est étonnant tout ce qu'un mot, un seul mot, peut contenir de désillusions !

Elle s'est joliment moquée de moi, la vie, et je me demande parfois, vieux cabot devenu starter à l'usage des cyclewomen, si je ne suis pas un impuissant, un vaniteux et un raté. Eh bien, non, je sens en moi toute la fièvre de la jeunesse. J'ai la même foi, la même ardeur, le même talent qu'*autrefois*. Est-ce ma faute si l'on ne m'utilise pas? Est-ce ma faute? A ce compte, c'était un raté, Bélisaire, puisqu'il tendait son casque, et Lamartine, puisqu'il était pauvre? Et puis, qui n'est pas raté, dans ce siècle d'ambitions hautes? Ratée, notre pauvre France elle-même, quand elle se colletait, chevaleresque, avec les ingénieurs allemands !

Je pense souvent à cela. Je revois le passé. Je ne regrette rien. Je finis mal, mais j'ai bien vécu. Nulle concession. Je peux être starter comme je le suis, c'est un métier comme un autre, mais je ne consentirais pas pour un empire à paraître sur un café-concert... Ah ! pardon, je l'ai fait. Oui, faubourg Saint-Martin. Mais je n'ai récité là que la tirade de Saint-Vallier et des vers de Corneille. On m'y a même sifflé, ou plutôt on a sifflé Corneille, pas moi. On trouvait ça embêtant. On me criait : « Une chansonnette ! » Me demander une chansonnette, à moi, comme jadis le Yankee *impresario* !... J'ai démissionné ! Et je ne savais pas, le soir de cette démission, où je coucherais le lendemain.

J'AURAIS TROUVÉ CELA TOUT SIMPLE.

Mais on ne transige pas avec l'art : on est starter, on est homme de peine, on est tout ce qu'on veut et tout ce qu'on peut, mais on n'est pas un pitre pour loustics de bas étage. Ah ! cela, non ! Non, non, non !

Et puis, quand j'y pense, à quoi tient la gloire? A rien, monsieur, à la chance d'abord, au hasard ensuite. Tenez, écoutez cette histoire, elle est cruelle, mais amusante. J'ai connu un homme, un camarade, qui avait la plus belle voix du monde, une voix égale pour l'opéra à celle que j'avais, moi, pour le drame, une voix, vous entendez, à renverser tous les autres chanteurs, les mieux doués, les plus renommés, à éclipser le souvenir des Duprez, des Roger, des Capoul... Toulousain, mon ami, des environs de Toulouse, comme Montescure, et ténor. Un brave garçon. Et pas laid du tout, qui plus est. Un peu ramassé, un peu courtaud, le cou gros, mais on fait aux chanteurs sur les qualités physiques un crédit qu'on nous refuse à nous, interprètes des poètes. On peut chanter *le Cid* en étant laid si la voix est belle, on ne saurait le jouer si la nature ne vous a pas doté d'un physique adapté au personnage. De là, à mon sens et quoique je sois orfèvre, comme M. Josse, la supériorité du tragédien sur le chanteur. Passons. C'est de l'esthétique.

Toutes les qualités donc, mon ami Cadenet les avait. Une voix incomparable ! Il pouvait, je vous dis, mettre n'importe qui dans sa poche ! Ignorant la musique d'ailleurs, chantant d'instinct comme la cigale, mais mieux que la cigale nécessairement.

Nous lui disions :

— Cadenet, tu as huit cent mille francs dans le gosier, apprends à chanter !

— Mais comment apprendre?

— Choisis un professeur. Seulement, défie-toi de lui. S'il est jaloux de ta voix, tu es perdu !

Et je me rappelais le mien, mon professeur, le Conservatoire, ces terribles leçons, où je sentais sourdre la rivalité du maître... Assez parlé de moi désormais ! Et puis je raconte l'histoire de Cadenet, non la mienne.

Ce bon Cadenet, qui était à Paris garçon de magasin chez un drapier de la rue du Mail, alla donc trouver M. Roger qui l'écouta et voilà, devant cette voix admirable, pure comme du cristal de roche, M. Roger qui s'écrie :

— Je tiens, ne pouvant plus jouer, à me donner un successeur au théâtre ! Voulez-vous prendre des leçons avec moi?

Comment donc ! Il était trop heureux, Cadenet ! Étudier avec M. Roger ! Le grand artiste ! Le créateur du *Prophète* ! Cadenet n'avait pas le sou, mais, pour prix de ses leçons, M. Roger ne demandait rien. Le plaisir de révéler un chanteur, la joie d'enseigner. La gloire !

Voilà donc Cadenet qui pioche les vocalises avec M. Roger. Il apprenait à chanter ; mais il avait, ce pauvre Cadenet, un sacré défaut, un vice, ah ! un vice rédhibitoire ! Il n'avait pas de mémoire du tout. Mais de mémoire, je vous dis, pas la moindre. Il chantait, oui, mais quant à se mettre dans la tête un rôle, un personnage, des vers, des scènes, impossible ! Chose étrange, la mémoire. J'ai étudié, appris, établi peut-être huit cents rôles dans ma vie, en comptant malheureusement les *pannes*, je n'aurais qu'à les repasser aujourd'hui une fois avant de me coucher, puis à dormir dessus et je les jouerais demain matin. Voilà un don. La mémoire, c'est l'épée de chevet du comédien.

Il n'en avait pas lui, Cadenet, et devant un opéra à apprendre, il reculait comme un chat devant la mer à avaler.

— Mais pourtant, Cadenet, lui disait M. Roger, il faudra bien que vous sachiez enfin un rôle, puisque vous voulez débuter.

— Oui, monsieur Roger. C'est convenu, j'apprendrai ! Mais, Dieu de Dieu, que c'est donc difficile !

— Eh ! répliquait le professeur, la vie ne se passe pas à déguster le *cassoulet*. Il faut lutter !

— Je lutterai, monsieur Roger !

M. Roger ne lui demandait pourtant pas de savoir beaucoup d'opéras. Deux seulement. *Robert le Diable* et *les Huguenots*. Apprendre Robert et Raoul, deux rôles et deux beaux rôles, en vérité, ce n'était pas aussi dur qu'enlever Malakoff. Ce pauvre Cadenet les piochait donc, les tournait et les retournait dans sa tête, les deux rôles, les mâchait, remâchait, ruminait, les promenait avec lui, s'endormait en les relisant.

— Eh bien, Cadenet, cela va-t-il? demandait M. Roger.

— Ça va, monsieur Roger, ça va, je sais déjà trois actes de *Robert* !

Il y mit le temps, Cadenet, mais, enfin, il put arriver à dompter sa mémoire rétive, à savoir ces deux opéras, et M. Roger réussit à le faire engager au Havre.

Du Havre à Rouen, il n'y a pas loin ; de Rouen à Paris, il n'y a qu'un pas. Si Cadenet réussissait au Havre, il pourrait fort bien, un beau jour, prendre le train de Paris. Sa merveilleuse voix le lui permettait !

Bref, il partit pour le Havre comme vers le port qui conduit à la vaste mer, à l'immortalité. J'étais précisément en tournée dans la patrie de Casimir Delavigne, lorsque je lus dans le *Journal du Havre* l'annonce des débuts de Cadenet. Ce bon Cadenet ! Je jouais *Ruy Blas*, non pas Ruy Blas précisément, mais l'alguazil, vous savez, qui arrête don César. Il faut bien vivre. Et puis la scène est de la plus haute importance. Il y a drame, situation. Si le rôle n'est pas tenu par quelqu'un de solide, l'acte est compromis. Je l'ai, je m'en vante, toujours sauvé, solidifié !

La veille du jour où Cadenet devait débuter, j'allai le prendre, après la répétition, au Grand-Théâtre. Il rayonnait. On venait d'achever *les Huguenots*, et la répétition avait admirablement marché.

Le directeur était enchanté, le régisseur se frottait les mains : on allait avoir un bon début !

— Pourvu, me disait Cadenet, que ma satanée mémoire ne me trahisse pas !

— Tu sais ton rôle?

— J'en sais deux. Comme l'a exigé monsieur Roger. Pas un de plus. Mais j'en sais deux imperturbablement : Robert et Raoul !

— Eh bien, si tu ne joues que *Robert le Diable* et *les Huguenots*, cela suffit. Tu auras, ensuite, le temps d'apprendre d'autres opéras. La mémoire se perfectionne mécaniquement. Je te donnerai une méthode !

Mais il ne m'écoutait pas. Il marmottait des paroles confuses : « *Les remparts d'Amboise... Oui, tu l'as dit, oui, tu l'as dit, tu m'aimes !* » Il repassait son rôle. Il avait raison.

— Tu seras là demain pour me soutenir? dit-il en faisant le geste du claqueur qui frappe ses mains l'une contre l'autre.

— Si j'y serai !... Pendant les deux premiers actes. Après quoi j'irai m'habiller pour mon alguazil, et je reviendrai ensuite au dernier acte, pour le rappel : *Cadenet ! Cadenet !* Tu m'entendras crier *Cadenet*, va, je t'en réponds ! Tu connais mon creux ! L'obusier ! Le tonnerre !

Il était ravi.

Toute la journée du lendemain, il se promena devant le Grand-Théâtre, lisant fièrement ces mots sur l'affiche : *Pour les débuts de M. Cadenet, premier ténor*, les Huguenots, *opéra de M. Scribe, musique de Meyerbeer...* Et, devant son nom imprimé, il redressait sa petite taille, comme si son front allait toucher les étoiles.

Le soir venu, j'étais à l'entrée de l'orchestre, près de la porte pour sortir plus vite, et j'entendais les habitués du théâtre, les abonnés demander qui était ce Cadenet que l'administration présentait là au public havrais pour la première fois. On lui avait arrangé une petite biographie. Cadenet, fils de bonne famille, neveu d'un officier supérieur, entraîné vers les planches par une vocation irrésistible. On racontait que M. Ambroise Thomas, l'ayant entendu dans un concert, s'était arraché les cheveux, désespéré qu'un aussi beau sujet ne sortît pas du Conservatoire. Bref, le terrain était bien préparé. Bonne réclame, bien faite.

Le rideau se lève. J'étais ému comme s'il se fût agi d'une représentation donnée par moi-même. Nous sommes ainsi, nous autres artistes : ou nous nous haïssons mortellement, et c'est la guerre au couteau, ou nous comprenons mieux que personne les angoisses des camarades, et quand leur cœur bat comme une cloche d'alarme, à l'unisson, le nôtre bat de même. Leur émotion, c'est la nôtre. Leur *trac*, ah ! le mot fréquent dans les coulisses, c'est notre *trac*.

A vrai dire, j'étais persuadé que Cadenet allait gagner la partie haut la main. Une voix superbe, jeune, pas éraillée !... Un beau rôle, car on ne saura jamais ce que les beaux rôles font d'un homme ! Il n'avait qu'à se présenter.

— Je lui ferai son entrée, me disais-je. Je serai son *bienfaiteur* (on appelle ainsi le chef de claque). Apprêtons les battoirs !

La toile se lève. Vous connaissez *les Huguenots*. Le théâtre représente une salle du château du comte de Nevers, seigneur catholique (encore un beau rôle!). Au fond, des croisées, un jardin, une pelouse. Portes à droite et à gauche. De jeunes seigneurs jouent au ballon, aux dés, au bilboquet. Et Nevers chante :

> Des beaux jours de la jeunesse,
> Dans la plus riante ivresse,
> Hâtons-nous, le temps nous presse,
> Hâtons-nous, hâtons-nous, hâtons-nous de jouir !

Trois fois : *hâtons-nous*. Ils se hâtent en perdant du temps. Puis le chœur de reprendre :

> Hâtons-nous, le temps nous presse,
> Hâtons-nous, hâtons-nous, hâtons-nous de jouir !

Toujours trois fois. Dans un drame, ce serait parfaitement ridicule. Dans un opéra, on répète trois fois les choses. Dans Shakspeare aussi, du reste !

Je vous passe le chœur :

> Aux jeux, à la folie
> Consacrons notre vie,
> Et qu'ici tout s'oublie,
> Excepté le plaisir !

Vous voyez, je sais la pièce. Je la sais. J'ai une mémoire ! Je dois dire, pour tout expliquer, que j'ai chanté dans les chœurs, à Lons-le-Saunier et à Albi. Mon engagement m'y forçait. Impossible de refuser. On a de ces humiliations.

Bref, le chœur fini, c'est l'entrée de Raoul. Raoul de Nangis, gentilhomme protestant, arrive après le morceau d'ensemble et l'*allegretto moderato*. Il est annoncé par le dialogue entre Tavannes, gentilhomme catholique, et Nevers :

> De ces lieux enchanteurs, châtelain respectable,
> Pourquoi donc, cher Nevers, ne pas nous mettre à table?

Et Nevers :

— Nous attendons encore un convive !
— Et lequel ?
— Un jeune gentilhomme, un nouveau camarade
Qui, dans les lansquenets, vient d'acquérir un grade
Par le crédit de l'Amiral !
— Oh, ciel, c'est donc un huguenot ?

Au milieu de leurs plaisirs, ils n'oublient pas leur haine, les jeunes seigneurs ! Le huguenot, c'est l'ennemi ! De Retz s'écrie : *Je veux m'en amuser !* Nevers répond : *Et moi, le convertir !*

Au culte des vrais dieux l'amour et le plaisir !

Très légers, ces jeunes seigneurs catholiques. C'est là-dessus que Raoul de Nangis fait son entrée. Accompagnement quasi-allegretto. Il apparaît, il s'avance, il regarde un à un les jeunes seigneurs, il sourit et il commence :

Sous ce beau ciel de la Touraine,
Parmi ce que la cour offre de plus brillant,
Pour moi, simple soldat que l'on connaît à peine,
Ah ! quel honneur d'être admis !...

Et Cossé, gentilhomme catholique, répond : *Sur mon honneur, très bien !* tandis que Tavannes réplique avec mépris :

Oui, l'air gauche et gêné d'un noble de province !

Notez que j'avais, dans une conversation préalable, conseillé à Cadenet de tirer parti de son entrée, au théâtre il faut tirer parti de tout, et de s'adresser moins aux jeunes seigneurs catholiques qu'au public havrais pour dire, modestement, la main droite sur le pourpoint, côté du cœur, comme un débutant :

Pour moi, simple soldat que l'on connaît à peine,
Ah ! quel honneur d'être admis !

— Regarde le public, regarde les femmes, lui avais-je dit, sois à la fois souriant et ému, pris d'inquiétude et plein de certitude, ça fera très bien !

Le voilà donc qui entre, Cadenet, parmi les jeunes gentilshommes catholiques. Pas mal costumé. Une plume un peu trop grande au chapeau, l'air un peu chasseur tyrolien, mais la jambe bien prise dans le maillot et les bottes à créneaux. Vraiment pas mal. Pittoresque. Il s'avance. Il sourit. Il salue. Il regarde Cossé, Nevers, de Retz, Tavannes, il regarde le public et, tout à coup, il attaque de sa belle voix :

Oui, voilà mes seuls amours,
Le vin, le jeu, les belles,
Voilà, voilà mes seuls amours !

Et il chantait de si bon cœur, avec une telle foi !

Le vin, le jeu, les belles !

Stupéfaction. Le malheureux perdait la tête. Il oubliait Raoul, il oubliait *les Huguenots*, il chantait *Robert le Diable*. Des deux opéras, il piquait une tête dans celui qui venait là, tout naturellement à sa mémoire, sa pauvre, sa débile et hésitante mémoire. Il y eut, sur la scène et dans la salle, un tel étonnement que tout d'abord personne, mais personne, ne parut s'apercevoir de la stupéfiante erreur. Moi-même, j'étais muet, pétrifié. Parmi les artistes, seul, Berrouillet, qui jouait Nevers, disait tout bas à l'infortuné Cadenet :

— Mais c'est *Robert* que vous chantez là ! Vous chantez *Robert*. C'est Raoul, ce n'est pas Robert que vous jouez ce soir ! Raoul ! Raoul ! Raoul !

Cadenet n'entendait pas, ne comprenait pas. Il continuait à chanter :

Le vin, le jeu, les belles,
Voilà mes seuls amours !

Mais, après tout, dans une fête de jeunes seigneurs catholiques, qui disaient tout à l'heure :

Hâtons-nous, le temps presse,
Hâtons-nous de jouir,

cela allait encore, le vin, le jeu, les belles ! Et les chanteurs et l'orchestre avaient pris le parti de continuer *les Huguenots*, se disant que le débutant allait brusquement s'apercevoir de son erreur. Et Berrouillet, haussant la voix, se mettait à crier dans le rôle de Nevers :

Que Bacchus me guide,
Que lui seul préside
A ce gai repas !

lorsque tout à coup, ah ! cette fois ce fut le comble ! ce pauvre Cadenet, donnant de toute sa poitrine, de répondre avec colère par un formidable :

C'en est trop ! Qu'on arrête un vassal insolent !

Il continuait *Robert*, il répondait à Nevers en faisant arrêter Raimbaud. Les jeunes seigneurs catholiques reculaient de terreur ou éclataient de rire. Le public criait :

— Oui ! oui ! c'en est trop ! On se moque de nous ! A la porte ! A bas le débutant ! Notre argent !

Et Cadenet, emporté par l'inspiration, de s'avancer vers Nevers et de hurler, en chantant toujours *Robert le Diable* :

Une heure je t'accorde :
Fais ta prière et puis .. Qu'on le pende à l'instant.

Cette fois, il n'y eut plus moyen de continuer. Une tempête épouvantable s'était déchaînée dans la salle.

— La toile ! la toile ! Au poste ! Des sergents de ville !

On s'armait de petits bancs, on voulait les jeter à la tête de Cadenet ; on frappait déjà, à les briser, sur les banquettes. On allait chercher la police ; les sergents de ville apparaissaient... La voix du régisseur se fit entendre, commandant aux machinistes : « Au rideau ! »

Et Cadenet vit s'abaisser, entre lui et le public exaspéré, cette toile qui s'interposait ainsi, barrière sinistre bien que légère, entre lui et la gloire. On l'emmena. Il voulait continuer. Sa voix puissante répétait :

— J'ai commencé mon rôle, je veux le finir !

— Mais on joue *les Huguenots*, malheureux, et vous chantez *Robert le Diable* !

très aimé. Et Fourgousse, qu'on alla chercher dans la salle, apparut bientôt dans le costume de Raoul, sous un tonnerre d'applaudissements. Cette fois, Raoul disait bien aux seigneurs catholiques :

Sous ce beau ciel de la Touraine,
Parmi ce que la cour offre de plus brillant...

On lui fit un succès colossal.

Et je revins, moi, reconduisant Cadenet à sa chambre de l'hôtel Frascati, pendant qu'il hochait la tête et répétait d'un ton navré :

— Quelle mémoire ! Quelle atroce mémoire ! Non, jamais, je n'oserai plus remonter sur les planches ! Jamais ! Jamais !

Au loin, la mer mugissait, aussi agitée que la salle du Grand-Théâtre tout à l'heure.

IL FALLUT LE TRAINER DANS LA COULISSE.

— Cela ne fait rien ! J'ai commencé, je veux achever !...

Il fallut le traîner dans la coulisse. Le pourpoint déchiré, le chapeau bosselé, agitant la plume tombée et qu'il avait ramassée, il se débattait comme un véritable protestant dans le massacre de la Saint-Barthélemy. Bientôt, il allait s'arracher les cheveux, se donner des coups de poing dans la poitrine et s'écrouler le long d'un portant, le pauvre garçon, désespéré et comprenant enfin, mais trop tard ! sa mésaventure.

Vainement le régisseur vint-il réclamer l'indulgence du public, essayer d'expliquer *le déplorable malentendu*, le public n'admit aucune excuse :

— Pas de Cadenet ! Plus de Cadenet ! A la porte, Cadenet ! Qu'on nous rende notre argent !

L'administration fit offrir le remplacement immédiat du malheureux Cadenet par Fourgousse, également de Toulouse, qui était

— Si le *Transatlantique* n'était point parti, je prendrais passage pour l'Amérique, disait Cadenet, entre deux larmes, je m'engagerais n'importe où. Au moins, là-bas, je pourrais me tromper de rôle : ils ne savent pas le français !

— Ne t'y fie point ! lui répondis-je. Ils suivent les opéras sur le livret. C'est même, dit-on, le livret qui les intéresse le plus !

Tout à coup, Cadenet, essuyant ses pleurs, redressa la tête :

— Brichanteau, me dit-il, es-tu bien sûr de ce Fourgousse?

— Pourquoi?

— Aux répétitions, il venait m'écouter, il me guettait et il avait un rictus ! Oh ! un rictus ! N'est-il pas capable d'avoir monté contre moi une cabale?

Je regardai Cadenet sans lui répondre. Une cabale ! Il croyait à une cabale maintenant !

— Mais, mon pauvre vieux, puisque c'est toi-même...

— Oui, oui, dit-il. Précisément. J'ai peur d'être tombé dans un piège !

Si vous rencontrez Cadenet, il vous racontera maintenant comment la jalousie de Fourgousse, de Toulouse, l'a empêché de réussir au Havre. Et vous le rencontrerez. Il est sergent de ville. Il s'est fait gardien de la paix. C'est lui qui est chargé d'expulser les gens lorsque le public menace de casser les banquettes. De temps à autre, quand il est de garde à l'Opéra, il soupire, entendant, à travers une porte entr'ouverte, les bravos donnés à un ténor quelconque. Il songe que Fourgousse est un grand misérable ; puis, se redressant sous son uniforme, il se console en se répétant à lui-même (il me l'a dit) :

« Après tout, j'ai fait plus fort que ça ! J'ai donné une idée de deux opéras de Meyerbeer à la fois, le même soir, et, si l'on m'avait laissé continuer, j'aurais gagné la partie !... La mémoire ! Qu'est-ce que la mémoire? En art, *il n'y a que ça* (il me l'a entendu dire). »

Et il se frappe violemment à l'endroit où, sous le drap de sa tunique de sergent de ville, bat son cœur, qui, comme le mien, est un cœur artiste !

A Cadenet, monsieur, il a manqué quoi? La chance ! Moi aussi, elle m'a fait défaut. Je suis starter comme il est gardien de la paix. Et je lui dis souvent :

— Qui sait? Nous étions peut-être nés pour galvaniser, toi la musique, moi le drame!

Ah ! les faillites de la vie !... Mais baste ! Elle donne bien aussi des acomptes à ses créanciers, et je serais diantrement heureux, vieux et fini, de recommencer à toucher les dividendes d'autrefois : les petits bonheurs, les chauds bravos et les chères amours !

Je vous demande pardon. Je m'attarde. Et c'est l'heure de la répétition. Deux heures pour le quart. La répétition? Ah ! la voilà, l'ironie ! La répétition?... Ce n'est pas du Hugo qu'on répète, ce n'est même pas du Bouchardy ! C'est la course de dimanche. A ta piste, starter ! « A ta piste ! » Au revoir, monsieur !

XI

LA DERNIÈRE RENCONTRE

Sébastien Brichanteau avait l'air profondément navré lorsque je le rencontrai pour la dernière fois.

Il longeait, sans les regarder, les boutiques du boulevard de Clichy, superbe, malgré ses vêtements râpés, parmi les vulgarités des passants. Sous son large feutre romantique, ses cheveux longs me semblaient blanchis. Il redressait toujours sa haute taille maigre, mais les os des épaules se dessinaient plus durement sous le drap luisant. Il s'appuyait, par ce beau soleil printanier, sur un parapluie qui lui servait de canne ou plutôt, tant il le maniait avec une grâce cavalière, de rapière ou de colichemarde. Il portait, ce jour-là, des gants, des gants trop longs, béants aux extrémités des doigts, des gants de suède aux tons de suie, et son pantalon gris trop large dessinait autour de ses tibias des courbes d'hélice ou de tire-bouchon.

Avec cela, dans les yeux fixes, une mélancolie lassée et, sur la moustache encore retroussée, la neige blanche des années. Sa belle tête de soldat mousquetaire, il l'agitait, de temps à autre, et ses lèvres un peu amères marmottaient des mots qu'on n'entendait pas, *entre cuir et chair*, comme ils disent.

C'était devant le petit théâtre des Batignolles où, sur des affiches nouvelles, s'étalait le titre d'une bouffonnerie en vogue et je vis, lorsque Brichanteau frôla les marches et regarda les noms des comédiens en vedette, le hochement de tête s'accentuer, attristé, tandis que les paroles montaient de ton, comme une protestation à demi-voix qui ne demandait qu'à devenir tonnante.

— Eh ! monsieur Brichanteau, lui dis-je, je suis très heureux de vous rencontrer ! Vous savez que j'aime en vous le brave homme que vous serez toujours et l'artiste convaincu que vous êtes encore. Que vous est-il arrivé? Vous me paraissez triste !

— Ah ! monsieur, si je suis triste, c'est qu'il y a de quoi l'être ! La statue? Vous savez bien, la statue de Montescure que je voulais inaugurer, cet automne, à Garigat-sur-Garonne? Eh bien, accrochée, la statue ! En panne ! Pas d'inauguration possible encore ! Et mon fameux gala, le gala dont je vous parlais, il a échoué ! Avez-vous un moment? Je vais vous conter la chose en marchant ou sur un banc du parc Monceau.

Et dans le bruit des fiacres, des omnibus, coupé par le cornet des tramways et les signaux des bicyclettes, promenant son rêve éternel dans l'assourdissant et féroce brouhaha, dans la brutale poussée de la foule, symbole ambulant du chasseur de chimères, Sébastien Brichanteau me conta sa dernière étape, étalant tristement le post-scriptum de la gloire, la suprême lettre de change tirée par lui sur la destinée et que le destin lui retournait, non acceptée :

— Oh ! me dit-il, j'en ai assez du théâtre ! Décidément mieux vaut être starter. Je viens de faire une ultime expérience. J'ai organisé une représentation à bénéfice, et après des efforts surhumains le rocher de la malchance me retombe sur les épaules, comme celui de Sisyphe, et c'est miracle si je n'ai pas les reins cassés !

Au bénéfice de qui, cette représentation? Eh ! monsieur, vous le devineriez si je ne vous l'avais pas dit ! Mon serment, je vous le répète, j'ai voulu le tenir. Le serment fait au Salon devant la statue de Montescure, nº 3773, vous savez. J'ai remué ciel et terre pour le *Romain passant sous le joug*. Et j'ai été d'autant plus actif, zélé, plein de flamme qu'au sentiment de justice et de réparation dont j'étais animé pour le sculpteur phtisique, était venu, je vous le confie, se mêler un autre mobile plus intime et plus douloureux peut-être : la volonté de venir en aide à une femme que j'ai beaucoup, mais beaucoup aimée. Des aventures féminines, j'en ai eu souventes fois !... Je ne vous parle pas de mes rôles. En quarante-cinq ans de théâtre, j'ai peut-être séduit six cents jeunes filles sur la scène, sauvé sept à huit cents orphelines persécutées, épousé des milliers de jeunes premières et même violé des personnes de qualité. Mais ça, c'était entre la rampe et la toile de fond, ça ne compte que pour le cerveau. Je vous parle de la réalité.

Vous me rendrez cette justice, monsieur, que dans ces confessions sincères et, comme on dit aujourd'hui, ingénues, je n'ai pas abusé des confidences amoureuses. Discrétion pure. Je pourrais emplir des volumes avec le récit de bonnes fortunes souvent payées avec des larmes. Je n'ai été ni Lovelace (j'ai joué le rôle à Béziers pourtant) ni Casanova. Mais j'ai eu mes fièvres. Je vous en ai discrètement analysé quelques-unes. J'ai gardé le silence sur les autres.

Quand je pense que j'ai été empoisonné par une femme ! Oui, moi, Brichanteau, intoxiqué comme dans la *Dolorida* du poète. Madame Patricio, ma directrice (j'ai toujours été au mieux, vous l'avez peut-être remarqué, avec mes directrices, c'était comme une fatalité ou plutôt c'était une vocation, c'était un don), madame Patricio, se sentant mourir, elle était poitrinaire comme la *Dame aux Camélias*, la pauvre femme, et avec ça déséquilibrée, un peu folle, hystérique, avait dit M. Charcot. Madame Patricio donc m'appela un soir à son lit de mort et me dit :

— Bien-aimé, pardonne !... Je t'ai adoré, je suis jalouse, et, comme je ne veux pas qu'après m'avoir aimée tu en aimes une autre, pardonne-moi, te dis-je ! Je t'ai empoisonné !

— Empoisonné?

— Oui, le laudanum qu'on m'ordonnait, à moi, j'en ai versé une partie dans ton grog, tout à l'heure ! Et tu as bu !

J'avais bu, c'était vrai, comme dans *Lucrèce Borgia*.

Fichtre ! Vous devinez la secousse. Empoisonné ! Empoisonné par amour ! C'était crâne, romanesque, mais c'était embêtant, il n'y a pas d'autre mot, c'était embêtant. Je ne fis pas trop de reproches à Suzanne (madame Patricio s'appelait Suzanne), mais je courus rapidement chez le pharmacien. En chemin il me semblait déjà voir ces *feux dans l'ombre* dont parle Victor Hugo dans *Hernani* et je notais même mes sensations pour mieux jouer la scène du *cinq*, à l'occasion. Un vulgaire vomitif termina l'aventure et madame Patricio mourut sans m'avoir entraîné dans sa tombe.

JE COURUS CHEZ LE PHARMACIEN.

Je lui jurai sur le moment de lui demeurer fidèle, bien que je lui en voulusse un peu de sa passion égoïste. Mais, maintenant que le vomitif avait opéré, il ne me restait qu'un souvenir grandiose et presque touché, oui, touché, reconnaissant et flatteur, de cette situation originale et neuve. Vous voyez, monsieur, que j'ai le droit de dire que j'ai été aimé ! J'ai failli être tué. J'ai été empoisonné par une femme !

Et, quand je dus conduire la malheureuse à sa dernière demeure, peu s'en fallut que je

IL ENTRA, GRAS COMME UN MOINE...

ne fisse imprimer en lettres d'or sur les rubans de la couronne mortuaire : *A ma chère directrice, sa victime reconnaissante !* J'y renonçai, on n'eût pas compris.

Et Virginie Gérard, celle pour qui j'ai en partie organisé le gala, elle aussi a été ma directrice, elle aussi m'a aimé, la pauvre femme, sans laudanum, je lui rends cette justice, et la malheureuse maintenant, après avoir joué les Déjazet en province, joue au naturel les Ophélie à l'Asile de Villejuif. J'en viens de l'Asile et c'est ce qui fait que vous ne me voyez pas la mine très folâtre.

Figurez-vous qu'on m'avait dit qu'un vieux camarade à moi, Canterive, était recueilli, là-bas, soigné comme il faut, mais isolé et dolent sans nul doute : et, me rappelant les années d'autrefois, j'avais sollicité l'autorisation d'aller le voir, lui serrer la main, lui porter du tabac. Un *pas-de-chance* encore, Canterive ! Il jouait crânement *la Citerne d'Albi*. Il en valait bien d'autres. Et à Villejuif maintenant, le camarade ! *Alas, poor Yorick !...*

Je me mis donc en route pour Villejuif, et je n'oublierai jamais cette visite. Ah ! si j'avais à jouer *Hamlet*, à peindre un fou, j'en aurais pris des notes sur le vif, comment dites-vous ? *in anima*, ce jour-là !

En attendant le tramway, place du Châtelet, près de ces deux théâtres où j'ai figuré quelquefois sous des pseudonymes (j'ai même joué un samouraï japonais dans une *Matinée internationale* au Théâtre lyrique, alors théâtre des Nations), je me disais que la vie est ironique. J'avais vu Canterive sur la scène municipale du Châtelet, et j'allais le retrouver dans un asile départemental, ses Invalides !...

Et, du haut de l'impériale du tramway, je regardais ces larges artères, éventrant depuis longtemps les quartiers populaires d'autrefois, ceux de ma jeunesse : l'avenue des Gobelins, la Bièvre, cette Venise naturaliste, le théâtre des Gobelins, où j'ai vu Bocage vieilli, l'avenue d'Italie, la chapelle Bréa et les fortifications, toutes pelées, le grand bâtiment de Bicêtre où tant de pauvres vieux usent leurs derniers jours, Villejuif où j'ai monté la garde en 1870, et le plateau balayé des vents d'hiver où, au loin, nous regardions Chevilly, l'Hay, peuplés de Prussiens !...

Puis, au bout d'une longue route, un grand bâtiment neuf, aux toits rouges, précédé d'une grille, avec des arcades comme certains couvents d'Italie, l'air d'une mairie plutôt que d'une maison d'aliénés. C'était l'Asile. Je demandai le docteur, très aimable, qui me fit entrer dans son cabinet et dit à un gardien d'aller chercher Canterive. Ce ne fut pas long. Canterive devait errer quelque part par là ! Il entra, gras comme un moine, sous le costume d'ordonnance de l'asile, veste et pantalon de drap brun, et tenant à la main sa casquette.

— Canterive, lui dit l'excellent docteur, voici un ami qui vous demande !

Le pauvre diable tourna les yeux vers moi, des yeux tout ronds, très vagues, hésita un moment à me reconnaître, puis, bégayant, balbutiant, presque aphasique.:

— Bri... Bri... ch... chan... Brich... Brichanteau ! prononça-t-il à la fin, difficilement.

Il me tendit une main qui tremblait. Ou plutôt cette main, je la saisis. La paralysie 'avait déjà touchée et je contemplais tristement cette ruine. Un si beau garçon ! Fort comme un bœuf ! qui avait couru le taureau à Nîmes et *tombait* les lutteurs de profession dans les arènes du Midi, pour s'amuser. Bouffi maintenant, titubant, aboli. D'ailleurs très heureux.

— As-tu besoin de quelque chose, Canterive?

— De rien,... de rien... On est très bien ici,... très... très... très bien... Bonne nour... nour... riture !... Très... très... Et à l'heure fi... fi... fi...

— A heure fixe ! Oui, et quand on a tant de fois crevé de faim !

— Et où croyez-vous être? interrompit le docteur en lui parlant. Vous savez, Canterive, que vous êtes ici dans une maison de fous?

Le vieux camarade haussa les épaules, eut une expression de sourire méprisant, comme un homme qui dédaigne une mauvaise plaisanterie, et laissa tomber :

— Non... non... non... Premier hô... hôtel de... Paris, ici... Bon... très bon hôtel... Très... très... Beau... beaucoup de vo...voya... voyageurs !...

Puis il retomba dans une sorte de béatitude graisseuse. Je parlais, j'interrogeais. Il ne me répondait plus. Son sourire heureux se figeait. Il saluait, de ses yeux gros comme des billes, des visions vagues. Ce pauvre garçon, qui avait trimé comme pas un, traîné la savate et la misère, rencontrait enfin le bonheur parfait et le calme, où? dans un asile d'aliénés.

— Oh ! vous n'avez pas à vous inquiéter de lui, me dit le docteur. Il finira paisible et plus heureux que nous.

Je dois dire que Canterive me témoigna peu de chagrin lorsque je pris congé de lui. Il semblait avoir hâte d'aller se reposer, tout seul, sur un banc, au soleil. Je lui repris la main, je lui dis au revoir, il balbutia un : *A... a... dieu !* et sortit.

« Et c'est peut-être ça le bonheur ! » songeais-je.

Le docteur voulut bien me faire visiter l'établissement et je sentais s'affirmer en moi cette impression que les fous sont plus intéressants que les imbéciles et pas beaucoup plus insensés que les gens d'esprit. J'en vis là de toutes les formes et, comme nous sortions, je fus frappé par la physionomie pensive d'un jeune homme à tête militaire qui marchait le long de la galerie, la tête penchée sur un in-octavo.

Nous lui parlâmes.

Il lisait, disait-il, un livre des plus intéressants pour lui, très captivant : une *Théorie nouvelle du système orthogonal triplement isotherme et de son application aux coordonnées curvilignes.*

Je lui fis répéter ce titre, que je gravai dans ma mémoire (elle est toujours superbe) et je regardai le docteur, en disant tout bas : « le système orthogonal triplement isotherme, pauvre fou ! »

Mais le médecin rectifia mon erreur :

— Non, non. Le livre est réel, le livre existe et c'est un beau livre. Il a pour auteur un vicomte de Salvert, docteur ès sciences et professeur à la Faculté libre des sciences de Lille. Vous le trouverez chez Gauthier-Villars !

Les coordonnées curvilignes ! Le système orthogonal ! Je perdais pied. Et j'avais hâte de m'éloigner d'une maison où les mathématiciens me paraissaient des aliénés et où les fous comme Canterive me semblaient si parfaitement heureux. Je pris congé du docteur et je me disposai à regagner mon tramway.

Tout à coup, comme j'arrive près de la grille, je vois descendre d'un fiacre, soutenue par deux aides : un infirmier et une infirmière, une vieille, vieille petite femme, toute ridée, toute cassée, dodelinant de la tête et regardant autour d'elle avec des curiosités de fillette étonnée et, malgré l'âge, les rides, les cheveux blancs, le sourire niais de ce pauvre visage ratatiné, je pousse un cri, reconnaissant bien vite une fleur de mon passé, et je dis, avec l'accent du cœur :

— Virginie !

Elle se tourna vers moi.

Virginie ! La Déjazet de Saint-Étienne, de Lyon, de Dijon, de Strasbourg, la rivale de Scriwaneck, la jolie fille, élégante comme une statuette de Saxe, qui jouait Richelieu, Gentil-Bernard et Létorières aussi bien, oui, presque aussi bien vraiment que la Déjazet de Paris ! Virginie Gérard, ma directrice d'autrefois, si gentille, si dévouée, si gaie, si folle, si bonne, si grisette ! Virginie, là, Virginie descendant d'un fiacre pour entrer dans un asile d'aliénés, dans le *bon hôtel* tranquille où du moins Canterive affamé avait du pain pour ses vieux jours !

Ça m'avait donné un coup, un coup violent dans le diaphragme. Ce qui me fit plus d'impression encore, c'est que Virginie, au contraire de Canterive, ne me reconnut pas. Oh ! pas le moins du monde ! Machinalement son nom, prononcé d'une voix dont le timbre ne s'éteint pas, lui avait fait tourner son regard vers moi. Mais, dans ce regard, rien. Aucune trace de vie. Les prunelles ne voyaient pas, le cerveau ne se retraçait rien. Le rire, découvrant des dents usées, très jaunes (oh ! les petits grains de riz des jolies dents blanches d'autrefois !), le rire était muet, et, après avoir été si spirituel, si malicieux, il était bête.

J'essayai de dire :

— C'est moi... Moi, Brichanteau... Sébastien... A Lyon... Lyon... les *Célestins*...

Elle ne m'écoutait pas, ne m'entendait pas et, Ophélie sexagénaire, elle chantait, d'une voix devenue éraillée, des bribes de refrains d'autrefois :

Combien je regrette
Mon bras si dodu,
Ma jambe bien faite
Et le temps perdu !

La Douairière de Brionne ! Oui, son grand succès aux Célestins, précisément, à Lyon ! Je jouais *Lazare le Pâtre* au Grand-Théâtre, dont M. Gérard, le mari, avait aussi le privilège et nous luttions de ruses aimables pour nous unir, elle, la Comédie, moi, le Drame, en des rendez-vous que notre mutuelle passion rendait peut-être plus ardents, mais assurément moins coupables !

D'ailleurs, ce mari, brutal, joueur, violent, alcoolique, méritait au centuple le sort que la fatalité lui avait réservé ! C'est lui qui, par des spéculations idiotes, ruina la pauvre Virginie (elle aimait ce nom prédestiné qui était aussi celui de Déjazet). C'est Gérard qui précipita sa compagne dévouée, commercialement dévouée, dans la misère et lui fit descendre vers la folie le premier échelon. Paix à sa cendre ! Il s'est tué ou il a été tué à Montevideo, dans un tripot ! C'est une fin digne de sa vie.

Ah ! Virginie ! Quels souvenirs ! Elle était si jolie, Virginie ! Et si drôle ! Brune, vive comme un oiseau, pimpante comme une Parisienne et passionnée comme une Andalouse. Ma chère directrice ! Elle ajoutait largement à mes appointements une prime inappréciable : l'amour ! Je dois dire qu'en bouquets, bracelets, souvenirs, tout ce que je gagnais allait à elle. J'eusse voulu être Monte-Cristo pour subventionner à la fois ses deux théâtres et la couvrir d'or. Mais elle se moquait des espèces sonnantes, comme moi ! Elle eût volontiers quitté cet imbécile de Gérard pour vivre avec moi au sixième étage, buvant du cidre et grignotant des marrons ! Mimi Pinson. Je l'appelais Mimi Pinson.

— Que veux-tu? Je joue Frétillon, me disait-elle. Il faut bien être dans le jupon du personnage !

D'ailleurs, à ce moment-là, les Célestins et le Grand-Théâtre gagnaient de l'argent gros comme eux et, sans le mari, Mimi Pinson eût fait fortune. Quels étonnants *scenarios* dans la vie !... Je l'avais connue si charmante et je la retrouvais si délabrée ! Une vieille, une petite, toute petite vieille ! Une vieille sans souvenirs, sans regard, presque sans vie ! Une vieille femme abolie qui chantait vaguement un couplet demeuré dans un repli du cerveau comme une loque oubliée dans le coin d'une chambre vide :

Combien je regrette
Mon bras si dodu...

J'écoutais ; j'avais la gorge serrée et, dans le torse, comme la sensation d'une angine de poitrine.

Ma pauvre Virginie ! Ma petite Virginie ! Frétillon ! Tout mon passé ! Ces cheveux d'un blanc sale, je me rappelais qu'autrefois cela l'amusait que je les aplatisse au fer chaud quand je lui mettais des papillotes ! Si bruns, si fins, ces cheveux de Virginie ! Je dois en avoir gardé quelques mèches, sous enveloppe, dans mes tiroirs. Et maintenant... Ah ! maintenant !... Voilà ta jeunesse, pauvre homme ! Brichanteau, voilà tes amours !

J'avais frissonné ; mais je me remis de mon émotion et je suivis Virginie Gérard jusqu'à la porte du médecin en chef du quartier des femmes qui attendait pour l'interroger, l'étudier.

Mais on m'arrêta sur le seuil.

— Vous ne pouvez pas entrer, me dit-on. C'est une malade qu'on nous envoie de Sainte-Anne et qu'on interne !

C'est bon, je reviendrais. Oui, certainement, je reviendrais ; je ferais une enquête, je n'oublierais plus Virginie, je la reverrais. On me laisserait bien la revoir.

Alors je m'informai de son sort. Elle était, de chute en chute, tombée dans la misère noire. Jadis, pour soutenir les directions successives, les entreprises folles de son mari, elle avait fait réellement des prodiges de vaillance. Elle avait joué les Déjazet dans les pampas, chantant et dansant pour des cowboys qui l'applaudissaient en tirant des coups de revolver. Elle-même, un revolver à côté d'elle, oui, la fine grisette aux petites mains couchait parfois dans la savane et ramassait des dollars dans les granges. Puis, l'âge était venu et la déveine et la pauvreté. On relevait, un jour, sur un quai de Nantes, une pauvre errante qui se disait artiste dramatique, ex-directrice de plusieurs scènes subventionnées de province et qui avait sur elle, pour toute fortune, une pièce de dix sous n'ayant plus cours et un volume dépareillé des *Chansons* de Béranger. Ah ! Frétillon ! Cette fille qui frétille, Frétillon sans cotillon ! C'était Virginie !

Les succès de théâtre et les amours de ce

ON RELEVAIT, UN JOUR, SUR UN QUAI DE NANTES, UNE PAUVRE ERRANTE...

monde ont de ces lendemains. On rapatria madame Gérard. Mais, à Paris, le gouffre était plus large, voilà tout. On peut plus obscurément, si l'on est fier, mourir de faim à Paris, c'est le seul avantage. Personne ne s'y inquiétait de Virginie et j'ignorais même qu'elle fût ici et qu'elle fût encore de ce monde.

Elle allait, quêtait, quémandait, sollicitait, la pauvre vieille. Figurante ici, balayeuse là. Demandant la faveur de donner des petits bancs dans un caboulot avec autant d'ardeur qu'elle eût supplié pour devenir dogaresse. Et partout repoussée ! Les pauvres pullulent, les places sont rares ou prises, les jeunes sont ardents, les vieux sont trop nombreux, la vie est dure. Quand je vois tant de jolies filles se bousculer pour entrer au théâtre, je voudrais les mener à l'Asile où, là-bas, chantonne, fredonne, la voix brisée, la Déjazet des Célestins, ma pauvre directrice en démence !

Oh ! monsieur, dussé-je vivre cent ans, ce que je serais bien capable d'accomplir, mais ce que je ne souhaite point, je n'oublierais pas les visites à Virginie, dans cet Asile où je l'ai vue une fois, après un accès furieux, mise en cellule, comme les plus agitées : de pauvres femmes, vieilles ou jeunes, qu'on aperçoit à travers le carreau rayé de leurs ongles, couchées sur la paille qu'elles gâtent, hurlantes, toutes nues parfois, déchirant leurs vêtements, collant à la vitre leurs faces irritées, aux cheveux hérissés, terribles comme la Sachette à l'orifice du Trou aux Rats et appelant, dans leurs cris, les misérables damnées, appelant celle-ci un enfant perdu, celle-là une fortune dévorée, cette autre un amant en fuite, la maternité, l'amour, le rêve, tout ce qui déçoit, tout ce qui ment, tout ce qui tue ! Ah ! pouah ! En voilà du drame !...

Virginie n'est pas toujours en fureur dans son asile. Ses accès d'agitation sont même rares. Mais quant à me reconnaître jamais, à Dieu vat, comme disent les marins ! Le souvenir est à vau-l'eau. N, i, ni, fini. C'est donc pour elle que je me suis fait bénéficiaire. Pour elle et pour le *Romain* de Montescure. Double but, double aiguillon, double devoir.

Une femme qui m'avait tant aimé ! Qui ne m'avait jamais trompé ! Qui me disait, comme elles m'ont toutes dit, mais avec un accent que n'avaient pas les autres :

— Tu sais, je te jure sur la tête de mon père que je n'ai jamais aimé qu'un être au monde ! Toi !

Cela valait bien un peu de dévouement, n'est-ce pas?

A cheval donc, à cheval, messieurs, pour la représentation à bénéfice !...

Tout d'abord, je me heurtai à bien des objections. Une représentation à bénéfice, on en abuse ! Des érections de statues, on en voit partout. C'est une mode, c'est une carrière, une carrière de marbre (pardon du jeu de mots, je déteste ce genre d'esprit).

Quand on veut se mettre en valeur ou en vue, on grimpe sur le piédestal d'un contemporain plus ou moins illustre. On fonde un Comité, on bat le rappel pour les souscriptions, on donne une matinée au Trocadéro et l'on devient un personnage payant sa gloire avec l'argent et le talent des autres. Ce n'était pas mon cas, ai-je besoin de vous le rappeler?... Il y avait bien, je le dis tout bas, une petite satisfaction d'amour-propre à la perspective de me voir en Romain sous le ciel du Midi, mais c'était si peu de chose comparativement à la joie d'accomplir ce devoir : la réhabilitation de Montescure, le sculpteur vaincu, sans compter la consolation de la démente. Pour la vieillesse de Frétillon, s'il vous plaît !

J'avais beaucoup compté pour le succès sur un journaliste maintenant arrivé et que j'avais jadis connu rue Cardinet, sous les toits, pauvre petit reporter battant la semelle en hiver et le pavé en toute saison. Je lui demandai un bout d'article, un coup de trompette dans les journaux où il écrit.

— Ah ! mon brave Brichanteau, me dit-il, mais, s'il fallait faire un boniment pour toutes les statues qu'on prépare, nos colonnes n'y suffiraient point, même avec les suppléments, et les abonnés ne renouvelleraient pas ! Nous ne serions plus que des préfaciers pour Panthéons. Elles finiront par ruiner le public, toutes ces statues. Elles pullulent. J'ai déjà souscrit, pour ma part, à onze statues, cette année, et nous sommes au mois de mai. C'est comme les représentations à bénéfice ! On nous demande tous les jours une réclame nouvelle et je vois sortir dolentes, du fond de mon passé, et tendant la main, toutes les belles comédiennes applaudies d'autrefois. Elles sont ridées, fanées, misérables, et elles me quémandent l'aumône de quelques lignes, elles que je regardais jadis avec des yeux de collégien extasié, chargés d'admiration et de désirs, à travers la rampe ! Et c'est par égoïsme que je leur fais l'article voulu ; en les célébrant rétrospectivement, il me semble que je me célèbre moi-même. Leur vieillesse me rappelle ma jeunesse, et c'est ma jeunesse que je chante en les pleurant. Mais votre pauvre diable de Montescure, votre petit cornet à piston poitrinaire, votre statue de *Romain sous le joug* et votre *à-propos* du poète Cazenave, adjoint au maire de Garigat-sur-Garonne, qu'est-ce que vous voulez que cela intéresse notre public? Qu'est-ce que vous voulez que ça fasse aux Parisiens?

— Il avait raison, à son point de vue.

Les vaincus ont tort. Mais, dans mon âme et conscience, j'étais dans le vrai et ses objections n'ébranlaient pas mon activité résolue.

— Très bien, lui dis-je, gardez vos sympathies à vos admirations vieillies, je ne vous demande que d'annoncer la représentation au bénéfice de Montescure et de Virginie. Je me charge de tout, je préparerai tout, j'organiserai tout, j'obtiendrai tout ! Et vous pourrez dire seulement qu'il s'agit de venir en aide à une femme folle.

Il se mit à rire :

— Ça ne serait pas une exception : elles le sont toutes !

Mais toutes ne m'ont pas aimé comme Virginie.

Ah ! quel fardeau je m'étais mis sur les épaules ! Quelle dure charrette à tirer ! Un bénéfice, monsieur, un bénéfice, c'est l'enfer. Le bénéficiaire devient le solliciteur fâcheux de tout ce qui a un nom, une situation, une fortune. Jeune, je m'étais toujours refusé à colporter les billets de mes représentations à bénéfice, en province. Mes camarades allaient faire le pied de grue chez le préfet, chez le maire, chez le général de division, chez les dames influentes de la ville. Moi, pas. J'affichais mon bénéfice, je mettais mon nom en grosses capitales et j'attendais la location, très digne. Il faut être juste, je trouvais des collaboratrices parmi l'éternel féminin. Oui, je dois avouer que la plupart du temps mes diverses directrices, amies idéales ou charnelles, se chargeaient elles-mêmes de corriger ce qu'avait d'un peu sauvage mon attitude en allant elles-mêmes solliciter pour moi les puissances et placer çà et là les loges et les orchestres. Je leur en savais gré.

TU SAIS, JE TE JURE, JE N'AI JAMAIS AIMÉ QUE TOI.

Mais leurs sollicitations n'avaient rien de blessant pour mon caractère un peu hautain.

Eh bien, ce que mes directrices variées et également aimables, à divers degrés, avaient été pour moi, timide, je le devins pour l'une d'elles, aliénée. Le bien fait à quelqu'un se retrouve, un jour ou l'autre.

Moi aussi, je promenai des billets à travers la ville. Moi aussi, je fis lithographier les circulaires pressantes où je mettais (le style, c'est le miroir de l'homme) le meilleur de mon cœur :

M.....,

Celui qui signe ces lignes est un artiste combattant pour un artiste un dernier combat.

Quand il dit un artiste, c'est deux artistes qu'il faut lire : une morte vivante, un mort oublié.

Contre la folie qui étreint la première, le soussigné vous demande de l'or. Pour la gloire qui a fui le second, il vous réclame la lumière.

Lumière, santé, tout se paye, tout s'achète. Une représentation à bénéfice, dont le programme, comprenant les plus grands noms du théâtre, sera publié plus tard, donnera la vie à celle qui souffre, consolera la mémoire de celui qui a disparu.

Laissez-moi espérer,

M.....,
(Monsieur ou Madame)

que vous voudrez bien concourir à cette double manifestation d'art et de bienfaisance, et que vous honorerez de votre souscription et de votre présence la représentation qui aura lieu au théâtre du Châtelet, le.....

Avec mes salutations respectueusement fraternelles,

SÉBASTIEN BRICHANTEAU,
Comédien
des divers théâtres de France.

Le Châtelet étant un théâtre municipal, M. Cazenave avait obtenu la salle grâce à des conseillers municipaux de ses amis que j'avais d'ailleurs conquis en leur contant mon aventure de 1871, mon projet de sauver la France et d'enlever Guillaume. Vous vous rappelez?... Ayant le théâtre, il ne me restait plus qu'à avoir les artistes. Je me mis à l'œuvre.

Avez-vous vu jouer *le Bénéficiaire*, monsieur? Non. Eh bien, lisez-le. Cette comédie, une charge, si l'on veut !... Mais si vraie ! Éternelle. Elle fit fureur lorsque Potier la créa, aux Variétés, en avril 1825, pour la jouer vingt jours après à Saint-Cloud, devant Charles X et la cour. Le vieux souffleur *l'Essoufflé* y déploie, pour organiser son bénéfice, plus de diplomatie que M. de Talleyrand au Congrès de... de je ne sais quoi... et plus d'énergie que le père Pélissier devant Sébastopol. Il court après *M. de la Tirade, acteur tragique*, il supplie *M. Du Bémol, célèbre chanteur* (je souris à la naïveté de ces noms choisis pour amuser nos pères), il séduit mademoiselle Zéphirine, *danseuse à réputation*, le ténor est enrhumé, la danseuse est fatiguée, le tragédien fait ses malles pour Lille, Strasbourg ou Marseille, ça ne fait rien, le bénéficiaire organise son bénéfice et tout va bien, lorsque, au moment du lever du rideau, patatras ! tout manque, le père noble, la princesse, le raisonneur, le chanteur, et M. l'Essoufflé est forcé de jouer tout seul à son bénéfice !

Monsieur, le vaudeville peut être aussi dans la nature, comme le drame. Je l'ai expérimenté par moi-même. Il peut même devenir tragique, le vaudeville, et j'ai joué à la ville la comédie de MM. Théaulon et Étienne avec des alternatives cruelles d'illusions et de désespoir.

Je m'étais dit :

« La représentation extraordinaire sera donnée au bénéfice d'un ami mort et d'une amante vivante ! Il faut qu'elle soit vraiment extraordinaire, cette représentation extraordinaire. Il faut qu'elle soit une date. Ce sera ma suprême incarnation et, après avoir reparu une dernière fois devant le public, moi, l'oublié, mêlé, une fois encore, aux glorieux, je disparaîtrai, et avec la joie du devoir accompli je m'ensevelirai dans ce dernier souvenir comme le soleil couchant dans un manteau de pourpre. Très simple. Très digne.

Alors je commençai ce dur voyage à travers les escaliers des camarades arrivés. J'ai bon pied, bon œil heureusement et n'ai pas besoin d'ascenseur pour monter les étages. Et puis, à vrai dire, j'étais bien reçu à peu près partout. L'art élargit les cœurs et mes collègues sont de bonnes gens. Si l'on additionnait tout ce que les comédiens donnent en une année, de leur vigueur, de leurs poumons, de leurs nerfs, de leur salive, de leur fièvre et de leur temps aux pauvres, on verrait qu'ils sont les grands pourvoyeurs de la bienfaisance. On leur demande tout et toujours et ils donnent toujours et tout ce qu'ils peuvent. Je quémandais donc, comme les autres.

Je jouais, je vous dis, *le Bénéficiaire*, je devenais M. l'Essoufflé, pour le compte d'autrui. Je peignais de mon mieux la situation terrible, navrante et désespérée de Virginie et le but patriotique de cette représentation à double détente : d'un côté, des douceurs et du tabac, dernière caresse, à trouver pour une artiste tombée ; de l'autre, les derniers billets de banque pour une statue qui honorait à la fois la mémoire d'un sculpteur disparu, tenant au théâtre par l'orchestre des musiciens et le dévouement d'une ville de France à l'idée de la protestation patriotique. Bref, ma circulaire, ma petite circulaire lithographiée, mais développée et expliquée.

Je faisais, refaisais, répétais, recommençais de mon mieux, avec une éloquence puisée dans ma conviction et sans cesse renouvelée, cette sorte de conférence et je dois dire que je me faisais l'effet d'être convaincant. J'enlevais les adhésions comme avec la main. J'éprouvais bien quelques refus, surtout de la part des chanteurs qui très souvent commençaient par me dire : « Si c'est au Trocadéro, vous savez, ne comptez pas sur moi ! » Mais, soyons juste : les chanteurs ont à veiller sur leur voix et leurs directeurs craignent pour eux les enrouements et les angines.

L'un d'eux me dit :

— Je ne chante plus que dans les églises ! C'est une façon de racheter mon passé !

Il n'avait pas à le racheter, ce passé glorieux. Mais après tout, chacun est libre de ses scrupules de conscience.

Les danseuses étaient plus aimables. J'avais des préjugés sur les danseuses, je n'en ai plus. Ce ne sont pas de simples acrobates comme je me l'imaginais autrefois. Elles font de la poésie avec leurs orteils. Elles sont des rêves muets. Et je dois dire qu'elles ont autant de cœur que de jarret. Pas une ne m'a dit non.

— Pour une camarade devenue folle? Tout ce que vous voudrez !

— Pour la statue de votre sculpteur poitrinaire? Tout ce qu'il vous plaira !

Bonnes filles ! Si dévouées ! Et je parle des plus célèbres, de celles dont vous rencontrez les photographies chez les papetiers et les portraits au Salon. Généralement elles ont connu les journées dures, elles ne sortent pas de la cuisse de Jupiter, et la misère, qui leur fait peur, leur fait pitié. Alors, elles dansent ! Elles dansent gaiement, non plus pour les lorgnettes des riches, mais pour l'escarcelle vide des pauvres ! Elles m'ont ému, les danseuses, ému et charmé. Ah ! si j'avais eu vingt ans !

Ces visites, d'ailleurs, ces montées d'escalier, ces entrées chez des camarades qui ont des *noms* m'en ont appris joliment sur les artistes de mon temps. Études psychologiques et pratiques. Adieu la bohème, monsieur. Nous n'en sommes plus aux braves cabotins du boulevard du Temple qui s'établissaient en commun, faisaient la *popote* ensemble, formaient une smala de célibataires, se partageaient la direction de la communauté, l'un d'entre eux, par exemple, étant chargé de la cuisine et cela pour arriver à vivre avec économie, à mettre, comme on dit, les deux bouts. Les comédiens d'aujourd'hui, fichtre!... Quelques-uns sont de bons négociants et savent compter comme des inspecteurs des finances.

Ils ont des galeries de tableaux, des collections de tabatières. Daltimare... Daltimare a chez lui des toiles de maîtres que les Américains viennent admirer comme des œuvres de musée et qu'ils sollicitent même d'acheter, à des prix fous, d'abord parce que les tableaux sont de choix, ensuite parce qu'ils proviennent de la collection Daltimare... Bon garçon, du reste, Daltimare, et obligeant, et m'ayant mis sur-le-champ à l'aise en me promettant son nom, son concours, son influence pour ma fameuse représentation...

— C'est bien le moins, me disait-il avec franchise, que les gros aident à tirer d'affaire les petits !...

Seulement, avec cela, des théories étonnantes sur l'art :

— On nous reproche nos tournées, on nous accuse de préférer aux bravos parisiens les dollars des Américains ou les piastres des rastaquouères. Ils sont bons, ceux qui nous disent cela ! Est-ce qu'ils ne vendent pas leurs denrées aussi cher qu'ils peuvent? Est-ce que, journalistes, ils ne demandent pas pour leurs articles les prix les plus élevés possibles? Mon dilemme d'existence est bien simple : Amérique? Tableaux ! Paris? Pas tableaux ! Voilà ! Ce n'est pas difficile à comprendre ! Et tout à vous de cœur et à vos pauvres protégés, mon cher Brichanteau !

Tout de même, en redescendant les escaliers de pierre, aux moquettes douces à mes pieds, de ces rois de Paris, et dignes de leur royauté, je le reconnais (je n'ai point de basse envie), je me rappelais les grands fous sublimes de mon temps, les échevelés, les romantiques, les courageux mangeurs de la dure vache enragée... Je m'oubliais moi-même, je vous jure... Je ne pensais qu'aux autres, à ceux que j'ai connus, aimés, admirés et qu'avec un peu de chance, ah ! la chance, quelle gueuse ! j'eusse pu égaler peut-être !... Je me rappelais Beauvallet touchant du père Seveste des appointements dérisoires pour jouer la tragédie à Belleville et vendant de ses *croûtes* (car il était peintre) pour s'en acheter, comme il disait. Il nous les avait contés, ses débuts, M. Beauvallet, à qui je pardonne aujourd'hui toutes ses persécutions parce que c'était un artiste ! C'est lui qui allait, en décembre, par les temps de neige, jouer Orosmane, là-haut, en pantalon de nankin ! C'est lui qui, dans *Othello*, sortait de scène en sautant à saute-mouton par-dessus Iago et disait au public : « Par ordre du Conseil des Dix ! » C'est lui qui lâchait dans la salle un sac de hannetons ramassés au Bois de Boulogne et égayait la tragédie des *Templiers* par le bourdonnement des élytres de ces insectes. Son fils m'a raconté cela souvent. « Les hannetons, disait Beauvallet, ont, détail ignoré de M. de Buffon, le goût de la tragédie. » Et ces gamineries épiques faisaient passer les jours de jeûne. On riait à ventre déboutonné, on n'avait donc plus à se serrer le ventre ! La gaieté, c'est de l'hygiène...

Et Mélingue, fils d'un douanier, petit-fils

d'un volontaire de la République, courant les chemins, jouant dans les granges, allant de village en village avec son ami Tisserant, le futur directeur de l'Odéon, par le froid, par la neige, pareil à un chemineau de l'art et gagnant son pain comme il pouvait, le grand et fier artiste ! Mélingue arrivant après l'heure réglementaire devant Lille, ville fermée, et passant la nuit dans une guérite abandonnée à frictionner les membres de son compagnon, que gelait la bise. Mélingue vendant un maillot Moyen âge pour payer, le lendemain, la tasse de café qui les réchauffe, Tisserant et lui ! Mélingue battant du tambour à Armentières pour annoncer la représentation du soir, Mélingue allant à Paris en pêchant des grenouilles et en les faisant cuire chez les bons paysans à qui il dit des vers ! Mélingue aussi brave contre la faim que d'Artagnan contre les balles et conquérant la gloire pied à pied, misère à misère, à l'assaut de la destinée comme un mousquetaire de notre art.

MÉLINGUE ANNONÇAIT LA REPRÉSENTATION.

Et Bocage, échappé de son étude de notaire, las de son métier de petit clerc, passant ses nuits à réciter ses rôles, tenant ses voisins éveillés et voyant le succès lui venir sous la forme d'un portier qui signifie à Hamlet, à Othello, au Cid, à Horace, d'avoir à laisser dormir les locataires. Bocage qui sera Buridan et qui intrigue pour figurer à Bobino ! Tous ces grands noms, toutes ces grandes ombres, ma jeunesse et ses dieux, me revenaient tandis que je pénétrais dans ces appartements de mes jeunes camarades d'aujourd'hui, avec leurs salons blancs comme les boudoirs de Trianon ou leurs murailles et leurs cheminées encombrées d'aquarelles et de japonaiseries.

Ah ! pour quelques-uns, c'est un bon métier, ce dur labeur du comédien qui se baratte la cervelle à chercher, à savoir, qui s'hypertrophie la mémoire, passe ses nuits à apprendre, à apprendre, à avaler des rôles qu'il faut bientôt oublier. Notez, je vous le répète, que je n'ai pas l'ombre d'envie. Pas l'ombre. Je ne suis pas heureux, non, mais j'en sais (et beaucoup) de plus malheureux que moi ! Seulement je trouve que la vie, pour ces nouveaux, a manqué du petit grain de poivre. Ils sont arrivés trop vite par des chemins sans ornières. Ils ont été trop gâtés. Vache enragée, vache enragée qui m'as causé tant de tiraillements et de maux d'estomac, tu es peut-être le condiment de la vie d'artiste. Quand on t'a mâchée et remâchée, la moindre tartine de beurre prend ensuite des succulences d'ambroisie !

J'en rencontrai aussi plus d'un qui me dit, en me promettant son concours :

— Ce sera une occasion toute trouvée de jouer une pièce de moi !

— De vous, mon cher maître?

Après tout? Pourquoi pas? Ceux qui savent traduire doivent savoir créer.

D'autres profitaient de l'occasion pour me dire :

— Je suis tout à vous, à la condition que je joue tel ou tel grand rôle que mon imbécile de directeur me refuse sous le prétexte qu'*il ne m'y voit pas.*

Les femmes disaient : Célimène ; les hommes : Ruy Blas ou Alceste. Montdidier demandait Rysoor, de *Patrie !* Je te crois, un chef-d'œuvre !

On s'étonne que nous voulions, à tout prix, jouer certains rôles qui nous fascinent, Célimène ou Silvia, quand on est femme et grande coquette, Alceste ou Hernani, quand on est homme et grand premier rôle. Mais c'est tout naturel, ça !... Quand on a été, fût-ce pour un soir, Célimène ou le Misanthrope, on l'est pour toute sa vie. Rien, rien au monde, rien ne vous empêchera d'*avoir été* cela. On a beau être tombé, on a, un soir, touché aux astres, décroché la timbale. Napoléon, oui, Napoléon, même lorsqu'il était captif sur le roc de Sainte-Hélène, n'en avait pas moins gagné la bataille de Friedland ! On ne pouvait pas, ni Hudson Lowe, ni un autre, lui retirer ça. Célimène, Hernani, ce sont nos Friedland à nous. Et encore, les victoires de l'art ont cela de plus noble qu'elles ne coûtent de sang à personne. C'est bien votre avis?

Enfin, pour revenir à nos moutons, j'étais parvenu à composer une affiche, une belle affiche. Le théâtre municipal du Châtelet n'aurait pas eu souvent un spectacle comme ça. Danses, chants, comédie, monologues, un acte des *Burgraves* joué par moi, par Dorfeuil et par Richardet, l'Opéra, l'Opéra-Comique, la Comédie-Française, les Variétés, toute la lyre. J'avais surveillé de mon mieux les imprimeurs, connaissant la susceptibilité, toute naturelle, des artistes. On leur reproche leur amour-propre. C'est que le moindre passe-droit leur fait perdre, en un soir, le terrain conquis pendant des années.

J'étais donc bien sûr de n'avoir pas fait de boulettes dans le classement de mes collaborateurs. L'Opéra et la Comédie par rang de dates, années de leur fondation et leurs artistes par rang d'ancienneté. Très commode. Mais les autres ! Voilà le chiendent. Trois heures après le premier affichage sur les colonnes Morris, je recevais des réclamations, des petits bleus, des télégrammes :

« Je n'ai pas l'habitude de passer derrière mademoiselle Stella, des Bouffes. Je vous prie de vouloir bien effacer mon nom. — EMMA ROGER, artiste des Folies-Dramatiques. »

« Monsieur Brichanteau, je croyais que les artistes dramatiques avaient pour vous plus d'importance que les chanteurs. Il n'en est rien d'après votre affiche. Faites jouer le drame à vos ténors. Je ne vous donnerai pas la réplique dans *les Burgraves*. — DORFEUIL. »

Les Burgraves ! Je les avais affichés après *Mignon* d'Ambroise Thomas, parce que je jouais dedans, je l'avais fait par modestie. Dorfeuil ne comprenait pas. Adieu *les Burgraves* ! Je n'avais pas le temps de trouver un autre Job. A l'eau mes *Burgraves*...

Je répondais petit bleu par petit bleu, poste par poste. J'essayais d'empêcher les défections, d'arrêter les fuyards. Mais les dépêches se succédaient avec une régularité inquiétante. Le ténor avait une angine. Il fallait enlever *Mignon*. Mon monologuiste s'excusait. Il était forcé d'aller jouer pour une œuvre de bienfaisance en province. La *Pavane*, la *Pavane*, qui était un *clou*, ratait comme *les Burgraves*. Angine chez le chanteur, entorse chez la danseuse. Une épidémie, monsieur, une véritable épidémie ravageait, démolissait, décimait, détruisait mon programme.

Alors j'en faisais un autre, j'improvisais une autre affiche. J'avais, chaque matin, un gala différent. Et l'imprimeur me disait : « Mais, avec tous ces changements, vous allez vous ruiner en frais de composition typographique ! » Ces éternelles modifications, du reste, devenaient fatales à la location. Il y avait eu une poussée d'abord au bureau. La buraliste avait confiance. Les marchands de billets, hirondelles du succès, voltigeaient autour du Châtelet. Mais, à mesure que les petits bleus me forçaient à changer mon affiche, ces hirondelles battaient de l'aile, fuyaient, la location s'arrêtait et la buraliste devenait sceptique.

Que faire? Remettre la représentation? Attendre la fin de l'entorse pour la *Pavane* et de l'angine granuleuse pour *Mignon*? « *Remise par indisposition.* » Soit. Mais quand retrouverais-je les quelques bonnes volontés qui me restaient fidèles? Mon conseiller municipal m'obtiendrait-il encore une fois le Châtelet? La saison s'avançait, d'ailleurs. J'entendais les piaffements prochains du Grand Prix. Après ce grand jour, Paris se vide. Et Cazenave m'écrivait que, si les gens de Garigat-sur-Garonne ne réunissaient pas l'appoint voulu pour l'inauguration du *Romain*, ils remettraient la cérémonie aux calendes grecques. Enfin, Virginie Gérard, là-bas, avait besoin des adoucissements que mon dévouement devait à ses souffrances. J'avais d'ailleurs dit qu'on jouerait à date fixe ! Je devais, je voulais énergiquement, absolument tenir ma parole. Brichanteau l'a toujours fait.

Et la date fixée arriva, monsieur, 31 mai!... Je ne l'oublierai jamais, celle-là ! Les journaux avaient annoncé la représentation avec bienveillance, je dois le reconnaître, mon ancien ami le reporter devenu un jeune maître trouvant même le moyen de me décerner des épithètes qui me touchaient à la fois et me *mélancolisaient* : « *un comédien vieilli mais éminent..., un champion non lassé du drame national, un glorieux méconnu...* », j'en passe et des moins bonnes ; les affiches étaient énormes, très voyantes, faites pour le succès et, en dépit des désertions volontaires ou, comment dire? sanitaires, j'avais des *noms*, il me restait assez de *noms* pour faire une recette...

Eh bien, monsieur, tout se ligua contre moi, tout : les éléments et les hommes.

J'avais compté sur la pluie. Le soleil, un implacable soleil, le sacré soleil dont parle Phèdre, se leva, dévorant et magnifique. Le thermomètre grimpa, précisément ce jour-là, à des hauteurs caniculaires. On avait plutôt envie de prendre des bains que d'aller au théâtre. Les trottoirs flambaient comme des miroirs dépolis. Et toujours, tout naturellement, les petits bleus, les télégrammes de pleuvoir soit à la régie du Châtelet, soit à mon pauvre logis des Batignolles. C'était même la seule pluie qui tombât. Mais elle était drue.

Les *noms* filaient comme des lapins. J'en avais douze le 29 au soir, je n'en avais plus que sept le 30. Le 31 au matin, il ne m'en restait que trois. J'examinais tristement mon programme, si laborieusement combiné. Neuf, il me manquait neuf noms ! Le numéro des Muses !

Et je n'étais pas encore désespéré. « Ils te font faux bond, Brichanteau? Ils manquent à la promesse faite à l'ombre de Montescure et au fantôme de Virginie? Mais tu es là, toi, solide au poste, fidèle au devoir ! Multiplie-toi, Brichanteau, et montre au public qu'un homme de volonté et de ressources peut, à lui seul, valoir une collectivité, surtout lorsqu'elle est absente ! »

Si le public me demeurait fidèle, le reste était peu de chose. « *Moi, dis-je, et c'est assez!* » Je dirais des vers, je jouerais des scènes détachées, je mimerais, au besoin, la scène du *Vieux Caporal*, puisque la pantomime redevient à la mode. Je savais les scènes réalistes de mon vieux camarade Henri Monnier. Je les réciterais et l'auditoire verrait que la fameuse *rosserie* qu'on croit avoir inventée ne date pas d'aujourd'hui. Rosses, nous l'étions aussi, au besoin, mais nous étions rosses avec du cœur ! Bref, j'étais résolu à tout jouer, maître Jacques et Protée, à la fois, pour Montescure et pour Virginie !

Et le public m'en saurait gré. Seulement, voilà, le public ne vint pas. Il ne vint pas, le public. Oh ! pas du tout ! Cette vaste salle du Châtelet, quand j'y pénétrai, avait l'air d'un grand vaisseau vide. Quelques loges garnies, des spectateurs clairsemés aux fauteuils, le balcon un peu fourni, les galeries désertes. Seul, le parterre était tout plein ; mais qui l'occupait? C'était la claque. On m'apporta le premier bulletin :

— 2.780 !...

Avec les frais généraux, les voitures envoyées à domicile et les bouquets achetés d'avance pour les rares actrices (il fallait bien être décent, n'est-ce pas?) 2.780 francs, ce n'était rien. Un désastre ! Je me demandais même si je n'en serais pas de ma poche, au bout du compte. Et ce que contient ma poche ce n'est pas ce poids-là qui me ferait couler au fond de l'eau en temps de naufrage.

— 2.780 !

Pauvre Virginie ! Pauvre Montescure !

Mais quoi ! il fallait faire contre fortune bon cœur et jouer pour les braves gens qui avaient eu confiance en Sébastien Brichanteau et répondaient à son appel. Rares, mais choisis, ces nobles cœurs, ces fins connaisseurs, ces tenaces, ces fidèles. Ils avaient apporté leur argent, non pas à flots, non, qu'importe ! On leur en devait pour leur argent ! Et, à mesure que par un nouveau petit bleu m'arrivait une excuse nouvelle, je faisais vaillamment une annonce et je m'offrais, modeste mais résolu, à combler la lacune et à remplir le vide.

— Au lieu du *Corsetier*, le monologue annoncé, vous voudrez bien, mesdames et messieurs, agréer *la Grève des Forgerons*, soliloque de François Coppée, dit par votre serviteur ! Scène admirable, du reste.

On ne répliqua rien, à la première annonce. On applaudit même. On murmura un peu à la deuxième. A la troisième on se fâcha. Mais, à la quatrième, on prit le parti de rire et même on me couvrit d'applaudissements lorsque, prenant enfin le taureau par les cornes, je déclarai que, pour ne pas abuser de la bienveillance du public, je me déclarais prêt à remplacer toutes les défaillances, toutes les absences, *en bloc*.

— De telle sorte, messieurs, que, ce que la représentation perdra en variété, elle le gagnera en unité !

J'eus la présence d'esprit d'ajouter :

— Que n'en est-il de même, en politique, pour la pacification des partis !

Ce fut fini. Avec des traits, on conquiert un auditoire. Je tenais ma salle dans ma main. Tous les *noms* pouvaient se défiler. La représentation était assurée. Quand on me voyait revenir, on ne prenait même pas la peine de chercher, sur le programme, le nom du manquant. Il y avait désormais un pacte tacite entre le public et moi. J'étais le grand Remplaçant, comme j'avais été le grand Gonfalonier dans *les Horreurs de Florence*, drame inédit que j'ai créé à Valparaiso.

Et, si je ne me suis pas enroué, dans l'après-midi du 31 mai, c'est que mon tonnerre n'est pas éteint. J'ai récité là, au Châtelet, la valeur de quatorze actes en vers de douze pieds. Satires, sonnets, élégies, récits, fragments de drames, j'ai tout dit. Tout ce que ma mémoire a gardé de nobles pensées, je l'ai jeté à la foule. Quand je dis la foule, j'entends l'élite qui m'apportait 2.780 francs ! J'ai livré mon stock. J'étais fatigué, mais non épuisé. Je jouais, j'allais, venais, j'arpentais la scène immense, je criais, je modulais, je pleurais !...

Les 2.780 francs n'ont pas été volés, sur mon âme !

Hélas ! à quoi bon tout ce courage? La représentation finie, le compte fait chez le caissier, j'étais en déficit. Je savais bien que les auteurs joués me feraient, pour les pauvres, remise de leurs droits. L'Assistance publique, elle aussi, réduisait le taux de sa dîme. Malgré tout, je le touchais du doigt, le hideux déficit. Ou, si je parvenais à sauver quelques centaines de francs, tous mes fiacres et mes bouquets payés, c'était le bout du monde, et le socle de Montescure n'y gagnerait pas un atome de pierre, et les narines jadis si roses de Virginie, pas douze cornets de tabac !

J'en étais là, les yeux sur ces diables de chiffres, dans le cabinet du régisseur, les retournant en tout sens, ces chiffres qui ne badinent pas plus que l'amour et qui sont même moins élastiques que lui, oh ! l'Art forcé de compter avec l'Argent ! lorsque, à la porte, des petits coups, discrètement frappés, me firent demander :

— Qui est là?

— Entrez, ajouta le régisseur.

Et je vis apparaître dans l'encadrement de l'huis un vieux petit homme, tout mince, tout ridé, mais coquet, propret, qui s'avança vers moi en me tendant la main et me dit :

— Bravo !... Ah ! mon vieux Brichanteau, quel creux ! Quelle foi ! Quelle âme ! Il n'y a que nous, vois-tu, nous étions taillés en plein chêne !... Tu ne me reconnais pas?

Je cherchais. C'était vague, mais il me semblait bien, en effet, retrouver, dans ce visage rapetissé, une figure de connaissance :

— Lanteclave !.. Comment, Lanteclave, voilà comment tu l'oublies?

Il ne m'eut pas plus tôt dit son nom que tout un passé me sauta au visage et que moi, je lui sautai au cou Lanteclave ! Comment donc? Un camarade des Célestins justement!... Un compagnon des belles soirées de Lyon !...

— Je te croyais mort, mon pauvre vieux, lui dis-je.

— On meurt donc? fit-il en riant. Oui, je l'ai entendu dire. N'en crois pas un mot. C'est des histoires de pessimistes !

Il avait toujours été gai. Il était membre du Caveau. Sec, maigre, mince, ce petit morceau de cep de vigne du Bordelais gardait, même desséché, un peu de sève.

Il venait d'assister à la représentation. Il avait payé sa place. Il m'avait applaudi, réapplaudi, rappelé. Oh ! bon public et bon camarade, Lanteclave !

— Mais, me dit-il, ce qui me taquine, c'est que tu n'as fait que demi-salle, té, mon pauvre?

Je hochai la tête :

— Si encore j'avais fait demi-salle !

Et je lui tendis mon bulletin :

— J'en suis de ma poche, mon vieux, et elle est trouée, ma poche !

— Ah ! bah? fit le petit homme. Ah ! ce pauvre Brichanteau !... Et cette pauvre Virginie !...

— Oui, oui, répondis-je, tu peux la plaindre, elle, car moi... un maravadis de plus ou de moins... Mais, au fait, Lanteclave, Virginie?

— Eh ! bé, Virginie?

— Elle a été ta directrice?

Il eut un sourire avec une paillette dans l'œil, Lanteclave.

— Oui, fit-il, elle a été ma directrice. Son imbécile de mari ! Tu te rappelles, les Célestins? Eh donc, si la pauvre femme manque de quelque chose et si tu n'as pas fait recette, Brichanteau, permets-moi d'ajouter pour elle le secours auquel j'ai droit de par l'article 34 des statuts de l'*Association des artistes* ! Brave Association, brave homme de baron Taylor ! On peut faire partie de l'Association après un an d'exercice de la profession, on donne une cotisation d'un franc par mois et l'on a droit, tu entends, droit, à un secours régulier, une année après l'admission, sans compter la retraite de cinq cents francs ! Quand on ne peut payer la pension, on vous la passe en secours et tout est dit ! Le Potose, quoi !

— Non, murmurai-je, pas le Potose, pas le Transvaal, mais le pain des vieux jours ! J'aurais dû être de l'Association ! Les réfractaires ont tort !

— Eh bien, conclut Lanteclave, mon droit au secours, cinquante francs, et ma pension de cette année, je les verse à ta représentation !... Je les verse à ton Montescure et... (la même paillette de lumière vivifia ses petits yeux gris) à Virginie..., notre Virginie...

Il avait, à n'en pas douter, prononcé ce *notre* avec *intention*, comme on dit au théâtre.

Notre Virginie? Comment, notre Virginie?... J'avais (est-ce bête à mon âge !) une sorte de terreur à l'interroger. Mais il ne me laissa pas le temps de poser le point d'interrogation.

— On peut bien te dire toute la vérité, Brichanteau?

— Certainement.

— Tu ne te fâcheras pas?

— Pourquoi me fâcherais-je?

— D'ailleurs il y a prescription...

— Va, mais va donc !

Il m'agaçait, Lanteclave.

— Eh bien, à Lyon, tu te rappelles...

— Si je me rappelle !...

— Les *Célestins* !

— Oui.

— *Gentil Bernard.*

— Oui, oui, oui !

— Tu te souviens que la patronne, quelquefois, lorsque tu l'attendais du côté de Perrache, te disait qu'elle avait une dent à soigner et qu'elle avait été retenue chez son dentiste?

— Si je m'en souviens !...

— Dis donc, Brichanteau, elle n'avait pas plus de dent à soigner que toi !... Le dentiste, mon cher.... le dentiste...

Et toujours la petite paille dans l'œil !

— Le dentiste, c'était toi ! m'écriai-je. Il eut le bon goût tout en avouant de me déclarer que, du reste, Virginie passait ses séances à lui protester à lui-même qu'elle m'adorait et qu'elle ne savait pas pourquoi elle me trompait. Peut-être tout simplement parce que Lanteclave chantait très bien les chansons de Béranger !

Je ne me fâchai pas, monsieur. Il eût été ironique de dégainer la rapière pour une trahison posthume et de jouer don Gormas pour une infidèle enfermée à Villejuif, pauvre créature ! N'importe. Il me parut amer d'avoir monté tant d'escaliers et joué, sans bénéfice, *le Bénéficiaire*, pour arriver à ce résultat : découvrir que même ce rêve passé, oui, ce dernier petit rêve rose, c'était une bulle de savon qui crevait comme les autres.

Virginie ! Frétillon, la Frétillon qui me jurait qu'elle n'avait jamais aimé qu'un être au monde, moi, et qui me le jurait sur la tête de son père !... Il a dû en voir de grises, le crâne de son père !

Après ça, puisqu'il est dit qu'on doit toujours avoir été trompé, j'aimais mieux l'avoir été par Lanteclave que par un autre ! Propret, du moins, coquet, discret, le petit méridional devenu sécot et coco. Son dentiste !... Tout de même, quand je pense à ça !... Son dentiste !

> Combien je regrette
> Son bras si dodu,
> Sa jambe bien faite
> Et le temps perdu !

Voilà ma dernière aventure, monsieur, et je m'en tiens là. On ne me reverra plus sur les planches. Place aux jeunes !... Virginie aura du tabac et des tablettes de chocolat ; mais du diable si jamais Garigat-sur-Garonne voit mon effigie, ma statue. Le fondeur n'est pas payé. Je reste à la consigne, accroché, mis aux débarras, relégué, oublié ! Et la municipalité nouvelle trouve qu'un Romain, c'est bien pompier, et que rappeler des idées de guerre, c'est attenter à la fraternelle idée de la fédération des peuples !

Eh bien, soit, fais tes paquets, Brichanteau ! Si tu clôtures sur une mauvaise recette, tu ne finiras pas du moins sur une mauvaise action !

Et comme je lui disais qu'il était, en effet, un cœur dévoué et un brave homme, passant du chevet de Montescure au cabanon de Virginie Gérard, Sébastien Brichanteau se leva, du banc où nous étions assis, et redressant la tête :

— Il est certain, dit-il, qu'on pourrait faire une descente de police dans ma conscience d'homme et d'artiste, on n'y trouverait rien de louche ; je ne crains pas les perquisitions des sbires. Mais n'allez pas vous imaginer de me donner ni un prix ni même un brevet de vertu ! Diable ! C'est cela qui serait ridicule. Il y a eu un acteur, du nom de Moessard, qui avait du talent. Je ne sais pas quelle noble action il eut le tort de commettre en dehors du théâtre. L'Académie lui décerna un prix de vertu et, patatras, le pauvre garçon ne devint plus que le *vertueux Moessard* et ne s'en releva pas, dans les feuilles. Allez donc jouer des rôles de séducteur ou de traître en étant le *vertueux Moessard* ! Pas trop d'éloges, monsieur. Pour Montescure mourant comme pour Virginie démente, j'ai fait ce qu'eût fait tout homme de cœur. Le dévouement, c'est ma partie.

Et maintenant, *addio !* Les rêves bleus sont envolés. Le théâtre m'a donné les illusions dans ma jeunesse ; sur mes vieux jours, le vélodrome me donnera du pain !

Il s'était mis à marcher, du côté de l'avenue Velasquez et le soleil couchant allongeait sur le sable de l'allée l'ombre agrandie du vieil acteur. Je regardais, autour de moi, le gai paysage de ce coin de terre, le parc Monceau, plein de cris d'enfants, de chants d'oiseaux, de luxe et de vie. L'or du couchant tombait par plaques sur les allées claires, par poignées dans la feuillée verte des arbres, par nappes sur le velours des pelouses poudrées, çà et là, de boutons d'or et de pâquerettes blanches.

Et Brichanteau s'arrêtait, de temps à autre, pour faire encore, par quelque observation pittoresque, un retour sur lui-même.

Me montrant, sur son socle, le *Charmeur de serpents*, avec la vipère enroulée autour de sa flûte et le bronze caressé, cuivré par le chaud soleil :

— Charmeur de serpents, charmeur d'hommes, crains le venin des reptiles ! dit-il, en hochant la tête.

Plus loin, étendant la main vers des vieux à moustaches blanches, assis sur les bancs de bois brun et qui, boutonnières rouges et cheveux gris, causaient, officiers retraités, des batailles anciennes, en traçant, du bout usé de leurs cannes, des *schémas* de chimériques mouvements de stratégie dans la poussière :

— Et ceux-là aussi sont des vaincus glorieux ! me dit-il.

Un vieux peintre au large chapeau de feutre, courbé en deux sur un pliant, copiait d'après un massif de fleurs une touffe de roses rouges, à l'aquarelle, et des gamins curieux le regardaient peindre, le lavis des fleurs coulant sur le papier comme de vives plaques saignantes.

— Et celui-là, fit Brichanteau, celui-là aussi croit peut-être encore qu'il décrochera les étoiles !

Il ajouta, essayant de rire :

UN VIEUX PEINTRE COPIAIT UNE TOUFFE DE ROSES ROUGES.

— Ratés de l'armée, ratés de la peinture, ratés du théâtre ! On mobiliserait un corps d'armée avec les vaincus de la vie qui n'ont pas mérité leur défaite !

Mais il disait cela d'un ton plus amer que de coutume, dans le rayonnement, le poudroiement de ce beau soir de juin, il devenait triste dans le renouveau de la jeunesse de ce parc de délices où les enfants couraient, fleurs mouvantes, chapeaux de paille et coïs bleus de marins, robes rouges ou jupes claires, où les aubépines blanches, les azalées, les tulipes éclataient sur les fonds de verdure dans leurs caresses de couleurs.

Les yeux, brûlés par tant de rampes, du vieil acteur semblaient emmagasiner, avant de retourner à la pénombre du noir logis des Batignolles, toute cette lumière, toute cette gaieté des petits êtres riant à la vie parmi les floraisons nouvelles.

Avant de me quitter, il me dit encore, en caressant le parc d'un geste circulaire :

— Beau décor, monsieur, pour un drame Louis XV !... J'ai joué le régent devant des toiles de fond qui ne valaient pas ces arbres-là ! Car, moi aussi, j'ai été talon rouge ! Ah ! le Régent, dans *Mademoiselle Aïssé*, de Bouilhet !... Louis Bouilhet, le dernier romantique ! Le dernier !... Avec moi !

Un triste sourire, une poignée de main, un suprême salut. Et, comme par un *praticable*, Brichanteau sortit par la grille de l'avenue Velasquez.

Je le suivais des yeux. Droit, marchant lentement, la tête haute, il longea le boulevard des Batignolles, hochant le front, s'arrêtant parfois pour contempler, de son grand air de dédain, la coulée des fiacres, des tramways, des bicyclettes qui assourdissaient ses oreilles sans étouffer sa pensée ; puis, au loin, je le vis s'enfoncer dans son logis, ombre vivante disparue dans la foule, dévorée, avalée par le sort, et perdue, là-bas, dans le brouhaha indistinct et la cohue féroce du grand Paris...

Mais quoi ! Dans ce logis, ne retrouvait-il pas, au fond de ses tiroirs, quelque boucle de cheveux, quelque portrait-carte oublié, et sur les rayons de bois blanc de sa pauvre bibliothèque, sous de vieilles couronnes flétries, un vieux tome maculé de Hugo, même une brochure décousue de Bouchardy ?...

Toute sa jeunesse ! L'amour et la gloire, ses rêves !

Avec ces fantômes, qui sait ? peut-être était-il heureux, Sébastien Brichanteau, comédien français, de tous les théâtres de France !

FIN

Pour paraître le 1er Juillet 1913, le n° 80 :

NOUVELLE COLLECTION ILLUSTRÉE

CALMANN-LÉVY

L'ouvrage complet, **95** centimes. Relié, **1** fr. **50**

HENRI LAVEDAN

DE L'ACADÉMIE FRANÇAISE

LES
Beaux Dimanches

Illustrations de M. DUDOUYT

NOUVELLE COLLECTION ILLUSTRÉE CALMANN-LÉVY

1. PIERRE LOTI — Pêcheur d'Islande.
2. ANATOLE FRANCE — Le Crime de Sylvestre Bonnard.
3. LUDOVIC HALÉVY — La Famille Cardinal.
4. FRANÇOIS COPPÉE — Le Coupable.
5. JULES RENARD — Poil de Carotte.
6. RENÉ BAZIN — Donatienne.
7. A. DUMAS FILS — La Dame aux Camélias.
8. GEORGES COURTELINE — Boubouroche.
9. PIERRE VEBER ET WILLY — Une Passade.
10. JULES LEMAITRE — Les Rois.
11. ANDRÉ THEURIET — L'Oncle Scipion.
12. ALPHONSE DAUDET — L'Immortel.
13. PROSPER MÉRIMÉE — Diane de Turgis.
14. GYP — Le Mariage de Chiffon.
15. FRANÇOIS COPPÉE — Toute une Jeunesse.
16. ABEL HERMANT — Les Grands Bourgeois.
17. HENRI DE RÉGNIER — Les Vacances d'un jeune homme sage.
18. GEORGES COURTELINE — Messieurs les Ronds-de-Cuir.
19. OCTAVE FEUILLET — Le Roman d'un jeune homme pauvre.
20. MARCELLE TINAYRE — Avant l'Amour.
21. RENÉ BOYLESVE — Le Parfum des Iles Borromées.
22. ANDRÉ THEURIET — Amour d'Automne.
23. EDMOND DE GONCOURT — La Fille Elisa.
24. LÉON FRAPIÉ — Marcelin Gayard.
25. RENÉ BAZIN — De toute son âme.
26. ALPHONSE DAUDET — La Petite Paroisse.
27. ABEL HERMANT — Confession d'un Enfant d'hier.
28. GEORGE SAND — Elle et Lui.
29. MARCELLE TINAYRE — Hellé.
30. GYP — Joies d'Amour.
31. HENRY MURGER — Scenes de la Vie de Bohème.
32. GUSTAVE GEFFROY — L'Apprentie.
33. A. DUMAS FILS — Affaire Clemenceau.
34. GEORGES COURTELINE — Le Train de 8 h. 47.
35. ÉMILE ZOLA — Thérèse Raquin.
36. HENRY MURGER — Le Pays Latin.
37. VILLIERS DE L'ISLE-ADAM — Contes Cruels.
38. ALFRED CAPUS — Faux Départ.
39. GEORGE SAND — Indiana.
40. RENÉ BOYLESVE — La Becquée.
41. ABEL HERMANT — Confession d'un homme d'aujourd'hui.
42. JEAN RICHEPIN — Miarka, la fille à l'Ourse.
43. ANDRÉ THEURIET — Charme dangereux.
44. FRANÇOIS COPPÉE — Henriette.
45. TRISTAN BERNARD — Amants et voleurs.
46. LÉON FRAPIÉ — La Maternelle.
47. GEORGES D'ESPARBÈS — Les Demi-Solde.
48. ALPHONSE DAUDET — Fromont jeune et Risler aîné.
49. FRANÇOIS COPPÉE — Les vrais Riches.
50. PIERRE LOTI — Le Roman d'un spahi.
51. JULES CLARETIE — Le Prince Zilah.
52. ALPHONSE KARR — Sous les Tilleuls.
53. GYP — Le Bonheur de Ginette.
54. ÉMILE ZOLA — Naïs Micoulin.
55. ABEL HERMANT — Les Confidences d'une biche.
56. ANATOLE FRANCE — Histoire comique.
57. RUDYARD KIPLING — La Lumière qui s'éteint.
58. HENRI LAVEDAN — Le Vieux Marcheur.
59. RENÉ BAZIN — Le Blé qui lève.
60. EDMOND DE GONCOURT — La Faustin.
61. HENRI DE RÉGNIER — Le Passé vivant.
62. ANDRÉ THEURIET — Boisfleury.
63. J.-H. ROSNY — La Fauve.
64. OCTAVE FEUILLET — Histoire d'une Parisienne.
65. HENRI LAVEDAN — Leur Cœur.
66. ÉMILE ZOLA — La Conquête de Plassans.
67. PIERRE VEBER — Les Rentrées.
68. GYP — Une passionnette.
69. ALPHONSE ALLAIS — L'Affaire Blaireau.
70. ANDRÉ THEURIET — Villa Tranquille.
71. H.-G. WELLS — L'Homme invisible.
72. J.-K. HUYSMANS — Les Sœurs Vatard.
73. HENRI DE RÉGNIER — La Peur de l'Amour.
74. GEORGE SAND — Valentine.
75. LOUIS DE ROBERT — L'Envers d'une Courtisane.
76. ABEL HERMANT — La Biche relancée.
77. GABRIELE D'ANNUNZIO — Episcopo et Cie.
78. GYP — Tante Joujou.

Imp. L. Pochy, 52, rue du Château — 416-13

www.ingramcontent.com/pod-product-compliance
Lightning Source LLC
LaVergne TN
LVHW020321230826
846091LV00003B/738

* 9 7 8 2 3 2 9 6 1 6 9 8 8 *